Die drei !!!

Henriette Wich

Die drei !!!

Tanz der Hexen

Filmstar in Gefahr

KOSMOS
bei CARLSEN

Außerdem in der Reihe Die drei !!! im Carlsen Verlag lieferbar:
Die drei !!! – Achtung, Spionage!
Die drei !!! – Die Maske der Königin
Die drei !!! – Eisprinzessin in Not
Die drei !!! – Gefahr im Fitness-Studio
Die drei !!! – Gefährlicher Chat / Betrug beim Casting
Die drei !!! – Geheimnis der alten Villa
Die drei !!! – Im Bann des Flamenco
Die drei !!! – Im Bann des Tarots
Die drei !!! – Kuss-Alarm!
Die drei !!! – Nixensommer
Die drei !!! – Skandal auf Sendung
Die drei !!! – Skandal im Café Lomo!
Die drei !!! – Tatort Geisterhaus / Skaterfieber
Die drei !!! – Tatort Paris
Die drei !!! – Unter Verdacht
Die drei !!! – Vorsicht, Strandhaie!

Sonderausgabe
Veröffentlicht im Carlsen Verlag
Januar 2019
Mit freundlicher Genehmigung des Franckh-Kosmos Verlages
Die drei !!! – Tanz der Hexen

Die drei !!! – Filmstar in Gefahr

Umschlagbild: Anike Hage
Umschlaggestaltung: formlabor
Corporate Design Taschenbuch: bell étage
ISBN 978-3-551-31757-5

Die drei !!!

Tanz der Hexen

Die drei !!!

Filmstar in Gefahr

Tanz der Hexen

Post für Franzi

»Was für ein Mistwetter!« Franzi schüttelte die Regentropfen aus ihren roten Haaren und zog die nasse Jacke aus. Ihre Freundinnen Kim und Marie saßen bereits in der gemütlichen Sofaecke des *Café Lomo* und schlürften dampfenden Kakao.
»Hier, trink einen Schluck, dann geht's dir gleich besser.« Kim reichte Franzi einen Becher. »Wir haben schon mal einen Kakao Spezial für dich mitbestellt.«
»Super!« Dankbar nahm Franzi den Becher entgegen und schnupperte genießerisch. »Hmmm, das Vanillearoma duftet einfach göttlich.« Kakao Spezial mit Vanillearoma war eine Spezialität des Hauses und das absolute Lieblingsgetränk von Franzi, Kim und Marie – eine der wenigen Vorlieben, die die drei ungleichen Freundinnen teilten. Abgesehen von ihrer Begeisterung für spannende Kriminalfälle natürlich. Als Detektivclub »Die drei !!!« hatten sie bereits zahlreiche knifflige Fälle gelöst und nicht nur einen gefährlichen Handy-Erpresser sowie skrupellose Markenfälscher, sondern zuletzt sogar eine Grabräuber-Bande überführt.
Marie warf einen Blick auf ihre Armbanduhr. »Du bist übrigens eine halbe Stunde zu spät.«
Franzi schnaufte ärgerlich. »Musst du gerade sagen!«
Dass ausgerechnet Marie zur Pünktlichkeit mahnte, war wirklich ein Witz. Sie kam schließlich selbst andauernd zu spät, weil ihre tausend Hobbys sie voll in Anspruch nahmen. Hin und wieder vergaß sie darüber sogar die Detektivclub-

Treffen, was Franzi jedes Mal zur Weißglut brachte. Marie ging nicht nur regelmäßig zum Aerobic-Kurs und zur Theater-AG, sie nahm auch Schauspiel- und Gesangsunterricht, weil sie später einmal Sängerin oder Schauspielerin werden wollte. So wie ihr Vater, der als Kommissar Brockmeier in der Fernsehserie *Die Vorstadtwache* berühmt geworden war. Herr Grevenbroich verdiente mit der Schauspielerei eine Menge Geld und las seiner Tochter jeden Wunsch von den Augen ab.

Marie wollte etwas erwidern, aber Kim kam ihr zuvor und verhinderte so einen handfesten Streit. »Lasst uns doch erst mal anstoßen, Leute«, sagte sie und hob ihren Becher. »Nur noch eine Woche bis zu den Herbstferien – wenn das kein Grund zum Feiern ist!«

»Stimmt.« Franzi hielt ihren Becher ebenfalls in die Höhe und stieß mit ihren Freundinnen an. Dabei fiel ihr wieder ein, warum sie heute zu spät ins *Café Lomo* gekommen war. »Ihr erratet nie, was ich hier habe.« Sie zog einen zerknitterten Briefumschlag aus der Hosentasche und machte ein geheimnisvolles Gesicht.

»Einen neuen Liebesbrief von Benni?« Kim grinste vielsagend.

Franzi wurde rot. »Quatsch, natürlich nicht.«

Manchmal war es ihr immer noch etwas peinlich, dass sie vor einer Weile ihren ersten Liebesbrief bekommen hatte. Ausgerechnet von ihrem Skaterkumpel Benni! Obwohl es auch bei Franzi ab und zu kribbelte, wenn sie Benni sah, war sie sich noch nicht so richtig sicher, ob sie wirklich in ihn verliebt war.

»Jetzt mach's nicht so spannend.« Marie klopfte ungeduldig mit ihren rosa lackierten Fingernägeln gegen den Kakaobecher, den sie in den Händen hielt. Natürlich passte der Nagellack perfekt zu Maries restlichem Styling. Auch ihr kurzer Wollrock, die hohen Stiefel und ihre Lippen leuchteten rosarot. Sie sah aus wie eine Himbeere auf zwei Beinen. Aber das behielt Franzi lieber für sich.
»Das ist ein Brief von meiner Oma Lotti«, begann Franzi und schwenkte den Umschlag.
»Ist das die Oma, die immer Schokoladenkuchen für dich backt?«, fragte Kim.
Franzi grinste. Typisch Kim! Sie stand total auf Süßigkeiten und futterte für ihr Leben gern Schokolade, Gummibärchen und Kuchen. Ihren überdimensionalen Süßigkeitenkonsum entschuldigte sie gerne damit, dass sie als Kopf der drei !!! jede Menge Nervennahrung brauchte. Kim hatte den Club ins Leben gerufen und war für das Detektivtagebuch zuständig, in dem sie alle Fälle und den Fortgang der Ermittlungen genauestens dokumentierte.
»Genau.« Franzi nahm einen Schluck Kakao. »Oma Lottis Schokoladenkuchen ist wirklich sensationell. Sie ist auch sonst supernett. Und was das Beste ist: Sie hat uns eingeladen! Wir sollen sie in den Herbstferien ein paar Tage besuchen. Was sagt ihr dazu?«
»Klasse!« Kims Augen begannen zu leuchten. »Ich hab in den Ferien sowieso noch nichts vor. Außerdem brauche ich dringend mal eine Pause von Ben und Lukas.« Das konnte Franzi gut verstehen. Kims neunjährige Zwillingsbrüder waren schreckliche Nervensägen. »Meinst du, deine Oma backt

für uns auch Schokoladenkuchen?«, wollte Kim noch wissen.
Franzi lachte. »Bestimmt. Und sie erzählt euch garantiert auch die Legende vom Märchenwald, das ist nämlich eine ihrer Lieblingsgeschichten.«
»Märchenwald?« Marie horchte auf. »Was bedeutet das?«
»Oma Lottis Haus liegt direkt am Waldrand in der Nähe von Billershausen«, erklärte Franzi. »Das ist ein kleines Dorf, ungefähr fünfundzwanzig Kilometer von hier entfernt. Und der Wald wird Märchenwald genannt.«
»Klingt spannend.« Marie zog ein Buch aus ihrer Umhängetasche. »Dabei fällt mir was ein. Seht mal, was ich vorhin in der Bücherei entdeckt habe.« Sie hielt das Buch in die Höhe.
»Zaubern leicht gemacht – Hexenzauber für Anfänger«, las Kim vor.
Marie nickte eifrig. »Super, oder?« Sie schlug das Inhaltsverzeichnis auf. »Es gibt Wetterzauber, Versöhnungszauber, Wachstumszauber ...«
Franzi prustete los. »Wachstumszauber – so ein Unsinn! Du glaubst doch nicht etwa an den Quatsch, oder?«
Marie machte ein beleidigtes Gesicht und schlug das Buch wieder zu. »Was gibt's denn da zu lachen? Die Hexerei ist eine uralte Kunst. Sie ist heutzutage bloß in Vergessenheit geraten. Und woher willst du so genau wissen, dass die Zaubersprüche nicht funktionieren? Du hast sie schließlich nicht ausprobiert.«
»Das muss ich auch nicht.« Franzi grinste spöttisch. »Es gibt weder Hexen noch Zauberer, da bin ich mir hundertprozentig sicher.«

Seit sich Marie bei ihrem letzten Fall näher mit Tarotkarten und ihren Vorhersagen beschäftigt hatte, interessierte sie sich für übersinnliche Erscheinungen, Gläserrücken, Hexenzauber und anderen Humbug. Franzi konnte damit überhaupt nichts anfangen. Kim war zum Glück auch vernünftig genug, um sich nicht von Maries Begeisterung anstecken zu lassen.

»Es kann ja nicht schaden, wenn Marie die Zaubersprüche mal testet«, sagte Kim diplomatisch. »Auch wenn ich nicht glaube, dass sie tatsächlich funktionieren.«

Franzi hatte keine Lust, sich länger über dieses alberne Hexenthema zu unterhalten. »Was ist jetzt?« Sie wedelte mit dem Briefumschlag. »Seid ihr dabei? Ich hab schon mit meiner Mutter gesprochen, darum bin ich auch zu spät gekommen. Sie ist einverstanden.«

»Ich rede gleich heute Abend mit meinen Eltern«, sagte Kim. »Aber sie haben bestimmt nichts dagegen. Solange eine erwachsene Aufsichtsperson in der Nähe ist, macht meine Mutter normalerweise kein Theater.«

Kims Mutter war ziemlich streng. Neben ihrem Schulfimmel – Schule und Noten gingen für sie über alles – hatte Frau Jülich ständig Angst, dass ihrer Tochter etwas passieren könnte. Eine Sorge, die bei dem gefährlichen Hobby der drei !!! allerdings auch nicht ganz unbegründet war …

»Ich bin dabei.« Marie lehnte sich lässig im Sofa zurück. »Papa ist in den Herbstferien sowieso unterwegs. Er dreht die neue Staffel der *Vorstadtwache* ab und ist bestimmt froh, wenn ich etwas Nettes vorhabe.«

Maries Vater war das genaue Gegenteil von Frau Jülich.

Er vertraute seiner Tochter vollkommen und ließ ihr viele Freiheiten. Das konnte Franzi von ihren Eltern leider nicht behaupten. Sie waren zwar nicht so streng wie Frau Jülich, aber Franzis Mutter konnte mit ihrer überfürsorglichen Art auch ganz schön nerven.

»Prima! Dann ist die Sache abgemacht.« Franzi streckte den Arm aus. »Ich würde sagen, es ist mal wieder Zeit für unseren Power-Spruch.«

Franzi, Kim und Marie legten die Hände übereinander. Dann sagten sie im Chor: »Die drei !!!«

Franzi sagte »Eins!«, Marie »Zwei!« und Kim »Drei!«. Zum Schluss hoben sie gleichzeitig die Hände in die Luft und riefen: »POWER!«

Kim war allerdings nicht so richtig bei der Sache. Beim POWER-Ruf blieb ihr Blick an der Eingangstür hängen und ein verzückter Ausdruck erschien auf ihrem Gesicht. Franzi brauchte sich nicht umzudrehen, um zu wissen, wer gerade das *Café Lomo* betreten hatte. Wenn Kim dermaßen weggetreten war, konnte das nur an einer Person liegen: Michi Millbrandt.

Michi war ein Freund der drei !!! und half ihnen manchmal bei ihren Ermittlungen. Kim war seit ihrer allerersten Begegnung unsterblich in ihn verliebt, traute sich aber nicht, ihm ihre Gefühle zu gestehen. Darum himmelte sie ihn mehr oder weniger unauffällig an und hoffte stets auf ein Zeichen seiner Zuneigung.

Franzi drehte sich um. Tatsächlich! Sie hatte richtiggelegen. Michi durchquerte das Café und kam direkt auf sie zu.

»Hallo, Michi«, hauchte Kim, als er neben dem Sofa stehen blieb.
»Na, habt ihr euch wieder die besten Plätze gesichert?« Michi grinste in die Runde.
»Klar. Setz dich doch zu uns«, sagte Franzi schnell, damit Michi nicht merkte, dass Kim vor lauter Verlegenheit kein Wort herausbrachte. Das passierte ihr in Michis Gegenwart leider öfter, und Franzi wusste, dass sie sich hinterher jedes Mal schwarzärgerte.
»Gerne.« Michi nahm neben Kim Platz. »Hallo, Kim, lange nicht gesehen.« Er lächelte ihr zu, dann stutzte er. »Sag mal, warst du beim Friseur? Die kurzen Haare stehen dir richtig gut!«
Kim lief knallrot an. »Danke.« Mehr brachte sie nicht über die Lippen. Stattdessen sah sie Michi tief in die Augen.
Franzi und Marie grinsten sich zu. Eins war klar: Solange sich Michi in der Nähe befand, war Kim nicht ansprechbar. Franzi beschloss, die weitere Ferienplanung auf später zu verschieben. Gegen Liebe war nun mal kein Kraut gewachsen.

Geheimes Tagebuch von Kim Jülich
Samstag, 19:11 Uhr
Warnung: Lesen für Unbefugte (alle außer Kim Jülich) streng verboten! Besonders für Ben und Lukas, die nervigsten Brüder des Universums!
Ich könnte platzen vor Glück! Habe gerade Michi im Café Lomo *getroffen. Endlich mal wieder! Wir sind uns in letzter Zeit kaum noch über den Weg gelaufen. Kein Wunder – ich*

hatte so viel für die Schule zu tun, dass ich ständig zu Hause herumgesessen und gelernt habe. Heute haben wir zum Glück die letzte Klassenarbeit vor den Herbstferien geschrieben.
Und wer taucht auf, kaum dass ich mit Franzi und Marie im Café Lomo *sitze? Michi! Ich dachte, ich sehe nicht richtig! Als ob er geahnt hätte, dass ich auch da bin. Vielleicht hat er ja meine Sehnsucht gespürt. Ganz bestimmt hat er das! Michi ist wahnsinnig sensibel, ihm kann man so leicht nichts vormachen. Nur dass ich in ihn verliebt bin, scheint er irgendwie nicht zu merken. Obwohl – vielleicht ahnt er doch etwas. Heute hat er mich so lieb mit seinen blaugrünen Augen angesehen, ich bin beinahe dahingeschmolzen. Und erst sein Lächeln! Das haut mich immer wieder glatt um.*
Aber das Beste kommt noch: Michi ist doch tatsächlich aufgefallen, dass ich beim Friseur war! Dabei hab ich mir nur die Spitzen schneiden lassen. Nicht einmal Marie hat etwas gemerkt, obwohl ihr normalerweise nichts entgeht, was irgendwie mit Styling zu tun hat. Michi meinte, die kurzen Haare würden mir total stehen. Ist das nicht süß? Ich habe mich total über sein Kompliment gefreut. Leider bekam ich mal wieder kaum ein Wort heraus. Um meine Verlegenheit zu überspielen, hab ich schnell einen Schluck Kakao getrunken – und mich glatt verschluckt. Ich musste so heftig husten, dass mir die Tränen über das Gesicht gelaufen sind und ich knallrot geworden bin. Wie peinlich! Warum muss eigentlich immer mir so etwas passieren? Aber Michi war toll. Statt mich auszulachen, hat er ein Taschentuch herausgeholt und mir die Tränen von der Wange getupft. Ich wäre fast in Ohnmacht gefallen! Am liebsten hätte ich die Zeit angehalten …

Leider war es schon kurz vor sechs und ich musste zum Abendessen nach Hause. Mama macht immer ein furchtbares Theater, wenn einer von uns zu spät zum Essen kommt. Dabei wäre ich so gerne bei Michi geblieben!
Ob wir uns vor den Herbstferien noch einmal sehen? Hoffentlich! Sonst werde ich vor lauter Sehnsucht bestimmt verrückt …

Die Legende vom Märchenwald

»Sind wir bald da?«, keuchte Kim, während sie sich auf ihrem Fahrrad den Hügel hinaufquälte.

»Wir sind doch gerade erst losgefahren.« Franzi schaltete einen Gang herunter und trat kräftig in die Pedale. »Jetzt reiß dich mal ein bisschen zusammen. So anstrengend ist Radfahren nun wirklich nicht.«

Der Radweg nach Billershausen schlängelte sich malerisch zwischen den Feldern hindurch. Die Herbstsonne strahlte vom Himmel und ließ das bunte Laub der Bäume am Wegesrand leuchten. Es war das perfekte Wetter für eine Radtour: trocken, nicht zu warm und nicht zu kalt. Trotzdem hatte Kim schon beim ersten Hügel angefangen herumzujammern. Franzi schüttelte ärgerlich den Kopf. Warum konnte sie nicht einfach den Mund halten und die Tour genießen?

»Du hast gut reden«, beschwerte sich Kim. »Deine Gangschaltung ist ja auch nicht kaputt. Versuch mal, im fünften Gang diese blöden Hügel hinaufzufahren, das ist echte Schwerstarbeit!« Kims Gesicht war rot angelaufen, und Schweißperlen liefen ihr über die Stirn.

»Wir können ja bald mal eine Pause einlegen«, schlug Marie vor. Sie trug eine hautenge, rotweiß gestreifte Radlerhose und ein bauchfreies Top, das eigentlich viel zu kühl für die Jahreszeit war. Die Haare hatte sie mit einem roten Tuch zusammengebunden, und ihr Zopf flatterte dekorativ im Wind. Mit ihrem Styling hätte sie ohne Probleme an einem

Fotoshooting für einen Sportartikel-Katalog teilnehmen können. Auf ihrer Stirn war kein einziger Schweißtropfen zu sehen. Sie nahm die sanften Hügel auf ihrem Hightech-Mountainbike scheinbar ohne jede Anstrengung. Durch ihr regelmäßiges Aerobic-Training war sie allerdings auch ziemlich fit – ganz im Gegensatz zu Kim, die Sport hasste wie die Pest. Diese Abneigung hatte Franzi noch nie nachvollziehen können. Sie liebte es, zu skaten, Rad zu fahren oder auf ihrem Pony Tinka stundenlange Ausritte zu unternehmen.

»Gute Idee!« Kim warf Marie einen dankbaren Blick zu.

Sie hatten die höchste Stelle des Hügels erreicht und ließen sich auf der anderen Seite wieder hinunterrollen.

»Okay, von mir aus«, gab Franzi nach. »Aber dann beschwert euch nicht, wenn wir zu spät zum Abendessen kommen.«

Bei einer Baumgruppe hielten sie an und stiegen von den Rädern. Kim rieb sich ihr Hinterteil und verzog das Gesicht.

»Mist, mein Hintern tut jetzt schon weh«, stellte sie fest und ließ sich ins Gras fallen. »Morgen kann ich bestimmt nicht mehr sitzen.«

Franzi rollte mit den Augen. »Du wirst es überleben. Ein bisschen Bewegung tut dir ganz gut. Wir haben unsere gemeinsamen Joggingrunden in letzter Zeit viel zu oft ausfallen lassen.«

»Eigentlich hätte Stefan uns ja auch mit dem Auto nach Billershausen bringen können«, sagte Marie und holte eine Flasche Wasser aus ihrem Rucksack. »Das wäre doch viel praktischer gewesen.«

Kim grinste. »Praktischer – ja klar. Gib's zu, du machst dir wieder Hoffnungen, seit Stefan nicht mehr mit Sonja zusammen ist.«
Es war ein offenes Geheimnis, dass Marie für Franzis älteren Bruder Stefan schwärmte. Sie ließ keine Gelegenheit aus, ihn auf sich aufmerksam zu machen – bisher allerdings ohne Erfolg. Stefan interessierte sich nur für seinen alten Opel und ab und zu für Sonja, mit der er eine ziemlich chaotische Beziehung führte. Die beiden hatten sich schon so oft getrennt und wieder versöhnt, dass Franzi es längst aufgegeben hatte, auf dem Laufenden zu bleiben. Sie verstand sowieso nicht, wie sich jemand in ihren Bruder verlieben konnte. Mal ganz davon abgesehen, dass er mit seinen achtzehn Jahren viel zu alt für Marie war.
Marie setzte ihre Sonnenbrille auf und versuchte, ein unbeteiligtes Gesicht zu machen. »Quatsch. Ich will nichts mehr von Stefan, das ist längst vorbei.« Sie trank einen großen Schluck Wasser und reichte die Flasche an Franzi weiter.
»Na hoffentlich.« Franzi nahm die Wasserflasche mit gerunzelter Stirn entgegen. »Es bringt nämlich überhaupt nichts, wenn du ihn noch länger anhimmelst. Du hast sowieso keine Chance, also vergiss ihn am besten einfach.«
Marie biss sich auf die Unterlippe und schwieg. Sie sah plötzlich traurig aus, und Franzi tat es beinahe leid, dass sie so direkt gewesen war. Als Stefan vor einiger Zeit wieder mit Sonja zusammengekommen war, hatte es Marie fast das Herz gebrochen. Sie hatte wochenlang schlimmen Liebeskummer gehabt. Aber Franzi war nun mal nicht der Typ, der um den heißen Brei herumredete. Sie bevorzugte klare

Worte – auch wenn das für ihre Mitmenschen nicht immer angenehm war.
Kim drückte tröstend Maries Arm und hielt ihr eine Tüte Gummibärchen hin, die sie aus ihrer Satteltasche geholt hatte. »Du schaffst das schon. Denk an die Tarotkarte, die du letztens gezogen hast: Die zwei Kelche.«
»Genau.« Franzi wollte ihre Freundin ebenfalls aufmuntern. »Das bedeutet, dass du dich bald neu verlieben wirst. Vielleicht wartet ja in Billershausen dein Traumprinz auf dich.«
Marie schnaufte verächtlich. »Kann ich mir nicht vorstellen. Was soll ich denn mit einem Dorfbubi? Mein Traumtyp muss schon ein bisschen mehr auf dem Kasten haben. Er muss gut aussehen, intelligent und witzig sein, gern ins Kino gehen und Sport mögen.« Sie nahm ein Gummibärchen und steckte es in den Mund.
»Aha.« Franzi grinste. »Warum zauberst du dir deinen Traumtypen nicht einfach herbei? So ein kleiner Liebeszauber ist doch bestimmt ein Klacks für dich.«
Kim lachte, aber Marie blieb ernst. Sie schob sich ihre Sonnenbrille in die Haare und eine sanfte Röte überzog ihre Wangen. »Na ja … also … wo du's jetzt schon ansprichst … ich hab da tatsächlich was versucht …«
Kim hörte auf zu lachen und starrte ihre Freundin mit offenem Mund an. »Nein! Du hast einen Liebeszauber ausprobiert?«
Marie nickte. »Ich weiß, ihr haltet das für Humbug. Aber der Liebeszauber aus dem Hexenbuch klingt echt vielversprechend. Angeblich bewirkt er, dass man seine wahre Liebe findet. Ist das nicht toll?«

»Allerdings.« Kim nahm sich eine Handvoll Gummibärchen aus der Tüte und machte ein interessiertes Gesicht. »Und wie funktioniert das?«

»Also«, begann Marie eifrig. »Du musst eine Strähne von deinen Haaren abschneiden und sie in einer Vollmondnacht in der westlichen Ecke deines Gartens vergraben. Dann sprichst du eine magische Formel und drehst dich dreimal im Kreis. Einmal rechtsherum und zweimal linksherum.«

Franzi runzelte skeptisch die Stirn. »Und was dann?«

»Nichts«, sagte Marie. »Dann gehst du wieder ins Bett.«

»Wie kannst du diesen Unsinn nur ernst nehmen?« Franzi schüttelte ungläubig den Kopf. »Du lässt dich doch sonst auch nicht so leicht hinters Licht führen. Ich würde so was Albernes nie im Leben machen.«

»Brauchst du ja auch nicht«, sagte Kim beschwichtigend. »Du hast deinen Traumprinzen schließlich schon gefunden. Apropos: Wie läuft's eigentlich mit Benni?«

Jetzt war es Franzi, die rot anlief. »Na ja, ganz gut eigentlich …«

»Was heißt das?«, hakte Marie nach. »Seid ihr jetzt zusammen oder nicht?«

Franzi zuckte mit den Schultern. »Weiß ich auch nicht so genau. Wir waren ein paarmal skaten, und einmal hat er auf dem Rückweg meine Hand genommen.«

Kim beugte sich gespannt vor. »Und was ist dann passiert?«

»Gar nichts«, antwortete Franzi schnell. »Ich bin in den nächsten Bus gestiegen und nach Hause gefahren.« Dass Benni ihr an der Bushaltestelle noch einen schnellen Kuss

auf die Wange gedrückt hatte, behielt sie lieber für sich. Alles mussten ihre Freundinnen schließlich auch nicht wissen.
»Bist du in ihn verliebt?« Marie sah Franzi aufmerksam an.
Franzi wich ihrem Blick aus. »Keine Ahnung … Manchmal bekomme ich weiche Knie, wenn ich ihn sehe. Aber fünf Minuten später geht er mir wieder total auf die Nerven. Außerdem erzählt er mir ständig, wie toll er mich findet und so …«
»Ist doch super.« Kim fischte das letzte Gummibärchen aus der Tüte. »Freu dich doch einfach.«
Franzi seufzte. »Ach, ich weiß auch nicht. Wahrscheinlich ist es ganz gut, wenn Benni und ich uns ein paar Tage nicht sehen. Dann finde ich vielleicht endlich heraus, was ich wirklich will.« Franzi sprang auf. Es war höchste Zeit, das Thema zu wechseln. »Auf geht's, Mädels, wir müssen weiter! Sonst schaffen wir es vor Einbruch der Dunkelheit nicht mehr bis Billershausen.«
Kim stöhnte. »Jetzt schon? Das war aber eine kurze Pause …«
»Soll ich dir was verraten?«, fragte Franzi. »Oma Lotti hat mir am Telefon erzählt, dass sie einen extragroßen Schokoladenkuchen für uns backen will.«
»Ehrlich?« Kim war sofort auf den Beinen. »Worauf warten wir noch? Nichts wie los!« Sie knüllte die leere Gummibärchentüte zusammen und stürmte zu ihrem Fahrrad.
Franzi grinste Marie zu. »Siehst du, ich kann auch hexen. Um Kim auf Trab zu bringen, reicht ein einziges Zauberwort: Schokoladenkuchen.«

Marie lachte und erhob sich ebenfalls. Dann schwangen sich die drei !!! auf ihre Fahrräder und fuhren weiter – direkt hinein ins Abenteuer.

»Hmmm, der Kuchen ist wirklich superlecker. Darf ich mir noch ein Stück nehmen?« Kim leckte sich genüsslich die Schokolade von den Fingern.

»Gerne.« Oma Lotti reichte ihr den Kuchenteller. »Freut mich, dass es dir schmeckt. Franzi ist ja leider keine gute Esserin. Eigentlich lohnt es sich gar nicht, extra für sie zu backen …«

»Mensch, Omi!« Franzi verdrehte die Augen. »Wie oft soll ich es dir noch sagen? Ich mach mir eben nicht so viel aus Essen.«

»Ich weiß, ich weiß.« Oma Lotti lächelte ihrer Enkelin beschwichtigend zu. »Aber ich würde dich doch so gerne ein bisschen verwöhnen.«

Die drei !!! waren gerade noch rechtzeitig zum Abendbrot in Billershausen angekommen. Nun saßen sie in Oma Lottis gemütlicher Küche an einem reich gedeckten Tisch und ließen es sich schmecken. Franzis Oma hatte ordentlich aufgetischt. Es gab nicht nur ihren berühmten Schokoladenkuchen, sondern auch eine riesige Schüssel Nudelsalat, Wiener Würstchen, eine große Käseplatte, knusprige Brötchen und frisches Obst.

»Sie haben ein tolles Haus«, sagte Marie und wischte ihren Teller mit einem Stück Brötchen sauber. »Richtig verwunschen. Sieht fast ein bisschen wie ein Hexenhaus aus.«

Oma Lotti lächelte. »Ja, ich mochte das Haus auch auf Anhieb. Es ist schon sehr alt, wisst ihr. Und mir gefällt, dass es direkt am Waldrand liegt. Hier habe ich meine Ruhe und muss mich nicht mit irgendwelchen Nachbarn herumärgern. Trotzdem bin ich schnell im Dorf und bekomme dort alles, was ich brauche.«

»Was hat es eigentlich mit dem Wald auf sich?«, wollte Marie wissen. »Warum wird er Märchenwald genannt?«

»Das ist in der Tat eine sehr spannende Geschichte.« Oma Lottis runzliges Gesicht nahm einen geheimnisvollen Ausdruck an. »Es gibt eine alte Legende, die sich um den Märchenwald rankt …«

»Soll ich schon mal abräumen?«, unterbrach Franzi ihre Oma. »Ich hab die Geschichte bestimmt schon tausendmal gehört.«

»Meinen Teller kannst du mitnehmen«, sagte Marie großzügig und schob Franzi den Teller hinüber.

Kim zögerte. »Ich überlege, ob ich vielleicht noch ein klitzekleines Stück von dem Kuchen …«

»Aber natürlich, bedien dich einfach.« Oma Lotti lächelte Kim zu. Dann begann sie zu erzählen. »Also, der Märchenwald heißt so, weil hier die Geschichte von Hänsel und Gretel stattgefunden haben soll.«

»Was?« Marie machte große Augen. »Aber das ist doch ein Märchen!«

»Richtig.« Oma Lotti nickte. »Früher wurden die Geschichten mündlich von Generation zu Generation weitergegeben, bis sie irgendwann gesammelt und aufgeschrieben wurden. Doch jedes Märchen hat irgendwo seinen Ursprung. Man sagt, Hänsel und Gretel seien hier in diesem Wald von ihren Eltern ausgesetzt worden. Die Geschichte soll auf einer wahren Begebenheit beruhen. Angeblich ist vor langer Zeit wirklich ein Geschwisterpaar im Wald verschwunden. Es soll nie wieder aufgetaucht sein. Die Legende erzählt, dass die Kinder von einer bösen Hexe, die tief im Wald ihr Unwesen trieb, gemästet und verspeist worden sind. Elemente dieser Legende finden sich im Märchen von Hänsel und Gretel wieder.«

»Aber im Märchen überlisten Hänsel und Gretel die Hexe und verbrennen sie im Ofen«, wandte Kim ein, die gerade ihr drittes Stück Kuchen verdrückte.

»Das stimmt«, sagte Oma Lotti. »Man wollte den Kindern die grausame Wahrheit nicht zumuten. Darum hat das Märchen einen positiven Schluss. Die Legende vom Märchenwald hingegen endet tragisch.«

Marie blickte durch das Küchenfenster auf den nahe gelegenen Wald. Die Bäume ragten düster in den Nachthimmel, und sie zog fröstelnd die Schultern hoch. »Puh, was für eine unheimliche Geschichte.«

Franzi grinste, während sie die schmutzigen Teller in der Spüle stapelte. »Wer weiß, vielleicht spukt die Hexe ja immer noch im Wald herum. Dann kannst du mit ihr Zaubersprüche austauschen.«

Marie ignorierte die spöttische Bemerkung, und Franzi beugte sich zu Minka hinunter, Oma Lottis Katze, die ihr unruhig um die Beine strich.

»Hänsel und Gretel – das ist doch Kinderkram, was, Minka?«, murmelte Franzi und streichelte der Katze über das rabenschwarze Fell. »Du glaubst auch nicht an diesen

Unsinn, oder?« Minka maunzte, und Franzi sah zu ihrer Oma. »Ich glaube, Minka möchte nach draußen.«
»Das geht leider nicht.« Oma Lotti machte ein bedauerndes Gesicht. »In der letzten Zeit sind hier ein paar Katzen verschwunden, darum behalte ich Minka lieber im Haus.«
Franzi wurde hellhörig. »Verschwunden? Wie denn?«
Oma Lotti zuckte mit den Schultern. »Keine Ahnung. Im Dorfladen wurde erzählt, die Katzen wären nachts zum Jagen draußen gewesen und morgens nicht zurückgekommen. Niemand weiß, wo sie geblieben sind.«
Die drei !!! sahen sich an. Kim und Marie waren nun ebenfalls aufmerksam geworden. In Franzis Bauch begann es zu kribbeln, wie immer, wenn sie einen neuen Fall witterte.
»Das ist ja merkwürdig«, sagte Kim langsam. »Katzen können sich doch nicht einfach in Luft auflösen.«
»Vielleicht sind sie überfahren worden«, überlegte Marie laut.
Oma Lotti schüttelte den Kopf. »Das glaube ich nicht. Dann hätte man sie doch finden müssen.«
Franzi nahm Minka auf den Arm. »Tut mir leid, meine Schöne. Dann wird heute nichts aus deinem nächtlichen Jagdausflug.«
Sie kraulte Minka hinter den Ohren, und die Katze begann wohlig zu schnurren.

Detektivtagebuch von Kim Jülich
Sonntag, 21:56 Uhr
Heute sind wir nach einer langen und ziemlich anstrengenden Radtour bei Franzis Oma in Billershausen angekommen. Die

blöden Hügel haben mir echt den letzten Nerv geraubt. Warum hab ich nur vorher nicht daran gedacht, meine Gangschaltung reparieren zu lassen? Total bescheuert! Na ja, ich hab's trotzdem irgendwie geschafft. Allerdings spüre ich meine Beine kaum noch. Das gibt bestimmt einen ordentlichen Muskelkater.

Oma Lotti ist total nett. Sie ist eine richtige Bilderbuch-Oma mit ihrer karierten Kittelschürze und dem grauen Dutt. Und ihr Schokoladenkuchen ist wirklich eine Wucht, Franzi hat nicht zu viel versprochen. Hier werden wir uns in den nächsten Tagen bestimmt superwohl fühlen. Wenn das Essen weiterhin so lecker ist, kann ich auf dem Rückweg auch ohne Fahrrad nach Hause rollen, weil ich dann zu einer dicken Kugel geworden bin. Ich musste gerade schon meinen Hosenknopf öffnen. Vielleicht hätte ich mir das dritte Stück Kuchen doch verkneifen sollen …

Egal. Es gibt Wichtigeres als meine Traumfigur. Zum Beispiel unseren Detektivclub. Ich glaube, die drei !!! bekommen bald wieder etwas zu tun. Im Dorf sind auf geheimnisvolle Weise mehrere Katzen spurlos verschwunden. Wir haben noch keine näheren Informationen, aber es klingt alles sehr mysteriös. Am besten hören wir uns morgen mal ein bisschen im Dorf um und sehen dann weiter. Wer weiß – vielleicht wartet in Billershausen ja ein neuer Fall auf uns!

Erste Ermittlungen

Am nächsten Morgen brachen die drei !!! gleich nach dem Frühstück zu einem Spaziergang ins Dorf auf.

»Könnt ihr mir ein paar Sachen aus dem Dorfladen mitbringen?«, fragte Oma Lotti, die gerade Katzenfutter in Minkas Fressnapf füllte.

»Klar, kein Problem.« Franzi nahm den Einkaufszettel und einen Zehn-Euro-Schein vom Küchentisch.

»Und passt auf, dass Minka nicht entwischt«, rief Oma Lotti ihrer Enkelin nach, als die drei das Haus verließen.

Franzi zog schnell die Tür ins Schloss, ehe die Katze die Gelegenheit zur Flucht nutzen konnte.

»Deine Oma ist echt nett«, stellte Marie fest, als sie neben Kim und Franzi durch Oma Lottis gepflegten Vorgarten lief. »Und das Frühstück war einfach der Hammer.«

»Stimmt.« Kim hielt sich den Bauch. »Ich hab so viele Waffeln gegessen, dass ich kaum noch laufen kann. Sagt mal, habt ihr eigentlich auch so einen Muskelkater in den Beinen? Meine Waden bringen mich fast um.«

»An Muskelkater ist noch niemand gestorben«, sagte Franzi ungerührt. »Ein bisschen Training tut dir ganz gut.«

Gleich hinter Oma Lottis Gartenzaun begann ein schmaler Weg, der zwischen hohem Gras und Farnkraut direkt in den Wald hineinführte. Die Sonne schien zwischen den Zweigen der Bäume hindurch und malte helle Lichtkringel auf den Boden. Der Weg war mit farbigem Laub bedeckt, das bei jedem Schritt leise raschelte.

Marie sog tief die kühle Luft ein. »Herrlich, hier riecht es richtig nach Herbst. Bei Tageslicht kann man sich gar nicht vorstellen, dass hier im Wald irgendwelche gruseligen Sachen passiert sind.«

»Sind sie ja auch nicht«, sagte Franzi. »Das ist eine Legende, schon vergessen? Ich finde die Geschichte mit den verschwundenen Katzen viel interessanter. Da sollten wir unbedingt dranbleiben.«

Kim nickte. »Sehe ich genauso. Wer weiß, vielleicht treibt hier ja eine Tierquälerbande ihr Unwesen.«

Plötzlich blieb Franzi stehen. »He, was ist das denn?« Sie beugte sich über einen Busch und untersuchte etwas, das zwischen den Zweigen hing.

»Was meinst du?« Marie trat neben ihre Freundin und stieß einen überraschten Schrei aus. »Kim, komm mal her! Das musst du dir ansehen!«

In den Zweigen des Busches hingen mehrere kleine Figuren aus Stroh. Sie waren ungefähr so groß wie Tannenzapfen und trugen Kleider aus grobem Stoff.

Kim runzelte die Stirn. »Was hat das zu bedeuten?«

Franzi nahm eins der Püppchen in die Hand. »Die sind gar nicht schlecht gemacht. Fällt euch was auf? Es hängen immer zwei Püppchen nebeneinander. Eins mit Hose und eins mit Rock.«

»Ein Junge und ein Mädchen«, murmelte Marie. »So wie Hänsel und Gretel. Die verschwundenen Kinder im Wald …«

Kim schauderte. »Hör auf damit! Das ist ja gruselig.«

»Vielleicht sollen die Püppchen tatsächlich eine Anspielung

auf Hänsel und Gretel sein«, überlegte Franzi. »Die Legende vom Märchenwald ist hier in der Gegend ja sehr bekannt.«
»Wir brauchen unbedingt genauere Informationen über diese Legende«, beschloss Marie. »Offenbar steckt doch mehr dahinter.«
»Schade, dass Oma Lotti keinen Computer hat«, sagte Kim. »Sonst könnten wir ein bisschen im Internet recherchieren.« Plötzlich hellte sich ihre Miene auf. »Michi hat einen Computer! Er übernimmt die Recherche bestimmt gerne für uns. Soll ich ihn nachher mal anrufen?«
»Gute Idee. Grüß deinen Herzallerliebsten schön von uns.« Franzi grinste. Kim schaffte es doch immer wieder, Michi in die Ermittlungen einzubeziehen.
Marie betrachtete immer noch das Püppchen in Franzis Hand. »Warum hängt jemand im Wald Hänsel-und-Gretel-Figuren auf? Das ergibt doch keinen Sinn.«
Franzi zuckte mit den Schultern. »Weiß ich auch nicht. *Noch* nicht zumindest.« Sie steckte das Püppchen ein. »Aber das werden wir schon noch herausfinden.«

Als die drei !!! aus dem Wald traten, lag Billershausen direkt vor ihnen. Die Vormittagssonne strahlte auf die alten Fachwerkhäuser, die sich dekorativ um eine kleine Kirche mit spitzem Turm gruppierten.
»Wie hübsch!«, rief Kim entzückt. »Das ist ja richtig malerisch hier.«
»Ja, das Dorf ist ganz niedlich.« Franzi war schon oft in Billershausen gewesen, sodass sie den Ort mit seinen schmucken Häusern gar nicht mehr richtig wahrnahm. Sie führte

ihre Freundinnen die Dorfstraße entlang und zeigte auf ein großes Fachwerkhaus mit kleinen Sprossenfenstern, das direkt neben der Kirche lag. »Das ist der Dorfkrug, die einzige Kneipe im Ort. Sollen wir hier eine Cola trinken?«

»Gute Idee.« Marie steuerte sofort auf die Dorfkneipe zu. »Vielleicht bekommen wir dabei ja etwas über die Püppchen heraus.«

»Oder über die verschwundenen Katzen«, sagte Kim mit Blick auf einen getigerten Kater, der gerade gemächlich die Dorfstraße entlangspazierte.

Der Schankraum der Kneipe war düster und roch nach kaltem Zigarettenrauch. In den wenigen Sonnenstrahlen, die durch die kleinen Sprossenfenster ins Innere gelangten, tanzten winzige Staubkörner. Die drei !!! setzten sich an einen Tisch am Fenster. Franzi sah sich unauffällig um. Sie waren die einzigen Gäste – eigentlich kein Wunder an einem Montagvormittag. Abends war hier bestimmt mehr los. Franzi ärgerte sich, dass ihr das nicht eher eingefallen war. In einer leeren Kneipe würden sie kaum etwas herausbekommen.

Auf den zweiten Blick machte der Dorfkrug gar keinen so üblen Eindruck. Die rustikalen Holztische waren mit kleinen Porzellanvasen dekoriert, in denen bunte Nelken steckten. Die Theke war blitzblank gewischt, und an den Wänden hingen farbige Ansichten von Billershausen.

Neben der Theke öffnete sich eine Tür, die wahrscheinlich zur Küche führte, und ein Mädchen kam herein. Sie war ein paar Jahre älter als die drei !!! und Franzi prägte sich automatisch ihre Personenbeschreibung ein: weiblich, ca.16 Jahre

alt, groß und schlank, ausgeblichene Jeans und schwarzes Shirt, braune Haare, schicke Fransenfrisur, Nasenpiercing.
Das Mädchen trat an den Tisch der drei !!! und begrüßte sie mit einem freundlichen Lächeln. »Neue Gesichter im Dorf – das ist ja nett. Verbringt ihr die Ferien hier?«
Franzi nickte. »Wir sind zu Besuch bei meiner Oma, Lotti Winkler.«
»Dann musst du Franzi sein.« Das Mädchen lächelte noch etwas breiter. »Du kamst mir gleich so bekannt vor. Du bist öfter in Billershausen, oder?«
»Stimmt«, antwortete Franzi. »Gut möglich, dass wir uns schon mal über den Weg gelaufen sind.«
Das Mädchen streckte die Hand aus. »Ich bin Pia Körner. Mein Vater ist der Wirt vom Dorfkrug.«
»Ist hier immer so wenig Betrieb?«, fragte Marie, nachdem die drei !!! Pia die Hand geschüttelt hatten.
Pia seufzte. »Meistens. Abends kommen ein paar alte Männer aus dem Dorf zum Biertrinken her, und einmal pro Woche trifft sich der Stammtisch, aber das war's auch schon. In Billershausen ist leider kaum noch was los. Es ziehen immer mehr Leute weg.«
»Das verstehe ich gar nicht«, sagte Kim. »Das Dorf ist doch wunderschön.«
»Ja, aber leider gibt es keine Arbeitsplätze.« Pia fuhr sich mit der Hand durch ihre kurzen Haare. »Früher haben die meisten Leute in der Zuckerrübenfabrik gearbeitet. Seit die Fabrik zugemacht hat, sind die Jobs rar geworden. Ein paar Bauern halten sich irgendwie mit ihrer Landwirtschaft über Wasser, aber gerade für junge Leute gibt es hier keine Zu-

kunft. Darum gehen fast alle in die Stadt, sobald sie mit der Schule fertig sind.«
»Wie schade«, sagte Marie. »Kommen denn keine Touristen her? Der Wald ist doch ideal für Wanderurlauber.«
»Stimmt, das sagt mein Vater auch immer. Letztes Jahr haben wir umgebaut und im ersten Stock drei Fremdenzimmer eingerichtet. Bisher wurden sie aber kaum genutzt. Billershausen ist einfach noch nicht bekannt genug. Aber das wird sich hoffentlich bald ändern …« Pia lächelte geheimnisvoll.
»Wieso?«, hakte Franzi nach. »Wollt ihr eine Werbekampagne starten?«
Ehe Pia antworten konnte, tauchte ein bulliger Mann in der Tür zur Küche auf. Er hatte eine Glatze und kleine, zusammengekniffene Augen. Sein rundes Gesicht war von roten Äderchen durchzogen.
»Pia!«, rief er quer durch den Raum. »Was quatschst du denn so lange? Ich brauch dich in der Küche.«
Pia biss sich auf die Unterlippe. »Ich komm gleich, Papa.« Sie zog einen Block und einen Stift aus ihrer Gesäßtasche und wandte sich wieder an die drei !!!. »Wisst ihr schon, was ihr trinken wollt?« Ihr Ton klang jetzt ganz geschäftsmäßig.
»Drei Cola bitte«, bestellte Franzi.
Pia nickte. »Kommt sofort.« Dann drehte sie sich um und verschwand in der Küche.
»Mist, jetzt konnten wir sie gar nicht mehr nach den Püppchen oder den Katzen fragen«, ärgerte sich Kim.
»Vielleicht ergibt sich ja gleich noch eine Gelegenheit, wenn sie die Getränke bringt«, sagte Franzi. »Diese Pia scheint ja ziemlich offen zu sein.«

Aber ihre Erwartungen wurden enttäuscht. Die drei Cola brachte ihnen der Wirt persönlich, und der war längst nicht so gesprächig wie seine Tochter.
»Macht vier fünfzig«, brummte Herr Körner, nachdem er die Gläser auf den Tisch geknallt hatte.
Marie reichte ihm einen Fünf-Euro-Schein. »Stimmt so«, flötete sie und schenkte ihm ein strahlendes Lächeln. »Sagen Sie, haben Sie zufälligerweise eine Katze?«
Der Wirt starrte Marie an, als wäre sie von einem anderen Stern. »Ich kann Katzen nicht ausstehen«, knurrte er, steckte die fünf Euro ein und verschwand wieder in die Küche, ohne ein weiteres Wort zu verlieren.
Marie sah ihm mit gerunzelter Stirn nach. »Wenn der zu allen Gästen so unfreundlich ist, wundert es mich nicht, dass hier so wenig los ist.«
»Allerdings.« Franzi nahm einen großen Schluck von ihrer Cola. »Arme Pia. Mit so einem Vater hat sie es bestimmt nicht leicht.«
Kim holte ein altes, abgegriffenes Heft heraus, das sie als Detektivtagebuch für unterwegs benutzte, wenn ihr Computer gerade nicht greifbar war. Sie trug die Personenbeschreibungen von Pia und ihrem Vater ein und seufzte. »Ich sag's ja nur ungern, Leute, aber unsere erste Befragung war leider ein totaler Reinfall. Wir haben so gut wie nichts herausbekommen.«
»Vielleicht ist der Dorfladen ergiebiger«, sagte Franzi. »Frau Kurz, die Ladenbesitzerin, ist eine totale Klatschtante. Sie weiß alles und kennt jeden.«
»Prima.« Marie kippte ihre Cola hinunter. »Dann nichts wie los.«

In diesem Moment piepte Franzis Handy. Sie warf einen Blick auf das Display und wurde rot. »Geht schon mal vor, ich komm gleich.«
»Quatsch, so eilig haben wir es nun auch wieder nicht«, sagte Kim. »Trink ruhig erst deine Cola aus.«
Marie grinste. »Ich glaube, die Cola ist Franzi im Augenblick völlig egal.« Sie beugte sich interessiert zu Franzi hinüber. »Was schreibt Benni denn?«
Franzi wurde noch etwas röter. »Das geht dich gar nichts an!«
Jetzt erschien auch auf Kims Gesicht ein breites Grinsen. »Du hast eine SMS von Benni bekommen? Jetzt schon? Wir sind doch gerade mal einen Tag weg.«
Franzi zuckte mit den Schultern. »Na und? Da ist doch nichts dabei.« Sie versuchte, das alberne Gekicher von Kim und Marie zu ignorieren. Manchmal war es ganz schön anstrengend, zwei so neugierige Freundinnen zu haben. Einen Moment überlegte Franzi, ob sie die SMS einfach später lesen sollte, wenn sie allein war. Aber dann entschied sie sich doch dagegen. So lange würde sie es auf keinen Fall aushalten. Sie musste unbedingt wissen, was Benni von ihr wollte. Franzi tippte auf »Lesen« und überflog mit klopfendem Herzen die kurze Nachricht.

Hi, Franzi! Bin gerade beim Skaten. Macht aber ohne dich keinen Spaß. Komm bloß bald wieder, ich freu mich schon auf dich. GUK, Benni

»Was heißt denn GUK?«, fragte Kim, die Franzi über die Schulter schaute. »Die Abkürzung kenne ich gar nicht.«
Franzi steckte das Handy mit zitternden Fingern zurück in ihre Tasche. »Schon mal was von Privatsphäre gehört?«, schimpfte sie, um ihre Nervosität zu überspielen. »Man liest nicht die SMS von anderen Leuten.«
»Jetzt hab dich nicht so«, sagte Marie. »Ist doch toll, dass Benni dich vermisst. Den scheint es ja ordentlich erwischt zu haben.«
»Meinst du?« Franzi war beim Lesen der SMS ganz warm geworden. Sie spürte ein angenehmes Kribbeln in der Magengegend und wünschte sich plötzlich nichts sehnlicher, als bei Benni zu sein. Dann würden sie Hand in Hand durch den Schillerpark skaten und die Herbstsonne genießen …
Kims Stimme holte Franzi unsanft in die Wirklichkeit zurück. »Bedeutet GUK vielleicht ›ganz unheimlich krass‹? Oder ›Grüße unter Kokospalmen‹?«
Marie kicherte. »Quatsch. GUK heißt ›Gruß und Kuss‹, das ist doch klar.«
In Franzis Kopf herrschte totales Chaos. Alles deutete darauf hin, dass sie tatsächlich in Benni verliebt war. Aber wollte sie das auch? Was würde aus ihrer Freundschaft werden, wenn sie und Benni ein Paar wurden?
Franzi trank ihre Cola aus und stand auf. Sie brauchte jetzt dringend frische Luft.

Klatsch und Tratsch

Vor dem Dorfladen wurden die drei !!! fast von zwei Kindern umgefahren, die auf ihren Fahrrädern über den Hof flitzten. Franzi, die in Gedanken immer noch bei Benni war, konnte gerade noch zur Seite springen. »He, könnt ihr nicht aufpassen?«, schimpfte sie.

Der Junge bremste. Er war ungefähr sechs Jahre alt, hatte knallrote Haare, eine freche Zahnlücke und jede Menge Sommersprossen in seinem pausbackigen Gesicht.

»Tut mir leid«, sagte er, ohne dabei im Geringsten schuldbewusst auszusehen.

Das Mädchen hielt ebenfalls an. Sie sah dem Jungen zum Verwechseln ähnlich, nur dass ihre Haare länger waren und ihr gleich zwei Schneidezähne fehlten. »Wie heißt ihr?«, fragte sie und musterte die drei !!! neugierig.

»Ich bin Franzi«, sagte Franzi. »Und das sind Kim und Marie. Und wer seid ihr?«

»Ich heiße Maike«, stellte sich das Mädchen vor. »Und er heißt Paul. Wir sind Zwillinge.«

»Toll!« Kim lächelte den Kindern zu. »Meine Brüder sind auch Zwillinge.«

»Ehrlich?« Paul machte ein skeptisches Gesicht. Dann entdeckte er das Püppchen, das Franzi an ihrer Jacke befestigt hatte, und rief: »He, das ist ja eine Hexenpuppe!«

»Kennst du die Püppchen?«, fragte Franzi überrascht. »Weißt du, wer sie im Wald aufhängt?«

Paul nickte. »Na klar. Das macht die Hexe.«

»Unsinn«, sagte Franzi. »Es gibt keine Hexen.«
Paul verzog beleidigt das Gesicht. »Gibt es wohl. Bei uns im Wald wohnt eine.«
»Wirklich?«, hakte Marie nach. »Woher weißt du das?«
»Wir haben sie gesehen«, erzählte Maike. »Aber sie hat uns weggejagt. Sie hat eine riesige Nase, und Haare wie Schlangen …«
»Sie hängt überall im Wald Hexenpuppen auf und tanzt nachts um die Quelle«, fiel Paul seiner Schwester ins Wort. »Außerdem zaubert sie Katzen weg. Aber nicht mehr lange. Wir werden ihr nämlich das Handwerk legen …«
Maike stieß ihren Bruder unsanft in die Seite, und er verstummte.
»Das klingt ja alles sehr interessant«, sagte Franzi. »Aber wir müssen jetzt leider weiter.« Sie ging zügig auf den Dorfladen zu. Kim und Marie folgten ihr, während Paul und Maike sich wieder auf ihre Fahrräder schwangen und ihre halsbrecherische Fahrt über den Hof fortsetzten.
Marie sah ihnen bedauernd nach. »Warum hast du es denn plötzlich so eilig?«, fragte sie Franzi. »Wir hätten bestimmt noch mehr aus den beiden herausbekommen. Das mit der Hexe klang total interessant.«
»Spinnst du?« Franzi tippte sich gegen die Stirn. »Das war doch nur Kindergeschwätz. Wie oft soll ich es noch sagen? Hexen gibt es nicht!«
»Vielleicht haben sich die Kinder die Hexe ja ausgedacht.« Kim stieß die Tür zum Dorfladen auf.
»Wie auch immer.« Franzi holte Oma Lottis Einkaufszettel hervor. »Jetzt lasst uns erst mal einkaufen.«

Der Dorfladen war sehr klein und total verkramt. Überall standen Regale herum, die mit verstaubten Waren vollgestopft waren. Hier gab es wirklich alles, von der Zeckenzange bis zu Tiefkühlkohlrabi. Franzi griff nach einem Einkaufskorb und ging zum Kühlregal.

»Also, wir brauchen einen Liter Milch, zehn Eier, Joghurt und ein Kilo Kartoffeln.« Während sie die Lebensmittel in den Korb legte, sah sie sich unauffällig im Laden um. Auch hier war kaum etwas los. Pia hatte recht, das Dorf wirkte tatsächlich wie ausgestorben.

»Sollen wir noch ein bisschen Wegzehrung mitnehmen?« Kim griff in das Regal mit den Süßigkeiten und zog eine Tafel Nussschokolade heraus, ohne eine Antwort abzuwarten.

»Ich brauche unbedingt Nagellackentferner«, sagte Marie. »Meinen hab ich zu Hause vergessen, und meine Nägel sehen einfach fürchterlich aus. Ob es hier so etwas gibt?«

Franzi zuckte mit den Schultern. »Keine Ahnung.« Das war mal wieder typisch. Marie dachte nur an ihr Styling – als ob es nichts Wichtigeres gäbe!

»Ich frag mal eben.« Marie ging zu einem jungen Mann, der neben ihnen neue Waren in die ohnehin schon viel zu vollen Regale räumte, und tippte ihm auf die Schulter. »Entschuldigung, haben Sie Nagellackentferner?«

Der Mann drehte sich um. Eigentlich war es eher ein Junge. Er war höchstens sechzehn und kam Franzi irgendwie bekannt vor. »Holger?«, fragte sie unsicher.

Der Junge wischte sich die staubigen Hände an seiner Hose ab und lächelte. »Hallo, Franzi! Lange nicht gesehen. Besuchst du deine Oma?«

Franzi nickte. »Genau. Wir sind gestern angekommen. Das sind meine Freundinnen Kim und Marie.«
»Freut mich.« Holger nickte Kim kurz zu. An Marie blieb sein Blick etwas länger hängen. »Schön, mal neue Gesichter im Dorf zu sehen. Vor allem, wenn sie so hübsch sind.« Er lächelte allen drei Mädchen zu, aber Franzi hatte den starken Verdacht, dass er eigentlich nur Marie meinte.
Marie wurde rot und spielte mit einer ihrer langen blonden Haarsträhnen. Das machte sie immer, wenn sie nervös wurde. Oder wenn sie jemanden um den Finger wickeln wollte.
»Arbeitest du hier?«, fragte Franzi.
Holger nickte. »Ich helfe in den Ferien ein bisschen aus. Meine Mutter schafft es einfach nicht mehr, den Laden alleine in Schuss zu halten.« Er wandte sich an Marie. »Entschuldigung, was wolltest du gerade von mir?«
Marie schreckte auf, als hätte Holgers Frage sie aus einer Art Trance gerissen. »Ich?« Sie sah Holger mit großen Augen an.
»Ja, du hast mich doch eben etwas gefragt.« Holger grinste. »Schon vergessen?«
Marie ließ die Haarsträhne los und warf ihre Haare über die Schulter zurück. »Nein, natürlich nicht. Ich … ich suche Nagellackentferner.« Obwohl sie sich alle Mühe gab, klang sie nicht ganz so selbstsicher wie sonst.
»Kein Problem. Komm mit.« Holger ging zu einem anderen Regal, und Marie folgte ihm. »Hier haben wir ihn schon.« Er zog ein Fläschchen aus dem Regal.
»Toll, danke!« Marie schenkte ihm ein strahlendes Lächeln.

Allmählich fand sie ihr gewohntes Selbstvertrauen wieder. »Ohne dich hätte ich den Nagellack nie im Leben gefunden. Du kennst dich ja wirklich gut aus.«
Holger nickte ihr zu. »Kein Problem. Wenn du mal wieder Hilfe brauchst, sag einfach Bescheid.«
»Mach ich gerne«, flötete Marie.
Franzi warf Kim einen vielsagenden Blick zu. Marie flirtete ja, was das Zeug hielt! Normalerweise gab sie sich nur in Stefans Gegenwart so viel Mühe. Aber Holger war auch genau ihr Typ: groß, sportlich und braun gebrannt.
»Wir gehen schon mal zur Kasse.« Franzi griff nach dem Einkaufskorb, den sie auf dem Boden abgestellt hatte.
Marie nickte zerstreut. Sie hatte nur noch Augen für Holger.
Franzi und Kim schlängelten sich zwischen den Regalen hindurch zur Kasse. Dort bezahlte eine Frau gerade ihre Einkäufe und unterhielt sich dabei angeregt mit Frau Kurz, der Ladenbesitzerin.
»Nun ist es schon vier Mal passiert«, sagte die Frau. »Ich trau mich gar nicht mehr, Leo nachts nach draußen zu lassen. Der Arme ist deswegen schon ganz durcheinander. Er weiß natürlich überhaupt nicht, was los ist.«
Frau Kurz seufzte. »Wer hätte gedacht, dass gerade in unserem Dorf so etwas möglich ist? Hier hat es doch schon immer Katzen gegeben und nie ist etwas passiert …«
Franzi horchte auf. Ging es etwa um die verschwundenen Katzen? Während sie ihre Einkäufe auf das Band legte, spitzte sie die Ohren, damit ihr nur ja kein Wort von dem Gespräch entging.

»Finden Sie es nicht auch seltsam, dass die erste Katze verschwunden ist, kurz nachdem diese Hexe aufgetaucht ist?«, fragte die Kundin. »Das kann doch kein Zufall sein!«
Franzi und Kim sahen sich überrascht an. Gab es etwa doch eine Hexe in Billershausen?
»Merkwürdig ist es schon, da haben Sie recht, Frau Seifert«, gab Frau Kurz zu. »Aber warum sollte es die Hexe ausgerechnet auf unsere Katzen abgesehen haben?«
Frau Seifert packte zwei Päckchen Butter, drei Äpfel und ein Stück Käse in ihr Einkaufsnetz. »Sie wird ihre Gründe haben. Die Frau ist doch nicht mehr ganz dicht. Haben Sie diese merkwürdigen Puppen gesehen, mit denen sie den Wald verunstaltet? Ich kann Ihnen sagen …«
»Meinen Sie vielleicht diese Figuren?«, mischte sich Franzi ein und hielt der Frau das Püppchen aus dem Wald hin.
Die Kundin betrachtete die kleine Strohpuppe. »Genau, die meine ich.« Sie sah Franzi mit gerunzelter Stirn an. »Wo hast du die denn her? Und wer bist du überhaupt? Ich hab dich hier noch nie gesehen.«
»Das ist Franzi, die Enkelin von Lotti Winkler«, erklärte Frau Kurz und lächelte Franzi zu. »Hallo erst mal. Lotti hat mir schon erzählt, dass du in den Ferien mit deinen Freundinnen kommst. Sie hat sich wahnsinnig auf euren Besuch gefreut.«
»Hallo, Frau Kurz«, begrüßte Franzi die Ladenbesitzerin. Dann kam sie auf das eigentliche Thema zurück. »Diese Strohpüppchen haben wir im Wald entdeckt. Natürlich haben wir uns gefragt, wer sie dort aufgehängt hat …«
»Das war die Hexe, ganz klar«, fiel Frau Seifert Franzi ins

Wort. »Eine Schande, dass diese hässlichen Dinger jetzt überall im Wald hängen.«
»Wollen Sie etwa wirklich behaupten, im Märchenwald lebt eine Hexe?«, fragte Franzi vorsichtig. Sie konnte sich einfach nicht vorstellen, dass erwachsene Menschen an so einen Quatsch glaubten.
»Ob sie eine echte Hexe ist, weiß natürlich niemand«, stellte Frau Kurz klar. »Sie wird hier im Dorf nur so genannt. Vor einiger Zeit ist eine alte Frau im Wald aufgetaucht, die … nun ja … sagen wir mal etwas merkwürdig ist.«
»›Etwas merkwürdig‹ ist gut«, mischte sich Frau Seifert ein. »Sie erschreckt die Kinder und lässt unsere Katzen verschwinden.«
»Woher wissen Sie das denn so genau?«, fragte Kim. »Gibt es dafür irgendwelche Beweise?«
Frau Seifert schnaufte ärgerlich. »Ich brauche keine Beweise. Ich merke auch so, wenn mit jemandem etwas nicht stimmt. Dafür reicht ein bisschen gesunder Menschenverstand. Und mit dieser Frau stimmt so einiges nicht …«
»Paul und Maike hatten eine ziemlich unangenehme Begegnung mit ihr«, erzählte Frau Kurz. »Sie wollten sich in der Nähe der Quelle ein Baumhaus bauen, aber die Hexe hat sie weggejagt.«
Franzi und Kim wechselten einen Blick. Also hatten die Kinder doch die Wahrheit erzählt.
»Das klingt alles wirklich sehr merkwürdig«, sagte Franzi und runzelte die Stirn. Sie wusste immer noch nicht, was sie von der Angelegenheit halten sollte. Dass die Frau im Wald eine echte Hexe war, wollte einfach nicht in ihren Kopf.

»Allerdings.« Frau Seifert machte ein finsteres Gesicht. »Mit dieser Hexe werden wir noch ordentlich Ärger bekommen, so viel ist sicher.« Nach dieser düsteren Prognose nahm sie ihr Einkaufsnetz und verließ den Laden.
Frau Kurz sah ihr kopfschüttelnd nach. »Nehmt nicht alles für bare Münze, was sie von sich gibt. Frau Seifert malt gerne den Teufel an die Wand.« Dann griff sie nach Franzis Einkäufen und tippte die Preise ein. »Macht acht Euro dreiundneunzig.«
Franzi reichte Frau Kurz den Zehn-Euro-Schein und packte die Sachen in ihre Tasche, während Kim die Tafel Schokolade bezahlte.
»Und schöne Grüße an deine Oma«, rief Frau Kurz den Mädchen nach, als sie aus dem Laden gingen.
»Werde ich ausrichten«, rief Franzi zurück.
Auf dem Hof blieben Kim und Franzi stehen. Paul und Maike waren nirgendwo zu sehen. Nur ein paar Spatzen hüpften über das Pflaster und tschilpten fröhlich.
»Was hältst du von der Sache?«, fragte Kim und riss die Schokolade auf. »Ist schon komisch, dass die erste Katze verschwunden ist, kurz nachdem die Hexe im Wald aufgetaucht ist, oder?«
»Jetzt fang du nicht auch noch an«, stöhnte Franzi. »Die Frau ist keine Hexe, weil es keine Hexen gibt.«
»Weiß ich doch. Aber deswegen kann sie trotzdem etwas mit dem Verschwinden der Katzen zu tun haben.« Kim brach ein großes Stück Schokolade ab. »Willst du auch?«
Franzi schüttelte den Kopf. »Nein danke.«
Die Ladentür ging auf, und Marie kam heraus. Sie schwebte

förmlich über den Hof. Auf ihrem Gesicht lag ein leicht entrückter Ausdruck, und sie lächelte selig.
»Da bist du ja«, sagte Franzi. »Hast du dich etwa die ganze Zeit mit Holger unterhalten?«
Marie nickte. »Er ist wirklich wahnsinnig nett. Und wir haben genau dieselben Interessen. Ist das nicht witzig?«
»Lackiert sich Holger etwa auch jeden Tag die Nägel und verbringt Stunden mit seinem Styling?«, fragte Kim.
Bei der Vorstellung musste Franzi lachen, und auch Kim prustete los. Marie machte ein beleidigtes Gesicht.
»Quatsch, natürlich nicht. Aber er steht total auf Sport. Im Sommer fährt er Mountainbike und im Winter Ski. Und er geht gerne ins Kino. Als ich ihm erzählt habe, dass ich Schauspielerin werden will, war er ganz schön beeindruckt …«
»Kann ich mir vorstellen«, murmelte Franzi. Marie konnte ziemlich überzeugend sein, wenn sie wollte.
»Jetzt hast du tatsächlich deinen Traumprinzen in Billershausen getroffen«, stellte Kim fest und steckte sich noch ein Stück Schokolade in den Mund. »Wer hätte das gedacht.«
Marie lächelte. »Die Tarotkarten hatten recht. Holger und ich sind füreinander bestimmt, das spüre ich ganz deutlich.«
»Und ich spüre ganz deutlich, dass mein Magen knurrt«, sagte Franzi, um Maries Schwärmereien abzukürzen. »Lasst uns nach Hause gehen, Oma Lotti wartet bestimmt schon mit dem Mittagessen.«

Recherche mit Überraschungen

»Wer möchte noch einen Pfannkuchen?« Oma Lotti stand am Herd und schwenkte die Pfanne, in der ein goldbrauner Pfannkuchen brutzelte.
»Ich kann nicht mehr.« Franzi hielt sich stöhnend den Bauch.
»Ich bin auch satt, vielen Dank«, sagte Marie.
»Also, ich würde noch einen nehmen.« Kim hielt Oma Lotti ihren Teller hin. »So leckere Pfannkuchen hab ich schon lange nicht mehr gegessen.«
»Danke für das Kompliment.« Oma Lotti ließ den Pfannkuchen auf Kims Teller gleiten. »Hattet ihr denn einen netten Vormittag im Dorf?«
»Wir haben im Dorfkrug eine Cola getrunken und uns ein bisschen mit Pia unterhalten, der Tochter vom Wirt«, erzählte Franzi. »Sie scheint ziemlich nett zu sein, ganz im Gegensatz zu ihrem Vater.«
»Otto ist eigentlich auch ein netter Kerl«, sagte Oma Lotti. »Raue Schale, weicher Kern – bei ihm passt das Sprichwort. Er hat's nicht leicht gehabt. Seine Frau ist ihm vor ein paar Jahren weggelaufen, und der Dorfkrug läuft auch nicht mehr so gut wie früher. Außerdem hat er sich mit dem Umbau ein bisschen übernommen und ordentlich Schulden gemacht.«
Franzi fiel etwas ein. »Ehe ich's vergesse, schöne Grüße von Frau Kurz.«
»Danke«, sagte Oma Lotti. »Tja, die gute Helga wird auch nicht jünger. Gut, dass Holger ab und zu im Laden mithilft,

alleine würde sie das alles gar nicht mehr schaffen. Weißt du noch, wie du früher immer mit Holger im Sandkasten gespielt hast? Er wollte dich unbedingt heiraten.«
»Tatsächlich?« Marie machte ein interessiertes Gesicht. »Ich wusste gar nicht, dass Holger ein Sandkastenfreund von dir ist, Franzi. Du hast nie von ihm erzählt.«
Franzi wurde rot. »Das ist doch schon Ewigkeiten her. Ich hätte ihn fast nicht wiedererkannt, als ich ihn heute im Laden gesehen habe. Er hat sich ganz schön verändert.«
Kim strich sich dick Erdbeermarmelade auf ihren Pfannkuchen und kam auf die Unterhaltung im Dorfladen zurück. »Frau Kurz hat uns eine merkwürdige Geschichte von einer Hexe erzählt, die im Märchenwald leben soll. Stimmt das?«
Oma Lotti seufzte. »Die Leute hier im Dorf sind leider extrem abergläubisch. Manchmal verwechseln sie die alten Legenden mit der Realität.«
»Es gibt also keine Hexe im Wald?« Marie machte ein enttäuschtes Gesicht. Kim und Franzi hatten ihr auf dem Rückweg erzählt, was sie von der Ladenbesitzerin erfahren hatten, und die Geschichte mit der Hexe hatte Marie natürlich sofort gefallen.
Oma Lotti schüttelte entschieden den Kopf. »Nein, es gibt keine Hexe. Aber vor einer Weile ist tatsächlich eine fremde Frau im Dorf aufgetaucht. Sie lebt in einem kleinen Häuschen mitten im Wald.«
»Das Haus, das schon seit ewigen Zeiten leer steht?«, fragte Franzi. »Aber das ist doch total verfallen.«
»Die neue Besitzerin hat es notdürftig wiederhergerichtet«, erzählte Oma Lotti. »Im Dorf wird sie nur die Hexe ge-

nannt. Keiner weiß, woher sie kommt und was sie hier will. Sie sammelt Kräuter und bastelt kleine Figuren aus Stroh. Ansonsten bekommt man sie kaum zu Gesicht.«

»Vielleicht ist sie ja so was wie eine Künstlerin«, sagte Kim.

»Schon möglich.« Oma Lotti ließ Wasser in die schmutzige Pfanne laufen. »Oder eine Kräuterfrau. Auf jeden Fall ist sie im Dorf nicht besonders beliebt. Die Leute hier haben Angst vor allem Fremden. Und dass nun auch noch eine Katze nach der anderen verschwindet, macht die Sache nicht gerade besser ...«

Franzi runzelte die Stirn. Sie musste an Frau Seiferts Prophezeiung denken. Vielleicht hatte die alte Klatschtante diesmal recht. Diese Geschichte roch tatsächlich nach Ärger.

Nach dem Essen zog sich Franzi ins Gästezimmer zurück, um auf Bennis SMS zu antworten, ohne dass ihr dabei ständig zwei neugierige Augenpaare über die Schulter blickten. Mehrere Minuten lang starrte sie unentschlossen auf das Display. Was sollte sie schreiben? Dass sie Benni vermisste und jetzt am liebsten bei ihm wäre? Nein, das klang viel zu kitschig. Nachher glaubte Benni noch, sie würde es ohne ihn nicht aushalten. Franzi überlegte eine Weile, dann tippte sie ein:

Hi, Benni! Danke für deine Nachricht. Freu mich schon auf unser nächstes Treffen, skate bis dahin eine Runde für mich mit. Hier ist alles ok, GLG, Franzi

Zufrieden drückte Franzi auf »Senden«. Sie fand, sie hatte genau den richtigen Ton getroffen. Ziemlich neutral, aber auch nicht abweisend. Freundlich, aber auch nicht zu freundlich. Seufzend schaltete sie das Handy aus. Warum musste dieser ganze Liebeskram eigentlich immer so anstrengend sein?

Dieselbe Frage schoss Kim durch den Kopf, als sie mit klopfendem Herzen Michis Nummer wählte. Sie kannte sie natürlich in- und auswendig. Die Zahlenfolge hatte sich unauslöschlich in ihr Gehirn eingebrannt. Nervös spielte Kim mit dem Telefonkabel herum, während es am anderen Ende klingelte. Oma Lottis Telefon war ein uraltes schwarzes Modell, das sogar noch eine Wählscheibe hatte. Hoffentlich war Michi zu Hause. Was, wenn nur der Anrufbeantworter ansprang? Sie hasste es, Nachrichten zu hinterlassen. Meistens fielen ihr so schnell einfach nicht die richtigen Worte ein, und sie stotterte herum wie der letzte Idiot. Total peinlich …

»*Guten Tag. Hier spricht Michi Millbrandt. Leider bin ich gerade nicht zu Hause …*«

Kim seufzte. Na super! Jetzt hatte sie den Salat. Sollte sie einfach wieder auflegen und es später noch einmal versuchen? Nein, das war doch albern. Sie drückte den Hörer fest ans Ohr und wartete auf das Ende der Ansage.

»*… aber wer möchte, kann mir gerne eine Nachricht hinterlassen. Ich rufe dann so schnell wie möglich zurück.*«

Der Piep erklang, und Kim räusperte sich. »Äh … hallo, Michi, ich bin's … Kim … also … ich hätte da eine Bitte …«

Es piepte noch einmal, dann knackte es und Michis Stimme ertönte. Diesmal kam sie nicht vom Band.

»Hallo, Kim! Sorry, ich stand gerade unter der Dusche und hab's nicht rechtzeitig ans Telefon geschafft.«

Kim schluckte. Sie stellte sich vor, wie Michi in dem kleinen Ein-Zimmer-Appartement, das ihm ein Freund zurzeit überlassen hatte, neben dem Telefon stand. Mit einem um die Hüften geschlungenen Handtuch und glitzernden Wassertropfen auf seiner sonnengebräunten Haut …

Kim merkte, wie sie knallrot anlief. Sie war heilfroh, dass Michi sie durchs Telefon nicht sehen konnte. »Äh … hallo … macht doch nichts …«, stammelte sie. Dann wusste sie nicht weiter und verstummte.

»Schön, dass du anrufst«, sagte Michi. »Wie geht's denn so? Alles klar bei euch?«

»Alles bestens.« Kim versuchte, locker zu klingen, aber das gelang ihr nicht so richtig. Ob Michi sich wirklich über ihren Anruf freute? Oder war das nur so dahingesagt? »Heute gab es Pfannkuchen zum Mittagessen«, erzählte sie und biss sich gleich danach kräftig auf die Zunge. Etwas Dämlicheres hätte sie kaum sagen können. Als ob sich Michi für ihr Mittagessen interessierte! Warum musste sie in seiner Gegenwart immer so einen Blödsinn reden?

Zum Glück schien Michi das nicht allzu sehr zu stören. »Ich liebe Pfannkuchen«, sagte er mit einem Lächeln in der Stimme.

»Ich auch.« Kim bekam plötzlich weiche Knie. Schnell setzte sie sich auf den Stuhl neben dem Telefon. »Und was treibst du so?«

»Nicht viel«, antwortete Michi. »Gestern war ich im *Café Lomo*, aber da war kaum etwas los. Ehrlich gesagt ist es ziemlich langweilig ohne euch.« Nach einer kurzen Pause fügte er hinzu: »Vor allem ohne dich.«

Kim hielt die Luft an. Hatte sie sich verhört? Oder waren das tatsächlich Michis Worte gewesen?

Vor allem ohne dich.

Ihr Herz klopfte wie ein Dampfhammer, und ihr wurde ganz flau im Magen. Im Telefonhörer knisterte es. Sonst war es ganz still. So still, dass sie Michis Atem hören konnte. Sie musste etwas sagen. Jetzt. SOFORT!

»Ich brauche dich«, stieß sie hervor.

»Tatsächlich?« Michi lachte leise.

Kim hätte schreien können. Dieses Gespräch entwickelte sich allmählich zur peinlichsten Unterhaltung seit der Erfindung des Telefons. Konnte sie denn kein einziges Fettnäpfchen auslassen?

»Ich meine … ich brauche deine Hilfe«, verbesserte sich Kim schnell.

»Ach so.« Michi klang ein bisschen enttäuscht. Oder bildete sie sich das nur ein? Kim war völlig durcheinander. Sie versuchte verzweifelt, ihre Gedanken zu ordnen. Was war noch mal der Grund ihres Anrufs gewesen?

»Wir sind hier einem neuen Fall auf der Spur«, erklärte Kim so nüchtern wie möglich. »Dabei spielt eine alte Legende eine Rolle.« Kim erklärte kurz, worum es ging. Sie schaffte es tatsächlich, die bisherigen Ermittlungen halbwegs verständlich zusammenzufassen.

»Und ich soll jetzt für euch im Internet recherchieren, was es

mit dieser Märchenwald-Legende auf sich hat?«, fragte Michi, nachdem Kim fertig war.
»Genau. Das wäre wirklich supernett.«
»Kein Problem, mach ich doch gerne. Ich ruf dich in einer halben Stunde zurück, okay?«
»Prima. Bis gleich.« Kim legte den Hörer auf und atmete erst einmal tief durch. Sie war völlig durchgeschwitzt und fühlte sich ungefähr so zerschlagen wie nach einer Stunde Jogging mit Franzi und Marie. Zerstreut streichelte sie Minka, die auf ihren Schoß gesprungen war und sich dort gerade gemütlich zusammenrollte.
»Sei bloß froh, dass du nicht verliebt bist«, murmelte Kim. Minka blinzelte mit ihren grünen Katzenaugen und maunzte zustimmend.

Detektivtagebuch von Kim Jülich
Montag, 17:56 Uhr
Es gibt aufregende Neuigkeiten! Michi hat für uns im Internet recherchiert und interessante Hintergrundinformationen über die Märchenwald-Legende gefunden. Die Legende scheint in der Tat sehr alt zu sein. Offenbar wurde dem Wald schon vor über zweihundert Jahren nachgesagt, dass dort immer wieder Kinder verschwinden. Angeblich soll das alle fünfzig Jahre passieren. Gesicherte Informationen konnte Michi allerdings nur über einen Fall finden. In den Fünfzigerjahren sind zwei Kinder aus dem Dorf in einer Quelle im Wald ertrunken. Die Quelle ist sehr tief, und die Kinder konnten nicht schwimmen. Der Fall war damals groß in der Presse, weil er mit der alten Legende und der Hänsel-und-Gretel-Geschichte in Zusammen-

hang gebracht wurde. Die beiden Kinder waren nämlich auch Geschwister. Ein Junge und ein Mädchen.
Doch was das Unheimlichste ist: Die Tragödie hat sich fast auf den Tag genau vor fünfzig Jahren ereignet! Als ich das gehört habe, ist mir fast der Telefonhörer aus der Hand gefallen. Eigentlich glaube ich ja nicht an Hexen, Geister und unerklärliche Zufälle. Aber hier stimmt was nicht, das spüre ich ganz deutlich. Mir ist es eiskalt den Rücken hinuntergelaufen, als wir heute Vormittag durch den Märchenwald gelaufen sind. Und ich hatte die ganze Zeit das Gefühl, uns würde jemand beobachten. Aber es war niemand da. Oder vielleicht doch?
Was, wenn die Legende mehr ist als eine harmlose alte Geschichte?
Was, wenn wieder Kinder im Wald verschwinden?
Wir müssen unbedingt mehr über diese Hexe herausfinden. Bevor es zu spät ist.

Geheimes Tagebuch von Kim Jülich
Montag, 18:31 Uhr
Warnung: Lesen für Unbefugte (alle außer Kim Jülich) streng verboten! Das gilt auch für Hexen, Geister und andere übersinnliche Erscheinungen (falls es sie gibt)!
Kann man gleichzeitig glücklich und verzweifelt sein? Ja, man kann! Seit dem Telefonat mit Michi weiß ich kaum noch, wie mir geschieht. Meine Gefühle spielen total verrückt. In der einen Sekunde schwebe ich auf einer rosaroten Wolke des Glücks. Michi hat gesagt, dass er sich ohne mich langweilt. Ohne MICH! Nicht ohne uns! Das heißt doch, dass er mich vermisst, oder? Und dass er mehr für mich empfindet als nur Freundschaft …

Aber in der nächsten Sekunde löst sich die rosarote Wolke in Luft auf, und ich falle und falle, bis ich unsanft auf dem harten Boden der Tatsachen lande. Vielleicht wollte Michi ja nur nett sein. Vielleicht hat er diesen Satz einfach nur so dahingesagt, ohne sich etwas dabei zu denken. Vielleicht interpretiere ich viel zu viel in seine Worte hinein. Vielleicht findet Michi mich in Wirklichkeit total langweilig, weil ich in seiner Gegenwart immer nur dummes Zeug rede. Wenn ich überhaupt einen Ton herausbekomme …
Verflixter Mist!
Warum bin ich nicht so cool wie Franzi?
Warum sehe ich nicht so gut aus wie Marie?
Und warum ist Michi jetzt nicht hier bei mir???

Geisterbeschwörung

Marie stellte ein leeres Wasserglas kopfüber auf den Tisch. »Was haltet ihr von einer Runde Gläserrücken?«

Die drei !!! saßen träge am Küchentisch und verdauten das Abendbrot. Der Duft von Bratkartoffeln mit Speck hing immer noch in der Luft. Oma Lotti hatte es mal wieder gut mit ihnen gemeint und so viele Kartoffeln gebraten, dass es für eine ganze Schulklasse gereicht hätte. Nach dem Essen hatte sie sich ins Wohnzimmer zurückgezogen, weil ihre Lieblingsserie im Fernsehen kam: *Schlosshotel Romantik.*

»Gläserrücken?« Franzi rümpfte die Nase. »Das funktioniert doch sowieso nicht.«

»Wer weiß.« Marie blätterte in *Zaubern leicht gemacht – Hexenzauber für Anfänger.* »Lasst es uns doch wenigstens mal ausprobieren. Bitte! Alleine geht es nicht, man braucht dazu mehrere Leute.«

Kim zuckte mit den Schultern. »Okay, warum nicht? Könnte doch ganz lustig werden. Komm schon, Franzi, sei kein Spielverderber.«

»Na gut.« Franzi gähnte. »Von mir aus.«

Marie zog einen Papierbogen hervor, der hinten im Buch steckte, faltete ihn auseinander und legte ihn auf den Küchentisch. Auf dem Bogen war ein Kreis zu sehen, der aus den Buchstaben des Alphabets von A bis Z und den Zahlen 0 bis 9 gebildet wurde. Im Inneren des Kreises standen die Wörter *Ja*, *Nein* und *Ich weiß nicht.*

Marie stellte das Glas in die Mitte des Kreises. »Wir brauchen Kerzen.«
Franzi zog eine Augenbraue hoch. »Wozu denn das?«
»Weiß ich auch nicht, aber das steht hier so.« Marie tippte auf eine Stelle im Buch. »Ich bin dafür, dass wir es genau nach Anleitung machen. Sonst funktioniert es vielleicht nicht.«
»Das funktioniert sowieso nicht, ob mit Kerzen oder ohne«, murmelte Franzi. Aber sie stand trotzdem auf und holte ein paar Teelichter aus dem Küchenschrank.
Marie zündete die Teelichter an und knipste die Deckenlampe aus. Jetzt wurde die Küche nur noch vom Kerzenschein erhellt, der zuckende Schatten an die Wände malte.
»Legt eure Zeigefinger auf das Glas und schließt die Augen«, befahl Marie.
Widerwillig befolgte Franzi die Anweisung. Das war doch totale Zeitverschwendung! »Lasst uns lieber eine Runde Karten spielen«, schlug sie vor.
»Ruhe!«, zischte Marie. »Leert euren Kopf von allen Gedanken und konzentriert euch ganz auf das Hier und Jetzt.«
Franzi seufzte. Was für ein Unsinn! Wie konnte Marie sich nur für so einen Mist begeistern?
»Geist, bist du da?«, fragte Marie.
Kim kicherte.
»Pssst«, zischte Marie ärgerlich und wiederholte die Frage. »Geist, bist du da?«
Nichts passierte.
»Ich hab ja gleich gesagt, dass es nicht funktioniert«, stellte Franzi fest und öffnete die Augen. Sie wollte gerade ihren

Finger wegziehen, da spürte sie etwas. Eine Bewegung. Ganz leicht nur. Als würde das Glas unter ihrem Finger erzittern.
Die anderen hatten es auch gemerkt. Kims Kichern erstarb. Jetzt war es totenstill.
»Geist, bist du da?«, fragte Marie zum dritten Mal.
Da passierte es. Das Glas bewegte sich. Franzi sah mit offenem Mund zu. Sie konnte ihren Blick einfach nicht abwenden. Hatte sie etwa Halluzinationen? Nein, das Glas bewegte sich tatsächlich. Es glitt über den Papierbogen und blieb auf dem Feld mit dem Wort *Ja* stehen.
»Wahnsinn!« Marie starrte das Glas an. »Es klappt tatsächlich!«
»Unsinn.« Franzi machte ein vorwurfsvolles Gesicht. »Gib's zu, du hast geschoben.«
»Hab ich nicht«, verteidigte sich Marie. »Ganz ehrlich!«
Franzi kniff die Augen zusammen. Im flackernden Licht der Kerzen konnte sie nicht erkennen, ob Marie die Wahrheit sagte oder log.
»Wollen wir nicht lieber etwas anderes machen?«, fragte Kim. Sie sah etwas blass aus.
Marie schüttelte den Kopf. »Auf keinen Fall! Wir können doch jetzt nicht aufhören!«
»Okay, probieren wir es noch mal«, sagte Franzi. »Aber diesmal stelle ich die Frage.« Sie überlegte einen Moment. »Wie heißt Maries neuer Schwarm?«
Das Glas erzitterte wieder, dann glitt es langsam über den Papierbogen und blieb beim Buchstaben H stehen.
»Ich fass es nicht«, hauchte Marie.

Aber das Glas war noch nicht fertig. Es bewegte sich jetzt immer schneller, bis es förmlich über das Papier flog.

O ... L ... G ... E ... R

»Holger!«, quietschte Marie. »Es stimmt!«

»Klar stimmt es.« Franzi versuchte, ruhig zu bleiben. »Weil du geschoben hast. Nächste Frage: Ist Michi in Kim verliebt?«

Kim kicherte nervös. »Ich weiß gar nicht, ob ich das wirklich wissen will ...«

Sie hatte noch nicht ganz zu Ende gesprochen, da bewegte sich das Glas erneut.

JA

Franzi grinste. »Na, das sind doch gute Neuigkeiten, was, Kim? Vielen Dank, lieber Geist.« Sie zwinkerte Marie zu. Allmählich begann das Spiel ihr Spaß zu machen.

»Jetzt bin ich dran.« Kim schien es ähnlich zu gehen. »Lieber Geist, sag mir doch bitte, ob Benni und Franzi ein Paar werden.«

Das Glas bewegte sich nur zögernd.

ICH WEISS NICHT

»Na toll!«, schimpfte Franzi. »Michi liebt Kim, aber ich werde im Ungewissen gelassen. Vielleicht sollten wir besser das Thema wechseln. Dem Geist scheint allmählich die Puste auszugehen.« Sie fuhr sich mit der Zunge über die Lippen und dachte scharf nach, bevor sie die nächste Frage stellte. »Wer lässt die Katzen aus dem Dorf verschwinden?«

Diesmal kam die Antwort prompt. Das Glas glitt schnell wie der Blitz über das Papier, von einem Buchstaben zum nächsten. Von welcher Kraft wurde es gelenkt? Franzi blickte zu

Marie. War sie es, die heimlich schob? Aber Marie sah selbst total überrascht aus. Ihre Augen starrten fasziniert auf das Glas, und ihr Mund war vor Aufregung leicht geöffnet. Andererseits war Marie eine ziemlich gute Schauspielerin …

Das Glas wurde langsamer. Es blieb beim letzten Buchstaben stehen.

ROSE

»Rose?« Marie sah ihre Freundinnen verwirrt an. »Was zum Teufel soll das bedeuten?«

Franzi runzelte die Stirn. »Keine Ahnung. Vielleicht heißt jemand aus dem Dorf so. Könnte doch sein, oder?«

Kim zog ihren Finger vom Glas, als hätte sie sich verbrannt. »Ich hab keine Lust mehr.« Ihre Stimme zitterte leicht. »Das ist mir alles zu unheimlich.« Sie stand auf. »Ich gehe ins Bett.«

Franzi nickte. Sie konnte Kim verstehen. Ihr lief ebenfalls ein kalter Schauer über den Rücken. Sie wünschte fast, sie hätten dieses Spiel nie gespielt. In ihrem Kopf wirbelten die Gedanken durcheinander. Was war gerade passiert? War es möglich, dass wirklich ein Geist das Glas gelenkt hatte? Oder hatte eine von ihnen es bewusst oder unbewusst über den Papierbogen geschoben? Und wer oder was war Rose?

Am nächsten Morgen kam Oma Lotti aufgeregt aus dem Garten herein, als die drei !!! gerade den Frühstückstisch deckten. »Minka ist weg!«, rief sie schon in der Tür.

»Was?« Franzi stellte die Milch auf den Tisch. »Wie – weg?«

»Sie ist ausgebüxt.« Oma Lotti ließ sich erschöpft auf einen Küchenstuhl fallen. »Ich wollte ein paar Erdbeeren aus dem

Garten holen, fürs Frühstück. Da ist Minka an mir vorbeigeflitzt. Ich bin ihr noch nachgerannt, aber sie war zu schnell.«
Die drei !!! verständigten sich mit einem kurzen Blick. Franzis Sorge spiegelte sich auf den Gesichtern ihrer Freundinnen wider. Sie waren sich auch ohne Worte einig: Minka war in Gefahr.
»Wir müssen Minka suchen«, sagte Franzi. »Sofort.«
»Je eher wir sie finden, desto besser«, fügte Kim hinzu.
Oma Lotti nickte. Sie saß wie ein Häufchen Elend auf dem Küchenstuhl. »Es ist alles meine Schuld. Ich habe die Tür offen gelassen. Wenn Minka etwas passiert, verzeihe ich mir das nie.«
Franzi legte den Arm um ihre Oma. »Mach dir keine Vorwürfe. Das hätte jedem passieren können. Wir finden Minka bestimmt.«
»In welche Richtung ist sie denn gelaufen?«, fragte Marie.
»Direkt in den Wald.« Oma Lotti straffte die Schultern und stand auf. »Ich helfe euch suchen.«
»Bleib lieber zu Hause.« Franzi schob ihre Oma sanft zurück auf den Stuhl. »Vielleicht kommt Minka ja zurück, dann sollte jemand hier sein.«
»Du hast recht.« Oma Lotti seufzte. »Aber ich muss doch irgendetwas tun! Ich kann nicht einfach nur untätig herumsitzen und warten, dass die Zeit vergeht.«
»Stellen Sie doch ein Schälchen mit Katzenfutter auf die Fensterbank«, schlug Kim vor. »Vielleicht lockt der Geruch Minka an.«
Oma Lottis Gesicht hellte sich auf. »Gute Idee! Das mach ich sofort.«

Franzi drückte Oma Lottis Arm. »Mach dir nicht zu viele Sorgen, Minka ist bestimmt nichts passiert.« Da fiel ihr etwas ein. »Sag mal, gibt es im Dorf zufälligerweise eine Frau namens Rose?«
Oma Lotti sah Franzi überrascht an. »Rose? Nein. Nie gehört. Warum?«
Franzi winkte ab. »Nur so.« Sie gab Oma Lotti einen Kuss auf die Wange. »Wir müssen los. Bis später!«

»Wo sollen wir denn anfangen zu suchen?« Kim schloss das Gartentor hinter sich. »Minka kann schließlich überall hingelaufen sein.«
»Stimmt, es ist fast so, als würde man eine Nadel im Heuhaufen suchen«, sagte Marie.
»Ich weiß.« Franzi seufzte. »Am besten durchkämmen wir erst mal den Wald. Und dann suchen wir im Dorf weiter. Wir müssen Minka unbedingt finden, bevor sie dem Katzenfänger in die Hände fällt.«
»Wenn er sich Minka nicht schon längst geschnappt hat«, murmelte Kim düster.
Die drei !!! liefen einen schmalen Pfad entlang, der immer tiefer in den Wald hineinführte. Hier und da lugten Baumwurzeln aus der Erde, und Franzi hielt den Blick auf den Boden gerichtet, um nicht zu stolpern. Immer wieder blieb sie stehen und rief leise nach Minka, aber die Katze ließ sich nicht blicken.
Nach einer Weile glitzerte Wasser zwischen den Zweigen der Bäume hindurch.
»Wo sind wir?«, fragte Kim. Es war so still im Wald, dass sie

automatisch flüsterte. Kein Geräusch war zu hören. Sogar das Zwitschern der Vögel war verstummt. Nur der Wind rauschte leise in den Baumwipfeln.
Franzi sah sich um. »Das könnte die Quelle sein. Früher bin ich manchmal mit Oma hier spazieren gegangen. Aber das ist schon Ewigkeiten her.«
»Meinst du etwa die Quelle, in der damals die Geschwister ertrunken sind?«, fragte Marie. Auch sie flüsterte.
Franzi nickte. »Ja, das muss hier gewesen sein.«
Die Quelle lag in einer kleinen Senke zwischen hohen Fichten. Sie glitzerte geheimnisvoll in den wenigen Sonnenstrahlen, die sich mühsam zwischen den hohen Bäumen hindurchkämpften. Das Wasser war so schwarz wie dicke Tinte. Ab und zu stiegen Blasen an die Oberfläche, und es gluckerte leise. Was war das? Fische? Oder etwas anderes?
Franzi musste an die ertrunkenen Kinder denken und bekam eine Gänsehaut. Am liebsten wäre sie auf der Stelle umgekehrt. Aber dann riss sie sich zusammen. Es gab überhaupt keinen Grund, Angst zu haben, nur weil hier vor langer Zeit ein tragisches Unglück passiert war.
Plötzlich knackte es auf der anderen Seite der Quelle, und Franzi fuhr zusammen. Kim schrie leise auf und klammerte sich an Marie. Franzi starrte mit weit aufgerissenen Augen in die Richtung, aus der das Geräusch gekommen war. Fast erwartete sie, eine Hexe mit großer Nase und Schlangenhaaren aus dem Unterholz kommen und um die Quelle tanzen zu sehen. Aber statt einer Hexe tauchten drei Männer auf. Sie kämpften sich zwischen den dicht stehenden Fichten hindurch und blieben genau an der Stelle stehen, wo ein kleiner

Bach aus der Quelle entsprang und über Steine und Moos in den Wald hinein floss.
»Duckt euch!«, zischte Franzi und zog ihre Freundinnen hinter einen Busch.
»Wer ist das?«, wisperte Kim. »Und warum müssen wir uns verstecken?«
»Reine Vorsichtsmaßnahme.« Franzi schob einen Zweig zur Seite, um eine bessere Sicht auf die Quelle zu haben. »Man kann nie wissen.«
Kim zog ihr Fernglas aus dem Rucksack. Als sie hindurchsah, stieß sie einen leisen Pfiff aus. »Wen haben wir denn da? Das ist doch Otto Körner, der Wirt vom Dorfkrug.«
Franzi griff nach dem Fernglas und warf ebenfalls einen Blick hindurch. Tatsächlich! Einer der drei Männer war der Vater von Pia. Die anderen beiden kannte sie nicht. Pias Vater hatte einen hochroten Kopf und redete wild gestikulierend auf seine Begleiter ein.
»Was machen die denn da?«, murmelte Franzi. »Ich glaube, die holen Wasser aus der Quelle.«
»Zeig mal her.« Marie nahm Franzi das Fernglas ab, das diese allerdings nur ungern hergab. »Die nehmen Wasserproben, ganz klar«, stellte Marie fachmännisch fest. »Aber wozu?«
Franzi antwortete nicht. Sie spitzte die Ohren und versuchte herauszufinden, worüber sich die Männer unterhielten. Leider stand der Wind ungünstig, und Franzi konnte nur einzelne Wortfetzen verstehen.
»Proben … untersucht werden«, sagte der Mann, der die Wasserproben genommen hatte.

Dann drehte sich der Wind und wehte einen kompletten Satz zu ihnen hinüber.
»Aber das Wichtigste ist die Unterschrift«, sagte der andere Mann.
Das Gesicht von Pias Vater wurde noch etwas röter. »Ich hab doch schon alles versucht! Aber sie will einfach nicht …«
Der Wind änderte seine Richtung wieder, sodass Franzi den Rest nicht mehr verstehen konnte.
»Lasst uns abhauen«, flüsterte sie. »Es ist besser, wenn die Typen nicht merken, dass wir sie beobachtet haben.«
Auf leisen Sohlen schlichen die drei !!! über den moosbedeckten Waldboden zurück zum Weg. Erst jetzt fiel Franzi auf, dass hier besonders viele Strohpüppchen an den Bäumen hingen. Als sie die Quelle hinter sich gelassen hatten, setzte das Vogelgezwitscher wieder ein, und die bedrückende Stille löste sich auf. Franzi kam es so vor, als würde selbst die Sonne plötzlich etwas heller scheinen. Sie atmete auf. Sie konnte es nicht richtig erklären, aber irgendetwas Düsteres und Bedrohliches ging von der Quelle aus und schnürte einem die Luft ab.
Kim schien es ähnlich zu gehen. »Was für ein unheimlicher Ort«, sagte sie schaudernd.
»Habt ihr kapiert, was da gerade vor sich ging?«, fragte Marie. »Warum soll das Quellwasser untersucht werden? Und von was für einer Unterschrift war die Rede?«
Franzi schüttelte ratlos den Kopf. »Keine Ahnung. Das ergibt alles keinen Sinn. Noch nicht zumindest. Wir brauchen unbedingt mehr Informationen.«
»Stimmt«, sagte Kim. »Aber zuerst müssen wir Minka finden.«

Eine unheimliche Begegnung

Die drei !!! hatten gerade eine Weggabelung passiert, als ihnen Pia entgegenkam. Sie trug einen Jogginganzug und Laufschuhe und hatte Kopfhörer-Stöpsel in den Ohren, aus denen laute Musik drang.
»Hallo!« Pia nahm die Stöpsel heraus und lächelte den drei !!! zu. »Was macht ihr denn hier? Einen kleinen Spaziergang?«
»Nicht wirklich.« Franzi erzählte von Minkas Verschwinden. »Leider haben wir bisher noch keine Spur von Minka gefunden.«
Pia sah richtig betroffen aus. »Wie schrecklich! Schon wieder eine verschwundene Katze. Und immer sind es die schwarzen …«
»Was heißt das?«, fragte Kim interessiert. »Hatten etwa alle verschwundenen Katzen schwarzes Fell?«
Pia nickte. »So wie Minka. Der Katzen-Entführer hat es offenbar nur auf die schwarzen Katzen abgesehen.«
»Oder die Katzen-Entführerin«, sagte Kim langsam. »Haben Hexen nicht auch eine Vorliebe für schwarze Katzen?« Sie sah Marie fragend an.
Marie nickte. »Allerdings. Eine schwarze Katze gehört sozusagen zur Grundausstattung jeder Hexe.«
»Vielleicht solltet ihr mal beim Hexenhaus suchen«, schlug Pia vor. »Man kann nie wissen …«
»Keine schlechte Idee«, sagte Franzi. »Das ist auf jeden Fall sinnvoller, als noch länger ziellos durch den Wald zu laufen.«

»Viel Glück«, wünschte Pia. »Ich werde auch die Augen offen halten. Wenn ich Minka sehe, sage ich euch sofort Bescheid.«
»Danke.« Franzi lächelte Pia zu. »Das ist wirklich nett von dir.«
»Kein Thema.« Pia steckte sich die Stöpsel ihres Kopfhörers wieder in die Ohren und joggte weiter.
»Also dann – auf zum Hexenhaus.« Franzi marschierte entschlossen los.

»Ich weiß wirklich nicht, ob das so eine gute Idee ist«, sagte Kim. »Sollen wir nicht lieber wieder zurückgehen?«
»Auf keinen Fall.« Franzi kämpfte sich vor ihren Freundinnen durchs Unterholz. Der Weg war immer schmaler geworden und schließlich ganz zwischen Moos, Gras und hohen Farnen verschwunden. »Wir müssten gleich da sein. Das heißt, wenn ich mich nicht verlaufen habe. Früher sah das hier irgendwie alles anders aus.«
»Warst du schon oft beim Hexenhaus?«, wollte Kim wissen.
»Holger und ich haben ein paarmal dort gespielt, als wir klein waren«, erzählte Franzi. »Eigentlich durften wir das nicht, weil das Haus einsturzgefährdet war.« Sie grinste. »Aber gerade das hat die Sache so spannend gemacht, schätze ich.«
»Holger ist ein ziemlich abenteuerlustiger Typ, oder?« Auf Maries Gesicht erschien ein schwärmerischer Ausdruck. »Das habe ich mir gleich gedacht, als ich ihn gesehen habe …«
Franzi kicherte. »Holger und abenteuerlustig? Vergiss es! Er

hat sich jedes Mal, wenn wir hier waren, fast in die Hose gemacht.«

»Kann ich verstehen«, murmelte Kim. Sie hatte gerade wieder zwei Strohpüppchen entdeckt, die in einem Busch hingen und sie aus schwarzen Knopfaugen anstarrten.

Franzi bog ein paar Zweige zur Seite und blieb stehen. »Pst! Leise!«, zischte sie. »Wir sind da.«

Vor ihnen lag eine kleine, von hohen Nadelbäumen gesäumte Lichtung. Und dort stand das Hexenhaus. Es war kaum größer als der alte Schuppen bei Franzi zu Hause, in dem die drei !!! ihr Hauptquartier eingerichtet hatten, und es sah so aus, als würde es jeden Moment einstürzen. Die Wände waren windschief und von Rissen durchzogen. Überall bröckelte der Putz ab, und auf dem Dach fehlten ein paar Ziegel. Aber die Fenster waren blitzblank geputzt, und auf den Fensterbänken standen mehrere Tontöpfe, in denen verschiedene Kräuter wuchsen. Der Duft von Pfefferminze und Basilikum stieg Franzi in die Nase.

»Wir müssen näher heran«, flüsterte Marie.

»Und was ist, wenn uns die Hexe entdeckt?« Kim machte ein ängstliches Gesicht. »Wir wissen doch gar nicht, ob sie zu Hause ist.«

In diesem Moment wehte ein Geräusch von der Lichtung herüber, und Franzi erstarrte.

»Habt ihr das auch gehört?«, wisperte sie.

Marie nickte. »Das klang wie ein Maunzen! Es kam von dort.« Sie zeigte auf einen alten Schuppen, der seine besten Tage ebenfalls hinter sich hatte. Er lehnte an der Hauswand, als wäre er müde vom jahrelangen Herumstehen, und war so

verwittert, dass man seine ursprüngliche Farbe nicht mehr erkennen konnte.
Franzi schlich vorsichtig näher. Ihr Jagdinstinkt war geweckt. Was war in dem Schuppen? Sie spitzte die Ohren und lauschte angestrengt. Da war es wieder! Ein Maunzen, ganz eindeutig. Es klang ziemlich kläglich, und Franzis Herz zog sich vor lauter Mitleid zusammen. Sie liebte Tiere über alles. Bei der Vorstellung, dass in dem Schuppen vielleicht Katzen eingesperrt und gequält wurden, wurde ihr ganz übel.
Franzi verließ die Deckung der Bäume und lief auf den Schuppen zu. Sie hatte nur noch einen Gedanken im Kopf: Sie musste die Katzen befreien – und zwar so schnell wie möglich. Alles andere war ihr in diesem Moment egal.
Franzi hatte den Schuppen fast erreicht, als ihr plötzlich jemand in den Weg trat. Sie blieb so abrupt stehen, dass Kim und Marie, die ihr gefolgt waren, Franzi beinahe in die Hacken liefen. Die drei !!! starrten die Gestalt an.
»Die Hexe«, flüsterte Kim und wurde kreidebleich.
Franzi klopfte das Herz ebenfalls bis zum Hals. Vor ihnen stand eine alte Frau mit einer Hakennase und langen, leuchtend weißen Haaren, die wirr von ihrem Kopf abstanden.
Haare wie Schlangen, dachte Franzi. Die Zwillinge hatten mit ihrer Beschreibung genau ins Schwarze getroffen.
Die Hexe trug ein dunkles Wollkleid und eine graue Strickjacke und hielt sich für eine Frau ihres Alters erstaunlich gerade. Um ihre Beine strich eine schwarz-weiß gescheckte Katze.
»Was wollt ihr hier?«, krächzte sie und funkelte die drei !!! wütend an. Ihr Gesicht war voller Falten und Runzeln, aber

ihre Augen leuchteten hell und klar. Franzi fiel auf, dass sie verschiedene Farben hatten. Das rechte Auge war grün und das linke braun.
»Wir … wir …«, stammelte Franzi. Einen Moment lang war sie vom starren Blick der Hexe wie gelähmt. Ihr Kopf war völlig leer gefegt, und sie konnte sich an nichts mehr erinnern. Hatte die Frau etwa hypnotische Kräfte? Franzi zwinkerte. Plötzlich wusste sie wieder, warum sie hergekommen waren. »Wir suchen unsere Katze. Minka.«
»Verschwindet.« Die Hexe stemmte die Hände in die Hüften. »Eure Katze ist nicht hier.«
»Und was ist in dem Schuppen?«, fragte Marie.
»Das geht euch nichts an.« Die Hexe schüttelte ärgerlich den Kopf, und ihre Haare züngelten wie weiße Flammen um ihr Gesicht. »Ich sage es zum letzten Mal: Verschwindet!«
Franzi zögerte, doch da ertönte wieder das Maunzen.
»Auf keinen Fall«, sagte Franzi bestimmt. »Erst wenn ich gesehen habe, was im Schuppen ist.«
»Weg mit euch!«, knurrte die Hexe und machte einen Schritt auf die Mädchen zu.
Kim quiekte auf, und die Hexe war einen Moment abgelenkt. Franzi nutzte die Gelegenheit und spurtete zum Schuppen. Sie schob den schweren Holzriegel mit aller Kraft zurück und stieß die Tür auf. Ein Schatten schoss aus der Dunkelheit auf sie zu, und Franzi sprang zur Seite. Vier Katzen sausten an ihr vorbei ins Freie. Alle hatten rabenschwarzes Fell.
»Minka!«, rief Franzi, die in einem der Tiere Oma Lottis Katze erkannt hatte.

Aber Minka war schon im Wald verschwunden, genauso wie die anderen drei Katzen.
»Mach dir keine Sorgen, sie läuft bestimmt schnurstracks nach Hause«, sagte Kim.
»Hoffentlich.« Franzi sah Minka besorgt nach. »Das arme Tier war ja völlig verängstigt.«
»Kein Wunder«, sagte Marie. »Nachdem es stundenlang im dunklen Schuppen eingesperrt war.«
Franzi stellte sich vor, wie Minka voller Angst im Schuppen auf und ab gelaufen war, kläglich maunzend und ohne zu wissen, warum man sie eingesperrt hatte. Plötzlich wurde sie furchtbar wütend.
»Warum haben Sie die Katzen eingesperrt?«, fuhr sie die Hexe an. Am liebsten wäre sie ihr direkt ins Gesicht gesprungen. »Die armen Tiere haben Ihnen nichts getan!«
Die Hexe starrte Franzi finster aus ihren verschiedenfarbigen Augen an. Franzi wurde ein bisschen schwindelig, und sie musste den Blick abwenden. Das machte sie noch wütender.
»Sie sind eine ganz gemeine Tierquälerin!«, rief sie. »Das wird Ihnen noch leidtun!«
Die Hexe nahm die gescheckte Katze auf den Arm, die maunzend an ihr hochsprang, und strich ihr über das Fell. »Nenn mich nie wieder eine Tierquälerin«, sagte sie scharf. »Und hör auf, Satansbraten Angst zu machen. Katzen mögen kein Geschrei.«
Franzi verschlug es für einen Moment die Sprache. Das war wirklich die Höhe! Erst sperrte die Hexe unschuldige Tiere ein, und dann spielte sie sich als Katzenkennerin auf.

»Von einer Tierquälerin lasse ich mir gar nichts sagen«, zischte sie.
»Haut ab!« Die Stimme der Hexe war ganz ruhig, aber in ihren Augen loderte die Wut. »Und kommt nie wieder her, verstanden?«
Franzi versuchte, dem Blick der Hexe diesmal standzuhalten, aber sie zog wieder den Kürzeren. Die Augen der Hexe schienen Funken zu sprühen, und Franzi hatte das Gefühl zu verbrennen, wenn sie noch länger hineinsah. Wie machte die Frau das bloß?
Kim zupfte an Franzis Jacke. »Lass uns lieber verschwinden.«
»Glauben Sie nicht, dass Sie damit durchkommen«, sagte Franzi. »Wir werden die Dorfbewohner informieren. Das wird noch Konsequenzen haben.«
Doch die Hexe reagierte überhaupt nicht auf Franzis Worte. Ihr Blick war plötzlich nach innen gerichtet, und sie schien die Anwesenheit der Mädchen einen Moment lang völlig vergessen zu haben. Sie summte leise vor sich hin. Erst als ihr die gescheckte Katze über das Gesicht leckte, kam sie wieder zu sich.
»Nehmt euch in Acht«, murmelte sie. »Der Wald ist voller Gefahren. Ein Unglück naht.« Dann drehte sie sich um und verschwand im Haus, ohne die drei !!! eines weiteren Blickes zu würdigen.

»Die Alte ist doch verrückt.« Franzi tippte sich gegen die Stirn. »Durchgeknallt, abgedreht, ballaballa.«
Die drei !!! waren auf dem Rückweg zu Oma Lotti. Sie hat-

ten das Hexenhaus hinter sich gelassen und liefen den Waldweg entlang.
»Habt ihr ihre Augen gesehen?«, fragte Kim. »Total unheimlich! Ich hatte das Gefühl, sie schaut direkt in meinen Kopf hinein und liest all meine Gedanken. Jetzt verstehe ich, warum die Leute im Dorf sie für eine Hexe halten.«
»Die Frau ist brandgefährlich«, stellte Franzi fest. »Wer Katzen quält, ist noch zu ganz anderen Dingen fähig. Wir müssen die Dorfbewohner unbedingt warnen.«
Kim fiel etwas ein. »Nun wissen wir auch, wer Rose ist. Das muss der Vorname der Hexe sein.«
Marie schüttelte den Kopf. »Wir sollten keine voreiligen Schlüsse ziehen. Nur weil die Katzen im Schuppen der Hexe waren, heißt das noch lange nicht, dass sie die Tiere auch dort eingesperrt hat.«
»Wer soll es denn sonst gewesen sein?«, rief Franzi. »Meinst du, die Katzen haben sich selbst dort eingesperrt?«
»Quatsch.« Marie ließ sich nicht provozieren. Sie blieb ganz ruhig. »Aber wir haben keine Beweise dafür, dass die Hexe die Katzenentführerin ist. Sie hat doch selbst eine Katze. Und die schien sich bei ihr sehr wohlzufühlen. Habt ihr gesehen, wie sie sich an sie geschmiegt und ihr über das Gesicht geleckt hat? Das passt doch nicht zusammen!«
Franzi schnaufte verächtlich. »Du verteidigst sie nur, weil du diesen ganzen Hexenkram gerade cool findest.«
»Glaubt ihr …« Kim zögerte. »Glaubt ihr, die Alte ist eine echte Hexe?«
Marie machte ein nachdenkliches Gesicht. »Schwer zu sagen. Aber vorstellen könnte ich es mir schon …«

»Unsinn«, fiel Franzi ihr ins Wort. »Die Frau ist eine ganz gemeine Tierquälerin und sonst gar nichts.«
»Und was ist mit dem Fluch?«, fragte Kim. Ihre Stimme zitterte leicht. »Was, wenn wirklich ein Unglück im Wald passiert?«
»Es könnte auch eine Warnung gewesen sein«, überlegte Marie. »Wir sollten auf jeden Fall besonders vorsichtig sein und die Augen offen halten.«
»Ach was, das ist doch nur dummes Gerede«, sagte Franzi so entschieden wie möglich. Sie behielt lieber für sich, dass sie es vorhin auch mit der Angst zu tun bekommen hatte. Seit die Hexe ihre Drohung – oder war es tatsächlich ein Fluch? – ausgesprochen hatte, kribbelte es in Franzis Bauch, und sie hatte ein mulmiges Gefühl in der Magengegend. Als könnte tatsächlich jeden Moment etwas Schreckliches passieren. Franzi versuchte, die düstere Vorahnung zu verjagen. Sie wollte sich auf keinen Fall verrückt machen lassen, so wie Kim und Marie. Wenigstens eine von ihnen musste einen klaren Kopf behalten. »Die Alte wollte uns einen Schreck einjagen, darum hat sie uns gedroht«, fügte Franzi etwas lauter als nötig hinzu. »Niemand kann die Zukunft vorhersehen oder ein Unglück heraufbeschwören.«
In diesem Moment zerriss ein gellender Schrei die Stille des Waldes.

Der Fluch der Hexe

Einen Augenblick waren die drei !!! wie gelähmt. Dann stürmten sie gleichzeitig los. Hinter der nächsten Kurve entdeckten sie eine Gestalt, die zusammengekrümmt auf dem Waldweg lag.
»Oma!«, rief Franzi entsetzt. »Was ist passiert?« Doch Oma Lotti antwortete nicht.
Franzis Herz klopfte wie verrückt, als sie sich über ihre Großmutter beugte. Vor lauter Angst war ihr ganz schlecht. Hatte sich der Fluch der Hexe tatsächlich bewahrheitet? War dies das angekündigte Unglück? Hatte ihre Oma einen Schwächeanfall erlitten? Oder war sie etwa – tot?
Oma Lotti stöhnte leise. Franzi war so erleichtert, dass ihr beinahe die Tränen kamen. »Keine Sorge, alles wird wieder gut«, flüsterte sie, aber sie war sich nicht sicher, ob ihre Großmutter sie hören konnte.
Kim fühlte Oma Lottis Puls. »Ihr Herzschlag ist gleichmäßig«, stellte sie fest. »Wir müssen sie in die stabile Seitenlage bringen.«
»Alles klar.« Marie brachte Oma Lotti vorsichtig in die richtige Position.
»Zieh mal deine Jacke aus, Franzi«, befahl Kim.
Franzi befolgte die Anweisung. Kim knüllte die Jacke zusammen und stopfte sie als Kissen unter Oma Lottis Kopf. Franzi war froh, dass Kim das Kommando übernommen hatte. Sie selbst war so durcheinander, dass sie zu keinem klaren Gedanken fähig war. Sie hockte auf dem Boden und

hielt krampfhaft die Hand ihrer Großmutter fest. In ihrem Kopf hatte nur ein einziger Gedanke Platz: *Bitte werd wieder gesund!*

In diesem Moment schlug Oma Lotti die Augen auf. Einen Moment lang sah sie Franzi verwirrt an.

»Wo bin ich? Was ist passiert?« Sie richtete sich vorsichtig auf und stöhnte.

»Haben Sie Schmerzen?«, fragte Kim. »Wo genau tut es weh?«

»Dort.« Oma Lotti zeigte auf ihren Knöchel. »Und mir ist auch ein bisschen schwindelig. Ich muss über eine Baumwurzel gestolpert und hingefallen sein …«

Kim tastete Oma Lottis Fuß vorsichtig ab. »Der Knöchel ist stark geschwollen«, stellte sie fest. »Wahrscheinlich ist er verstaucht. Können Sie den Fuß belasten?«

Oma Lotti versuchte aufzustehen, aber als sie ihr Gewicht auf das verletzte Bein verlagerte, knickte sie beinahe zusammen. Franzi und Kim konnten sie gerade noch rechtzeitig stützen, sonst wäre sie wieder zu Boden gestürzt.

»Am besten nehmen wir Sie in die Mitte«, beschloss Kim. »Stützen Sie sich auf uns und belasten Sie nur den gesunden Fuß, dann müsste es gehen.«

»Ich hab euch gesucht«, erklärte Oma Lotti, während sie einen Arm um Franzi und den anderen um Kim legte. »Minka ist wieder aufgetaucht. Sie stand plötzlich vor der Hintertür und maunzte. Sie wirkte ein bisschen verstört, aber ansonsten ist sie gesund und munter.«

»Ein Glück«, seufzte Franzi. »Minka ist also tatsächlich direkt nach Hause gelaufen.« Ehe sie Oma Lotti von ihrer Be-

gegnung mit der Hexe erzählen konnte, stieß Marie einen durchdringenden Pfiff aus.
»Seht euch das an!« Sie kniete am Wegesrand und hielt ein Stahlseil in die Höhe. »Oma Lotti ist nicht über eine Baumwurzel gestolpert, sondern über dieses Seil. Es war offensichtlich über den Weg gespannt. Das ist eine ganz gemeine Falle.«
Oma Lotti schüttelte ungläubig den Kopf. »Wer macht denn so was?«
Die drei !!! wechselten einen Blick. Franzi musste an die Warnung der Hexe denken, und ihr wurde plötzlich kalt. Hatte die Hexe von dem Seil gewusst? Hatte sie es vielleicht sogar selbst über den Weg gespannt, um ungebetene Besucher fernzuhalten? Wenn Oma Lotti ihnen nicht entgegengekommen wäre, wären Franzi, Marie und Kim direkt in die Falle gelaufen …
»Lasst uns von hier verschwinden«, sagte Franzi. »Für heute habe ich genug von diesem Wald.«

»Hoffentlich ist der Fuß nicht gebrochen.« Franzi sah dem Krankenwagen hinterher, der gerade hinter der Straßenecke verschwand. »Vielleicht hätte ich doch mitfahren sollen.«
Kim legte den Arm um ihre Freundin. »Mach dir keine Sorgen. Oma Lotti wird im Krankenhaus sicher bestens versorgt.«
»Mit etwas Glück ist sie heute Abend schon wieder zu Hause«, sagte Marie.
Die drei !!! hatten Oma Lotti mit vereinten Kräften bis

zum Dorfladen gebracht. Dort hatte Frau Kurz sofort einen Krankenwagen gerufen, mit dem Franzis Großmutter nun zum Röntgen ins nächste Krankenhaus gefahren wurde.
»Was für ein Schreck!« Frau Kurz war immer noch ganz durcheinander.
»Und ihr meint, Oma Lotti ist über einen Draht gestolpert?«, fragte Holger, der wie zufällig direkt neben Marie stand.
Marie nickte. »Der Draht war über den Weg gespannt. Eine richtig fiese Falle.«
»Das war die Hexe, ganz klar«, behauptete Frau Seifert. Sie wohnte direkt gegenüber vom Dorfladen und war sofort aus dem Haus gestürzt, als sie den Krankenwagen gesehen hatte. Sie schien es richtig zu genießen, dass im Dorf endlich mal etwas los war, und wollte offenbar keine Sekunde verpassen.
Auch Pia war aus dem Dorfkrug herübergekommen, um ihre Hilfe anzubieten. »Und die Katzen waren tatsächlich bei der Hexe im Schuppen eingesperrt?«, fragte sie.
Franzi nickte. Sie hatte kurz von der Befreiung der Dorfkatzen erzählt, während sie vor dem Laden auf den Krankenwagen gewartet hatten.
»Wer hätte das gedacht.« Pia schüttelte ungläubig den Kopf.
»Ich wusste ja gleich, dass die Hexe dahintersteckt.« Frau Seifert reckte triumphierend den Hals. »Es wird Zeit, dass sie endlich von hier verschwindet. Wir sollten sie einfach wegjagen!«
»Das ist doch keine Lösung.« Holger blieb ganz ruhig. »Wir

leben schließlich nicht mehr im Mittelalter. Heutzutage gilt immer noch der Grundsatz ›Im Zweifel für den Angeklagten‹.«

»Das sehe ich genauso.« Marie lächelte Holger zu.

»Tut ein verstauchter Knöchel eigentlich sehr weh?«, fragte Paul plötzlich. Es war das erste Mal, dass er sich zu Wort meldete, seit die drei !!! mit Oma Lotti in den Laden gekommen waren. Er und Maike hatten sich bisher stumm im Hintergrund gehalten und mit großen Augen beobachtet, wie Franzis Großmutter von der Notärztin untersucht worden war. Franzi vermutete, dass sie so etwas nur aus dem Fernsehen kannten und deshalb ein bisschen eingeschüchtert waren.

Sie lächelte den Zwillingen zu. »Es geht so. Ich hab mir auch schon mal den Knöchel verstaucht, das ist halb so wild.«

»Bei alten Leuten dauert es allerdings ewig, bis so etwas verheilt«, unkte Frau Seifert. »Hoffentlich kann deine Oma überhaupt jemals wieder laufen. Meine Tante war nach ihrem Sturz von der Treppe bis an ihr Lebensende an den Rollstuhl gefesselt …«

»Ehrlich?« Paul war kreidebleich geworden und griff nach der Hand seiner Schwester. Franzi wurde auch ganz anders, als sie sich ihre Oma im Rollstuhl vorstellte.

»Nun malen Sie mal nicht gleich den Teufel an die Wand«, sagte Frau Kurz ärgerlich. »Sie machen den Kindern ja Angst.«

Frau Seifert verzog beleidigt das Gesicht. Sie wollte gerade etwas erwidern, als eine dunkle Gestalt am Ende der Dorfstraße auftauchte.

»Da ist sie ja!« Frau Seifert riss die Augen auf. »Die Hexe!«
Alle starrten zur Dorfstraße, auf der die Hexe zügig näher kam. Mit ihrem schwarzen Wollkleid, den langen, wirren Haaren und dem bleichen Gesicht sah sie aus wie eine Gestalt aus einem anderen Jahrhundert. Sie hielt einen leeren Einkaufskorb in der Hand und bewegte sich für eine alte Frau erstaunlich flink. Vor dem Dorfladen blieb sie stehen und musterte die kleine Versammlung. Eisiges Schweigen schlug ihr entgegen.
»Tierquälerin!«, zischte Frau Seifert, fast ohne die Lippen zu bewegen.
Die Hexe zuckte zusammen, als hätte sie einen elektrischen Schlag bekommen. Ihre Augen verengten sich zu schmalen Schlitzen, aber sie sagte nichts. Sie starrte Frau Seifert nur an, bis diese die Augen niederschlug. Die Hexe verzog die Lippen zu einem spöttischen Lächeln. Sie ging über den Hof und wollte gerade den Laden betreten, da rief Frau Kurz: »Tut mir leid, wir haben geschlossen.«
»Wie bitte?« Die Hexe drehte sich langsam um. »Geschlossen?«
Frau Kurz nickte und wich dem Blick der Hexe aus. Ihre Augen zuckten nervös.
»Aber Mama …«, fing Holger an, doch Frau Seifert fiel ihm ins Wort.
»Bravo!«, rief sie. »Wir wollen hier keine Tierquäler!«
Die Hexe brachte sie mit einem einzigen Blick zum Schweigen.
»Bitte gehen Sie«, sagte Frau Kurz steif zur Hexe. »Sie sind hier nicht erwünscht.« Sie legte ihre Arme um Paul und

Maike, die sich schutzsuchend an ihre Mutter drückten. Der Anblick der Hexe machte ihnen offensichtlich Angst.
Franzi ließ die alte Frau nicht aus den Augen. Was würde sie jetzt tun? Würde sie einfach klein beigeben?
»Na los, verschwinden Sie endlich!«, rief Frau Seifert. Ihre Stimme hatte einen schrillen Unterton bekommen. Offensichtlich genoss sie die ganze Aufregung. Franzi verzog angewidert das Gesicht. Sie fand Frau Seifert ausgesprochen unsympathisch. Andererseits konnte sie gut verstehen, dass die Dorfbewohner die Hexe loswerden wollten. Sie hätte ihr auch gerne einen Denkzettel verpasst.
Die Hexe machte einen Schritt auf Frau Seifert zu und murmelte irgendetwas.
»Hauen Sie ab!«, kreischte Frau Seifert. »Ich habe keine Angst vor Ihnen und Ihrem albernen Hexengetue!« Allmählich wurde sie richtig hysterisch.
Holger hob beschwichtigend die Hände. »Vielleicht sollten wir uns erst mal wieder beruhigen, bevor die Situation eskaliert. Man kann doch über alles reden …«
»Bei manchen Menschen sind Worte nutzlos.« Die Hexe wirkte plötzlich müde. Bevor sie sich umdrehte und davonging, schloss sie für einen Moment die Augen und murmelte mit heiserer Stimme: »Achtet auf eure Kinder!«
Franzi schaute der Hexe nach, als sie langsam über die Dorfstraße in Richtung Wald schlurfte. War das schon wieder eine Warnung gewesen? Oder eine Drohung? Und welche Kinder meinte sie? Franzi sah sich automatisch nach Paul und Marie um, konnte sie aber nirgendwo entdecken. Die Zwillinge hatten sich unbemerkt aus dem Staub gemacht.

»So eine unverschämte Person!«, keifte Frau Seifert. »Denkt sie etwa, sie kann uns drohen? Das ist wirklich das Letzte! Wir sollten endlich die Polizei einschalten …«
Kim stieß Franzi mit dem Ellbogen in die Rippen und raunte: »Sollen wir ihr folgen?«
Franzi nickte.
Die Hexe verschwand gerade hinter der nächsten Biegung, und Franzi sagte laut: »Wir sollten jetzt nach Hause gehen. Zeit fürs Mittagessen.«
Doch Marie reagierte nicht. Sie klimperte gerade eifrig mit ihren türkis getuschten Lidern in Holgers Richtung und flötete: »Wer weiß, was noch alles passiert wäre, wenn du nicht eingegriffen hättest. Das war echt toll von dir …«
Holger winkte ab. »Ach was, war doch keine große Sache.«
»Und ob«, widersprach Marie. »Den Mut hätte nicht jeder aufgebracht.«
Franzi trat ungeduldig von einem Bein aufs andere. Warum musste Marie ihrem neuen Schwarm ausgerechnet jetzt schöne Augen machen? Sie steckten schließlich mitten in einer wichtigen Ermittlung!
»Marie«, rief sie. »Kommst du?«
»Sorry, ich muss leider los.« Marie lächelte Holger entschuldigend zu. »Aber wir sehen uns bestimmt bald wieder.«
»Das will ich doch stark hoffen.« Holger lächelte zurück, und Marie versank in seinen grünen Augen.
Jetzt riss Franzi der Geduldsfaden. Sie griff nach Maries Arm und zog sie unsanft weg. »Komm endlich, wir haben es eilig.«

»Du kannst mich wieder loslassen«, sagte Marie, nachdem sie um die nächste Ecke gebogen waren. Sie rieb sich den Arm. »Mann, du hast vielleicht einen eisenharten Griff. Ich bekomme bestimmt einen blauen Fleck.«
»Anders warst du ja nicht von deinem neuen Schwarm loszueisen.« Franzis schlechtes Gewissen hielt sich in erträglichen Grenzen. »Und wenn du noch länger herumgeflirtet hättest, wäre uns die Hexe glatt durch die Lappen gegangen.«
»Achtung, da vorne ist sie!« Kim zog ihre Freundinnen hinter eine Hausecke.
Die drei !!! beobachteten, wie die Hexe langsam am Dorfkrug vorbeiging. Alle Energie schien sie verlassen zu haben. Ihre Schultern hingen nach vorn, und sie ging stark gebeugt. Jetzt sah sie wirklich wie eine alte Frau aus.
Plötzlich öffnete sich die Tür zum Dorfkrug, und ein Mann stürzte heraus.
»Pias Vater!«, zischte Franzi.
»Allerdings«, flüsterte Kim. »Sieht fast so aus, als hätte er auf die Hexe gewartet.«
Marie spähte um die Ecke. »Wir müssen näher heran. Sonst hören wir nicht, worüber sie reden.«
Vorsichtig schlichen die drei !!! so dicht wie möglich an der Hauswand entlang und suchten hinter den Mülltonnen des Dorfkrugs Deckung. Hier waren die Stimmen der Hexe und des Wirts deutlich zu verstehen.
»Sie müssen unbedingt unterschreiben«, sagte Pias Vater eindringlich. »Sonst bin ich geliefert.«
»Das ist nicht mein Problem«, entgegnete die Hexe kalt.
»Warum stellen Sie sich quer? Ich habe Ihnen doch ein gutes

Angebot gemacht!« Der Wirt klang jetzt richtig verzweifelt. »Wollen Sie mehr Geld?«

Die Hexe schüttelte den Kopf. »Geld!«, schnaubte sie verächtlich. »Das ist alles, woran ihr denken könnt, was? Mir geht es nicht ums Geld. Mir geht es um etwas ganz anderes.«

»Um was denn?«, wollte der Wirt wissen.

»Das ist ganz allein meine Sache«, fertigte ihn die Hexe kurzerhand ab. »Sie werden diese Unterschrift niemals von mir bekommen. Nur über meine Leiche. Schlagen Sie sich die Sache aus dem Kopf.« Die Hexe wollte weitergehen, aber Pias Vater griff nach ihrem Arm und hielt sie fest.

»Das können Sie nicht machen!«, brüllte er. Sein Gesicht war knallrot angelaufen, und er sah aus, als würde er vor lauter Wut jeden Moment platzen.

Franzi hielt den Atem an. Was, wenn Herr Körner gewalttätig wurde? Sollten sie lieber eingreifen? Aber die Hexe ließ sich von dem Gebrüll nicht im Geringsten beeindrucken. Sie machte lediglich eine leichte Bewegung mit dem Arm, und schon hatte sie sich aus dem Griff des Wirts befreit. Franzi kniff die Augen zusammen. Wie hatte sie das gemacht?

»Fass mich nicht an!«, zischte die Hexe und hob drohend die Arme. Ihre Augen funkelten wild. In diesem Moment sah sie richtig gefährlich aus, und Franzi war froh, dass sie sich hinter den Mülltonnen in Sicherheit befanden.

Der Wirt wich einen Schritt zurück. Auf seinem Gesicht spiegelten sich gleichzeitig Angst und Wut. »Das wirst du mir noch büßen!«, stieß er hervor. »Du … du alte Hexe!«

Doch die Hexe lachte nur und setzte ihren Weg fort. Franzi

kam es vor, als würde ihr höhnisches Lachen noch zwischen den Häusern widerhallen, als die Hexe schon längst im Wald verschwunden war. Und plötzlich erschien ihr das kleine Dorf nicht mehr ganz so idyllisch wie bisher.

Gerade noch mal gut gegangen

Kaum hatten die drei !!! ihr Versteck hinter den Mülltonnen verlassen, da ertönte der Klingelton von Franzis Handy. Es war die Titelmelodie vom *Vorstadtrevier*, Franzis absoluter Lieblingsserie, in der Maries Vater den Kommissar Brockmeier spielte.

Franzi zuckte zusammen und kramte hektisch in ihrer Tasche.

»Gut, dass das nicht vor fünf Minuten passiert ist.« Kim runzelte die Stirn. »Wie kannst du nur dein Handy anlassen, wenn wir gerade eine verdächtige Person observieren?«

»Sorry«, murmelte Franzi schuldbewusst. »Hab glatt vergessen, es auszuschalten.« Sie drückte auf eine Taste und hielt sich das Handy ans Ohr. »Hallo?« Franzis Gesicht hellte sich auf. »Oma! Wie geht's dir?«

Während Franzi telefonierte, winkten Kim und Marie Pia zu, die gerade mit einer prall gefüllten Einkaufstasche vom Dorfladen zurückkam. Offenbar hatte sie dort noch etwas eingekauft, während die drei !!! der Hexe gefolgt waren. Pia winkte zurück und verschwand im Dorfkrug.

»Schöne Grüße«, sagte Franzi, als sie das Gespräch beendet hatte.

»Wie geht's Oma Lotti?«, fragte Kim. »Wurde sie schon geröntgt?«

Franzi nickte. »Der Knöchel ist tatsächlich verstaucht. Oma hat Glück gehabt, dass er nicht gebrochen ist. Und sie hat eine leichte Gehirnerschütterung. Darum soll sie auch über Nacht im Krankenhaus bleiben. Zur Beobachtung.«

»Ach, du je.« Marie machte ein betroffenes Gesicht. »So was Blödes.«

»Allerdings.« Franzi seufzte. »Oma war ganz aufgelöst, weil wir jetzt bis morgen alleine klarkommen müssen. Aber ich hab sie beruhigt. Wir sind schließlich keine Babys mehr.«

»Genau«, sagte Kim. »Wir schaffen das schon. Und einen Vorteil hat die Sache: Wir können uns jetzt ganz auf unsere Ermittlungen konzentrieren.«

»Stimmt.« Franzi lächelte. Kim schaffte es immer, jeder Situation etwas Positives abzugewinnen. »Aber wie machen wir weiter? Ehrlich gesagt sehe ich gerade überhaupt keinen roten Faden. Die Angelegenheit wird immer rätselhafter.«

Kims Magen knurrte laut und vernehmlich. »Am besten essen wir erst mal was«, schlug sie vor. »Ich hab einen Bärenhunger. Schließlich ist das Frühstück heute wegen der Suche nach Minka ausgefallen, und jetzt ist beinahe Mittag. Außerdem kann ich mit leerem Bauch nicht nachdenken.«

Franzi grinste. »Schon klar. Was haltet ihr von einem Schnitzel mit Pommes? Die Schnitzel im Dorfkrug sind riesengroß und superlecker. Oma möchte uns gerne einladen. Sie hat offenbar Angst, dass wir verhungern, wenn wir mal einen Tag lang keine warme Mahlzeit bekommen.«

»Recht hat sie.« Kim strich sich über den Bauch. »Ich fühl mich schon ganz schwach.«

»Na dann, nichts wie los«, sagte Marie. »Wir können schließlich nicht zulassen, dass unser Superhirn einen Schwächeanfall bekommt.«

Eine halbe Stunde später legte Franzi seufzend Messer und Gabel zur Seite. »Ich gebe auf! Die Portionen sind einfach viel zu groß.«
»Heißt das, du isst das nicht mehr?« Kim warf einen sehnsüchtigen Blick auf Franzis halb vollen Teller.
»Bedien dich ruhig«, sagte Franzi. »Wenn ich noch einen Bissen esse, platze ich.«
»Bloß nicht!« Marie grinste. »Das gäbe eine ganz schöne Schweinerei.«
Kim zog Franzis Teller zu sich heran, spießte ein paar Pommes auf ihre Gabel und schob sie sich in den Mund. »Das Essen ist wirklich spitze«, nuschelte sie.
Marie schüttelte ungläubig den Kopf. »Ich finde es immer wieder erstaunlich, wie viel du verdrücken kannst. Wo lässt du das alles nur?«
Kim machte ein schuldbewusstes Gesicht und deutete auf ihren Hosenbund, bevor sie sich über Franzis Schnitzel hermachte. »Hier natürlich«, erklärte sie zwischen zwei Bissen. »Wenn ich so weiterfuttere, passt die Jeans bald nicht mehr. Vielleicht sollte ich doch mal wieder joggen gehen.«
»Gute Idee. Ich bin dabei.« Franzi nahm einen Schluck von ihrer Cola. Dann stellte sie das Glas energisch zurück auf den Tisch. »Jetzt sollten wir uns aber erst mal auf den Fall konzentrieren. Also – was haben wir?«
Kim schluckte den letzten Bissen hinunter und wischte sich die fettigen Finger an ihrer Serviette ab. »Hauptsächlich jede Menge Fragen. Zum Beispiel: Worum ging es gerade bei dem Streit? Was will der Wirt von der Hexe?«
»Warum hat die Hexe die Katzen entführt?«, machte Franzi

weiter. »Wer hat den Draht im Wald gespannt? Was wollten die Männer bei der Quelle?«
»Und was soll die Warnung der Hexe bedeuten?«, fügte Marie hinzu. Sie seufzte. »Eins ist sicher: Irgendetwas stinkt hier ganz gewaltig.«
Franzi nickte. »Das sehe ich genauso. Aber wie machen wir jetzt weiter?«
Kim überlegte. Ehe sie antworten konnte, erschien Pia.
»Hat's euch geschmeckt?«, fragte sie und stellte die schmutzigen Teller zusammen.
»Und wie! Die Schnitzel waren einfach phänomenal.« Kim hielt sich den Bauch. »Ich bin pappsatt.«
Marie grinste. »Und das will schon was heißen. Normalerweise ist Kim nicht so leicht satt zu kriegen.«
»Freut mich.« Pia lächelte den drei !!! zu. »Habt ihr schon was von Oma Lotti gehört? Wie geht es ihr?«
»Ganz gut«, antwortete Franzi. »Der Knöchel ist zum Glück nur verstaucht. Aber sie soll zur Beobachtung über Nacht im Krankenhaus bleiben.«
»Wenn ihr Hilfe braucht, sagt Bescheid«, bot Pia an. »Ich könnte zum Beispiel ein paar Sachen für deine Oma mit ins Krankenhaus nehmen. Ich muss nachher sowieso noch kurz in die Stadt und Besorgungen machen.«
»Ehrlich?« Franzi sah Pia dankbar an. »Das wäre super! Dann packe ich zu Hause gleich Omas Waschzeug und ihr Nachthemd ein. Vielen Dank für das Angebot.«
»Kein Problem. Das mach ich doch gerne.« Pia nahm das Tablett mit dem schmutzigen Geschirr und verschwand in der Küche. Die drei !!! hörten, wie ihr Vater mal wieder mit

ihr schimpfte, weil sie seiner Meinung nach zu langsam arbeitete.
Franzi seufzte. »Wie kommt dieser Grobian nur zu so einer netten Tochter?«
»Mit ihrem Vater hat Pia es wirklich nicht leicht«, stimmte Marie zu. »Ich würde es keinen einzigen Tag lang aushalten, wenn Papa so mit mir reden würde.«
»Na, da besteht ja keine Gefahr«, stellte Franzi fest. »Dein Vater würde sich eher die Zunge abbeißen, als auch nur ein böses Wort über dich zu verlieren.«
Der frühe Tod von Maries Mutter hatte Marie und ihren Vater zusammengeschweißt. Sie waren ein gut eingespieltes Team. Herr Grevenbroich vergötterte seine Tochter – und umgekehrt. Manchmal war Franzi etwas neidisch auf die enge Beziehung zwischen den beiden. Aber wenn sie daran dachte, dass Marie dafür ohne Mutter aufgewachsen war, bekam sie sofort ein schlechtes Gewissen und verdrängte den aufkeimenden Neid schnell wieder.
Kim machte ein nachdenkliches Gesicht. »Vielleicht sollten wir Pias Vater mal etwas genauer unter die Lupe nehmen. Alle Fäden scheinen bei ihm zusammenzulaufen. Und er weiß offenbar mehr über die Hexe als die anderen Dorfbewohner.«
»Stimmt«, sagte Marie. »Wir müssen herausbekommen, was er plant. Und wofür er die Unterschrift der Hexe braucht. Wenn ihr mich fragt, hat es irgendetwas mit der Quelle im Wald zu tun.«
»Gut möglich.« Kim fuhr sich ratlos durch ihre kurzen braunen Haare. »Aber wie sollen wir das in Erfahrung brin-

gen? Wir können schließlich schlecht in die Küche latschen und ihn fragen.«
Franzi stand auf. »Ich geh mal aufs Klo«, verkündete sie laut und fügte etwas leiser hinzu: »Vielleicht verlaufe ich mich ja ein bisschen und lande rein zufällig in Herrn Körners Büro …« Sie zwinkerte ihren Freundinnen zu.
»Stimmt, du verlierst ja so leicht die Orientierung.« Marie grinste. »Viel Glück!«
»Sei vorsichtig.« Auf Kims Stirn erschienen ein paar Sorgenfalten. »Und lass dich bloß nicht erwischen.«
»Keine Sorge.« Franzi winkte lässig ab. »Ich bin schließlich keine Anfängerin mehr.«

Trotzdem klopfte Franzis Herz wie verrückt, als sie die alte Holztreppe des Wirtshauses hinunterlief. Die Toiletten befanden sich im Keller. Hoffentlich war das Büro auch dort, sonst hatte sie ein Problem.
Im Keller schlug Franzi kühle Luft entgegen, und sie zog fröstelnd die Schultern hoch. Es roch modrig und feucht. Die Decke war von dicken Holzbalken durchzogen und so niedrig, dass Franzi den Kopf einziehen musste, um sich nicht zu stoßen. Gut, dass Kim oben geblieben war, sie hätte bestimmt Platzangst bekommen. Kim fühlte sich in zu engen Räumen absolut unwohl. Franzi hatte damit zum Glück kein Problem. Sie schaute sich um. Eine einzelne von der Decke hängende Glühbirne verbreitete schummriges Licht. Franzi entdeckte eine Tür mit der Aufschrift »WC«. Auf drei anderen Türen, die ebenfalls vom Kellerflur abgingen, stand in großen Buchstaben »PRIVAT«.

Franzi lauschte, aber alles war still. Sie warf noch einen schnellen Blick nach rechts und links, dann ging sie auf die erste Tür zu. Sie drückte die Klinke hinunter, aber die Tür bewegte sich keinen Millimeter. Sie war abgeschlossen. Franzi fluchte. Das fing ja gut an!
Auf leisen Sohlen huschte sie zur zweiten Tür. Diesmal hatte sie mehr Glück. Die Tür ließ sich ohne Probleme öffnen, und Franzi warf einen Blick in den dahinterliegenden Raum. In dem wenigen Licht, das vom Flur hereinfiel, erkannte sie lange Regale an den Wänden. In den Regalen standen jede Menge Konservendosen, Gläser mit eingemachten Früchten und Flaschen mit Essig und Öl. Auf dem Boden waren Getränkekisten gestapelt, daneben lagen Säcke mit Kartoffeln, Mehl und Salz. In der Ecke brummte ein riesiger Kühlschrank leise vor sich hin. Der Vorratskeller, eindeutig.
Franzi schloss die Tür und lief zum letzten Kellerraum. Sie sah sich noch einmal um, aber die Luft war rein. Schnell drückte sie die Klinke herunter und schlüpfte in den Raum. Volltreffer! Diesmal war sie tatsächlich im Büro gelandet. Es war ziemlich düster. Das einzige Licht, das von draußen hereinkam, fiel durch zwei schmale Belüftungsschächte. Franzi knipste die Deckenbeleuchtung an und schaute sich um. In der Mitte des Raums stand ein riesiger Schreibtisch, auf dem jede Menge Unterlagen wild durcheinanderlagen. In den Regalen sah es auch nicht besser aus. Überall stapelten sich Aktenordner und Papiere. Franzi seufzte. Der Wirt schien nicht gerade ein Ordnungsfanatiker zu sein. Wie sollte sie in diesem Chaos etwas Brauchbares finden?

Franzi ging zum Schreibtisch hinüber und begann vorsichtig, die Papiere durchzusehen. Das meiste waren unbezahlte Rechnungen verschiedener Zulieferer. Eine Mahnung von einem Getränkegroßhandel war auch dabei. Dann fiel Franzi die Rechnung einer Baufirma in die Hände, und sie pfiff leise durch die Zähne. Zwanzigtausend Euro für die Renovierung des ersten Stockwerks und den Ausbau der Gästezimmer! Nicht schlecht. Kein Wunder, dass Pias Vater Geldprobleme hatte.
Aber das war noch nicht alles. Unter der Schreibtischunterlage fand Franzi zwei weitere Papiere. Das eine war ein Brief, das andere sah aus wie ein am Computer getippter Bericht. Franzi sprangen die Worte »Quelle« und »Märchenwald« ins Auge. Doch ehe sie die Unterlagen genauer studieren konnte, hörte sie plötzlich ein Geräusch. Schritte auf der Treppe! Gut, dass sie die Tür einen Spaltbreit offen gelassen hatte, sonst hätte sie die Schritte vermutlich gar nicht bemerkt.
Franzis Herz setzte einen Moment aus, dann hämmerte es los wie ein Dampfhammer. Adrenalin wurde durch ihre Adern gepumpt, und sämtliche Muskeln in ihrem Körper spannten sich an. Mehrere Fragen schossen ihr gleichzeitig durch den Kopf. Wer war das? War es nur ein Gast, der auf die Toilette wollte? Oder Pia, die etwas aus dem Vorratskeller holte? Oder – und das war mit Abstand die schlimmste aller Möglichkeiten – war es Pias Vater auf dem Weg in sein Büro?
Franzi zögerte. Was sollte sie tun? Sie sah von den Unterlagen, die sie eben entdeckt hatte, zur Tür und dann wie-

der zu den Unterlagen. Am liebsten hätte sie auf der Stelle die Flucht ergriffen. Ehe es zu spät war. Aber sie konnte die Papiere doch nicht einfach zurücklassen, ohne sie gelesen zu haben! Wahrscheinlich enthielten sie den Schlüssel zur Lösung des Falles. Sollte sie sie einfach mitnehmen? Doch das würde dem Wirt sicher früher oder später auffallen. Dann konnte er sich leicht ausrechnen, dass ihm jemand auf der Spur war. Nein, Franzi wollte ihn auf keinen Fall warnen.

Die Schritte kamen immer näher. Sie klangen schwer. Männerschritte. Sie blieben nicht vor den Toiletten stehen und verschwanden auch nicht im Vorratskeller. Sie kamen direkt auf das Büro zu.

Schnell zückte Franzi die Digitalkamera und fotografierte die Papiere. Dann schob sie sie zurück unter die Schreibtischschublade. Ihr blieb keine Zeit mehr, um zu überprüfen, ob alles wieder so aussah wie vorher. Die Schritte waren jetzt ganz nah. Auf leisen Sohlen flitzte Franzi durch das Büro. Als sie es gerade verlassen wollte, öffnete sich die Tür. Zu spät! Geistesgegenwärtig sprang Franzi hinter die Tür und drückte sich flach gegen die Wand. Sie wagte kaum zu atmen.

»Nanu«, murmelte eine Stimme. »Hab ich etwa das Licht angelassen?« Es war Pias Vater.

Franzi biss sich auf die Unterlippe. Mist! Sie hatte die Deckenlampe vergessen. Hoffentlich schöpfte der Wirt keinen Verdacht. Wenn er hinter die Tür schaute, war sie verloren. Was er wohl mit ihr anstellen würde, wenn er sie in seinem Büro entdeckte? Franzi wagte gar nicht daran zu denken.

Aber eine ordentliche Tracht Prügel war vermutlich das Mindeste, was sie zu erwarten hatte.
»Merkwürdig …« Der Wirt stapfte zum Schreibtisch und wühlte in den Papieren. Ob er merken würde, dass ein paar Blätter nicht mehr so dalagen, wie er sie zurückgelassen hatte? Zum Glück war der Schreibtisch dermaßen unordentlich, dass ihm hoffentlich nichts auffallen würde.
»Wo hab ich denn …«, murmelte er, und Franzi hörte leises Rascheln. »Da ist er ja!« Mit einem zufriedenen Grunzen machte Pias Vater kehrt, löschte das Licht und verließ das Büro.
Franzi wartete, bis die Schritte auf der Treppe verklungen waren. Erst dann wagte sie aufzuatmen. Sie schlüpfte aus dem Büro, rannte den düsteren Kellerflur entlang, spurtete die Treppe hinauf, immer zwei Stufen auf einmal nehmend – und prallte auf dem oberen Treppenabsatz mit jemandem zusammen.
»Wo kommst du denn her?« Vor ihr stand der Wirt und musterte sie misstrauisch aus seinen kleinen Schweinsaugen. Er roch nach Frittierfett und Achselschweiß und hielt ein leicht zerknittertes Stück Papier in der Hand.
Franzi erstarrte. »Ich … ich …«, stammelte sie. Ihr Kopf war einen schrecklichen Moment lang wie leer gefegt. Doch dann hatte sie sich wieder in der Gewalt. »Ich war auf dem Klo«, sagte sie und hoffte, dass ihre Stimme nicht allzu sehr zitterte.
»Auf dem Klo?«, wiederholte Pias Vater gedehnt. Franzi merkte, dass er ihr kein Wort glaubte.
»Genau.« Sie stützte selbstbewusst die rechte Hand in die

Hüfte und fügte schnippisch hinzu: »Wieso? Ist das verboten?«

Der Wirt überging ihre Frage. »Sieh zu, dass du Land gewinnst«, knurrte er. »Und wehe, ich erwisch dich noch mal beim Herumschnüffeln, dann …«

»Was dann?«, fragte Franzi keck, obwohl ihr in Wirklichkeit gerade der Angstschweiß ausbrach. Doch vor diesem Grobian wollte sie sich auf keinen Fall eine Blöße geben.

Ehe der Wirt antworten konnte, tauchte ein Mann hinter ihm auf, der auf einer Sackkarre mehrere Getränkekisten vor sich herschob.

»Wo sollen die Bierkisten hin?«, fragte er.

Der Wirt nickte zur Treppe hinüber. »In den Vorratskeller. Warten Sie, ich komme mit. Hab den falschen Lieferschein erwischt. Ich bin mir ganz sicher, dass ich die letzte Bestellung schon bezahlt habe.«

»Das brauche ich schwarz auf weiß«, sagte der Mann. »Ansonsten gilt: Nur Bares ist Wahres. Wenn Sie das Bier nicht sofort bezahlen, muss ich es wieder mitnehmen. Klare Anweisung vom Chef.«

Der Wirt fuhr sich ärgerlich mit der Hand über seine Glatze. »Das können Sie doch nicht machen!«, schimpfte er. »Ich bin schon seit über zehn Jahren Kunde bei *Getränke Willberg,* und Sie haben Ihr Geld bisher noch immer bekommen. Ohne Bier kann ich den Laden hier endgültig dichtmachen …«

Franzi nutzte die Gelegenheit und machte sich aus dem Staub. Sobald sie außer Hörweite war, stieß sie einen tiefen Seufzer aus und murmelte: »Was für ein Kotzbrocken!«

Dann ging sie zurück in die Gaststube, bevor Kim und Marie eine Vermisstenanzeige aufgaben. Das war ja gerade noch mal gut gegangen!

Hexennacht

Detektivtagebuch von Kim Jülich
Dienstag, 19:18 Uhr
Gerade haben wir eine ausführliche Lagebesprechung abgehalten. Allmählich kommt Licht ins Dunkel. Es war eine super Idee von Franzi, die Unterlagen in Herrn Körners Büro zu fotografieren. Leider sind die Bilder ziemlich unscharf geworden. Und ausgerechnet jetzt haben wir keinen Computer zur Verfügung! Sonst hätte ich mit meinem Bildbearbeitungsprogramm vielleicht noch mehr aus den Fotos herausholen können. Na ja, egal. Wir haben jedenfalls ziemlich lange gebraucht, bis wir die Schrift entziffert hatten. Folgendes ist herausgekommen:
Das erste Papier ist ein Untersuchungsbericht. Offenbar wurde schon einmal eine Probe vom Quellwasser genommen und von einem Institut in München untersucht. Ergebnis: Das Wasser hat eine hervorragende Qualität und kann sogar als Heilwasser genutzt werden. Anwendungsgebiete: Bäder, Spülungen und Wassertreten bei Rheuma, Gelenkschmerzen, Hautkrankheiten und anderen Beschwerden. Eine Gegenprobe steht noch aus. (Vermutlich haben wir im Wald beobachtet, wie die zweite Wasserprobe genommen wurde.)
Das zweite Papier ist ein Brief vom Wirt an eine gewisse Brigitte Meindl. Der Wirt will ihr ein Grundstück im Märchenwald für 15000 Euro abkaufen. Auf dem Grundstück befindet sich sowohl die Quelle als auch das Hexenhaus.
Was sagt man dazu? Wir haben natürlich eins und eins zusammengezählt und mehrere Schlüsse gezogen:

1. Brigitte Meindl ist die Hexe. Ihr gehört das Grundstück, das der Wirt kaufen will.
2. Der Wirt hat es auf das Quellwasser abgesehen. Vermutlich will er seine Geldprobleme lösen, indem er das Heilwasser professionell vermarktet und damit jede Menge Schotter verdient.
3. Der Wirt versucht, die Hexe über den Tisch zu ziehen. In seinem Brief erwähnt er mit keinem Wort die anerkannte Heilqualität des Quellwassers. Außerdem ist sein Angebot für das Grundstück viel zu niedrig, wenn man bedenkt, dass sich eine wahre Goldgrube darauf befindet.
4. Die Hexe will nicht verkaufen. Aus einem Grund, den wir noch nicht kennen, weigert sie sich, den Kaufvertrag zu unterschreiben. Damit stehen die Pläne des Wirts vor dem Aus.
Franzi ruft. Es gibt Essen. Später mehr.

Beim Abendbrot waren die neuen Ermittlungsergebnisse natürlich Gesprächsthema Nummer eins.
»Jetzt wissen wir endlich, worum es geht«, sagte Franzi und goss sich Orangensaft ein. »Heilwasser! Wer hätte das gedacht …«
Marie nahm ein Brötchen aus dem Brotkorb. »Eigentlich gar keine schlechte Idee, das Wasser professionell zu vermarkten. Das könnte die Rettung für das Dorf sein. Wenn hier ein Heilbad entsteht, kommen garantiert jede Menge Leute her, um ihre Beschwerden behandeln zu lassen«
»Und wer profitiert davon?«, fragte Kim. »Der Wirt! Dann stehen seine Fremdenzimmer bestimmt nicht mehr leer, und in der Gaststube wäre auch mehr los als jetzt.«

»Weshalb die Hexe wohl nicht verkaufen will?«, überlegte Franzi.
»Vielleicht war ihr das Angebot zu niedrig. Oder sie will dem Wirt eins auswischen.« Kim steckte sich nachdenklich ein Stück Käse in den Mund. »Ich frage mich nur, warum die Hexe die Katzen entführt hat.«
»Sie wollte sich bestimmt an den Dorfbewohnern rächen«, vermutete Franzi. »Die waren schließlich nicht gerade freundlich zu ihr.«
»Ihr habt was übersehen.« Marie machte ein geheimnisvolles Gesicht. »Ist euch an dem Brief nichts aufgefallen?«
Kim und Franzi schüttelten die Köpfe.
»Die Hexe heißt gar nicht Rose!«, verkündete Marie triumphierend. »Sie heißt Brigitte. Also hatte ich recht! Die Hexe hat die Katzen überhaupt nicht entführt.«
»Oder dein Geist hat sich beim Gläserrücken vertan. So was kann doch mal vorkommen.« Franzi grinste. »Geister sind schließlich auch nur Menschen …«
Ehe Marie etwas erwidern konnte, klingelte es an der Tür.
»Nanu, wer kann das denn noch sein?«, wunderte sich Kim.
»Ich geh schon.« Franzi stand auf. Zwei Minuten später kam sie mit Holger im Schlepptau zurück in die Küche.
»Holger!« Marie verschluckte sich fast an ihrem Brötchen. »Was machst du denn hier?«
Holgers Gesicht war ernst. »Ich brauche eure Hilfe.«
»Was ist los?« Kim legte das Käsebrot, von dem sie gerade hatte abbeißen wollen, zurück auf ihren Teller.
Holger holte tief Luft. »Paul und Maike sind verschwunden.«
»Was?« Marie starrte ihn entsetzt an.

»Setz dich doch erst mal.« Franzi schob Holger einen Stuhl hin. »Und jetzt erzähl am besten alles der Reihe nach.«
Holger ließ sich auf den Stuhl fallen. »Also, zum letzten Mal gesehen haben wir Paul und Maike heute Mittag.«
»Als die Hexe vor dem Dorfladen aufgetaucht ist?«, fragte Franzi. Sie musste daran denken, wie sich die Zwillinge an ihre Mutter geklammert hatten und dann plötzlich verschwunden waren.
Holger nickte. »Genau. Nachmittags waren Mama und ich im Laden. Von den Zwillingen war nichts zu sehen. Wir haben uns nichts dabei gedacht, weil die beiden gerne ein bisschen durch die Gegend streunen. Manchmal verschwinden sie stundenlang. Meistens sind sie mit ihren Fahrrädern im Dorf unterwegs oder spielen im Wald.«
»Und wann habt ihr angefangen, euch Sorgen zu machen?«, fragte Marie.
»Als die Zwillinge zum Abendbrot nicht nach Hause gekommen sind.« Holgers Stimme klang gepresst, als er weitererzählte. »Sie wissen, dass um sechs Uhr das Essen auf dem Tisch steht. Mama nimmt es damit sehr genau. Normalerweise sind Maike und Paul zumindest halbwegs pünktlich. Aber heute sind sie gar nicht aufgetaucht. Erst haben wir eine halbe Stunde gewartet, dann hat meine Mutter sämtliche Freunde der beiden angerufen – nichts.«
Die drei !!! wechselten einen schnellen Blick. Das hörte sich gar nicht gut an.
»Wir müssen die Zwillinge suchen.« Marie stand auf. »Am besten gehen wir sofort los.«
Holger sah sie dankbar an. »Genau darum wollte ich euch

bitten. Mein Vater ist gerade dabei, im Dorf einen Suchtrupp zusammenzustellen. Je mehr wir sind, desto besser.«

In Franzis Kopf wirbelten die Gedanken durcheinander. Was war mit den Zwillingen passiert? Konnte es sein, dass die Hexe ihre Finger im Spiel hatte? Immerhin hatte sie heute Mittag eine eindeutige Warnung ausgesprochen.

Achtet auf eure Kinder …

Kims Gedanken schienen in eine ähnliche Richtung zu gehen. »Vielleicht hat die Hexe die beiden in den Wald gelockt«, sagte sie langsam. »Wie bei Hänsel und Gretel. Moment mal …« Sie griff nach ihrem Detektiv-Tagebuch und blätterte darin herum. Schließlich fand sie, was sie gesucht hatte. »Ich wusste es! Das kann doch kein Zufall sein!«

»Was denn?«, fragte Franzi ungeduldig. »Nun sag schon!«

Kim sah die anderen bedeutungsvoll an. »Heute vor genau fünfzig Jahren sind zum letzten Mal zwei Kinder im Wald verschwunden.«

»Du meinst die Geschwister, die in der Quelle ertrunken sind?« Franzi lief es kalt den Rücken hinunter.

»Das ist doch eine uralte Geschichte«, sagte Holger. »Was soll das mit Paul und Maike zu tun haben?«

Kim erzählte ihm von Michis Recherchen. »Die Prophezeiung besagt, dass alle fünfzig Jahre Kinder im Wald verschwinden. Vielleicht erfüllt sich jetzt der alte Fluch.«

»Die Hexe steckt dahinter, ganz klar«, sagte Franzi. »Am besten suchen wir zuerst bei ihr.«

Marie schüttelte den Kopf. »Das ist doch Unsinn! Warum sollte die Hexe eine Warnung aussprechen, wenn sie die Kinder selbst entführen will? Das ergibt keinen Sinn.«

»Stimmt«, sagte Holger. »Ich kann mir auch nicht vorstellen, dass die Hexe etwas damit zu tun hat. Wir sollten besser die Lieblingsplätze von Paul und Maike absuchen.«
»Warum teilen wir uns nicht auf?«, schlug Marie vor. »Holger und ich klappern die Lieblingsplätze der Zwillinge ab, und ihr kümmert euch um die Hexe.«
»Gute Idee.« Franzi stand auf. »Nichts wie los!«

Nebel hing zwischen den Bäumen, als Kim und Franzi den schmalen Waldweg entlanggingen. Die Farnkräuter schienen mit ihren gezackten Blättern nach ihnen zu greifen, und der moosbedeckte Boden verschluckte das Geräusch ihrer Schritte. Zwischen den hohen Fichten sickerte nur ab und zu ein wenig Mondlicht hindurch.
Franzi hatte ihre Taschenlampe angeknipst und der helle Lichtkegel glitt vor ihnen über den Boden.
»Achtung, Baumwurzel«, warnte Franzi leise und stieg über die knorrige Wurzel hinweg.
Plötzlich raschelte es neben ihnen im Gebüsch, und Kim klammerte sich an Franzi. »Was war das?«, flüsterte sie.
»Bestimmt irgendein Tier.« Franzi leuchtete in den Busch, aber es war kein Tier zu sehen. Langsam gingen sie weiter.
»Mann, ist das unheimlich hier.« Kim hielt sich so nah hinter Franzi, dass diese den warmen Atem ihrer Freundin in ihrem Nacken spüren konnte. Kim war nicht gerade die Mutigste, wenn es um nächtliche Expeditionen ging, aber sie versuchte stets, ihre Angst in den Griff zu bekommen.
Franzi hatte sich auch schon wohler gefühlt. Bei dem Gedanken daran, dass sie sich gerade in einem dunklen Wald be-

fanden, auf dem Weg zu einer unheimlichen Märchenhexe, die vielleicht zwei Kinder in ihrer Gewalt hatte, machte sich ein ziemlich mulmiges Gefühl in ihrer Magengegend breit. Aber das wollte sich Franzi auf keinen Fall anmerken lassen. Es brachte schließlich nichts, wenn sie sich gegenseitig in ihre Angst hineinsteigerten. Zumindest eine von ihnen musste einen kühlen Kopf behalten. Darum sagte Franzi ziemlich schroff: »Stell dich nicht so an. Wir sind schließlich zu zweit, was soll uns da schon passieren?«

Schweigend setzten sie ihren Weg fort. Nachts machte der Märchenwald seinem Namen alle Ehre. Die Nebelschwaden flossen im Schein der Taschenlampe auseinander und wieder zusammen, als wären sie lebendig. Es war so still, dass Franzi ihren eigenen, ziemlich schnellen Herzschlag hören konnte. Sie hätte sich nicht im Geringsten gewundert, wenn Rotkäppchen plötzlich vor ihnen aufgetaucht wäre. Oder der böse Wolf. Oder die alte Knusperhexe …

Als sie ungefähr auf Höhe der Quelle waren, griff Kim plötzlich nach Franzis Arm. »Schau mal, da!«, flüsterte sie und zeigte mit einem zitternden Finger in den Wald hinein.

Franzi folgte dem Blick ihrer Freundin. Erst sah sie nur Nebel und dunkle Bäume. Dann entdeckte sie in einiger Entfernung ein helles Licht, das zwischen den Zweigen aufblitzte. Und ein zweites. Und ein drittes. Franzi knipste schnell die Taschenlampe aus. Jetzt waren die Lichter noch besser zu sehen.

»Was zum Teufel ist das?«, murmelte sie. »Es muss direkt bei der Quelle sein. Komm, wir sehen nach.«

Ehe Kim protestieren konnte, schlüpfte Franzi ins Unterholz. Sie schlich so leise wie möglich zwischen den Bäumen hindurch und versuchte, möglichst nicht auf irgendwelche Zweige zu treten. In der Stille der Nacht klang jeder zerbrochene Ast so laut wie ein Pistolenschuss.

»Und was ist, wenn es bei der Quelle spukt?«, raunte Kim ihr zu.

»Unsinn«, flüsterte Franzi zurück. »Du glaubst doch nicht etwa an Gespenster, oder?«

»Eigentlich nicht«, murmelte Kim. »Aber im Moment bin ich mir da nicht mehr so sicher …«

Franzi musste an die Seelen der ertrunkenen Kinder denken, und sie bekam eine Gänsehaut. Bei Tag war es leicht, nicht an Geister zu glauben. Aber jetzt, nur mit Kim in einem dunklen Wald, in dem Kinder verschwanden und merkwürdige Lichter flackerten, war das etwas völlig anderes. Mit zitternden Knien ging Franzi weiter. Bald lag die Lichtung mit der Quelle vor ihnen, und sie suchten hinter einer hohen Fichte Schutz. Das schwarze Wasser glitzerte geheimnisvoll im Mondschein. Ab und zu gluckste es leise. Aber das war es nicht, was Franzi das Blut in den Adern gefrieren ließ.

»Kerzen!«, flüsterte Kim überrascht. »Sieh nur, da sind lauter Kerzen.«

Franzi nickte stumm. Jemand hatte rund um die Quelle Grablichter verteilt, die einen rötlichen Schein verbreiteten. Sogar auf dem Wasser schwammen Kerzen! Franzi konnte den Blick nicht von ihren unruhig flackernden Flammen abwenden. Die Lichtung sah aus wie eine überdimensionale Grabstelle. Was hatte das zu bedeuten?

In diesem Moment knackte es auf der anderen Seite der

Quelle im Unterholz, und eine vermummte Gestalt trat zwischen den Bäumen hervor. Kim sog neben Franzi scharf die Luft ein. Auch Franzi hätte vor Schreck beinahe laut geschrien. Sie biss sich so heftig auf die Zunge, dass es wehtat.
»Die Hexe!«, flüsterte Kim. Sie war kreidebleich.
Franzi starrte zu der dunklen Gestalt hinüber. Im flackernden Kerzenschein wirkte sie irgendwie unwirklich, beinahe wie ein Geist. Doch als sie die Kapuze zurückschlug, erkannte Franzi sie auch. Es war tatsächlich die Hexe. Ihre wirren Haare leuchteten hell im Mondlicht und flossen wie flüssiges Silber über ihren Rücken. Ihre Augen funkelten, und sie wirkte auf einmal viel jünger als bei Tageslicht. Sie warf ihren Mantel ab und stand eine Weile völlig reglos da. Dann zog sie etwas aus der Tasche ihres schwarzen Kleides. Franzi hielt den Atem an. Was war das? Ein Brief? Nein, ein Foto! Die Hexe betrachtete es mit einem liebevollen Lächeln und begann leise zu summen. Franzi lauschte gebannt. Die Melodie war unendlich traurig und gleichzeitig wunderschön. Sie sickerte wie süßes Gift in Franzis Gedanken, und plötzlich schien alles andere unwichtig zu sein. Franzi vergaß, warum sie hier war. Sie vergaß, dass Kim neben ihr hockte, und sie vergaß sogar ihren eigenen Namen. Das Einzige, was zählte, war diese märchenhafte Melodie …
Als der Gesang verstummte, kam es Franzi vor, als würde sie aus einem schweren Traum erwachen. Ihr Schädel brummte, und sie fühlte sich leicht benommen. Sie blinzelte ein paarmal und sah sich verwirrt um. Wo war sie? Was machte sie hier? Was war passiert? Dann fiel ihr alles wieder ein. Schnell sah sie zu Kim hinüber, die sich ebenfalls verwundert die

Augen rieb. Allmählich fragte sich Franzi ernsthaft, ob sie es vielleicht doch mit einer echten Hexe zu tun hatten …
Die Hexe stand immer noch am anderen Ufer der Quelle. Sie warf einen letzten Blick auf das Foto, hauchte einen Kuss darauf und legte es vorsichtig ins Moos. Dann streifte sie ihre Schuhe ab und ging auf die Quelle zu.
Franzi wagte kaum zu blinzeln, um nur ja nichts zu verpassen. Was hatte die Hexe vor? Wollte sie schwimmen gehen? Mitten in der Nacht? Im eiskalten Quellwasser? Das war doch völlig verrückt! Oder wollte sich die Hexe etwa in der Quelle ertränken? Sollten sie besser eingreifen? Franzi wollte schon aufspringen, doch dann zögerte sie und beschloss, noch einen Moment zu warten.
Erst umspielte das Wasser nur die Knöchel der Hexe, dann ihre Knie. Der Rock ihres Kleides schwamm wie eine schwarze Rosenblüte auf der Wasseroberfläche. Schließlich versank sie ganz in der Quelle. An der Stelle, an der sie eben noch gestanden hatte, waren nur noch ein paar Blasen zu sehen, die langsam nach oben stiegen. Die Kerzen schaukelten sanft auf dem Wasser. Keine einzige war ausgegangen.
»Wir müssen was tun!«, wisperte Kim. »Sie ertrinkt!«
Aber da tauchte die Hexe schon wieder auf. Sie drehte sich auf den Rücken, ließ sich in die Mitte der Quelle treiben und schien völlig in den Anblick des sternenklaren Herbsthimmels versunken zu sein. Wie sie es so lange in dem kalten Wasser aushielt, war Franzi ein absolutes Rätsel.
Franzis Blick fiel auf das Foto, das direkt neben einem der Grablichter im Moos lag. »Ich schau mir mal das Foto an«, flüsterte sie Kim zu. »Bin gleich wieder da.«

Leise huschte sie zwischen den Fichten hindurch zur anderen Seite der Quelle. Die Hexe starrte immer noch in den Himmel und schien nichts zu bemerken. Franzi verließ die Deckung der Bäume und kroch über das weiche Moos zum Ufer. Sie griff nach dem Foto, drehte es um und schnappte nach Luft.
Auf dem Foto waren zwei Kinder. Ein Junge und ein Mädchen. Im flackernden Kerzenschein sahen ihre Gesichter beinahe lebendig aus. Waren das etwa Paul und Maike?
Doch dann sah Franzi, dass sie sich getäuscht hatte. Das Foto musste wesentlich älter sein. Die Farben waren schon ziemlich verblichen, und das Papier war ganz weich, so als hätte jemand das Foto oft und lange in den Händen gehalten. Die Kinder waren jünger als Paul und Maike und eindeutig Geschwister. Das Mädchen war vielleicht sechs. Es hatte lange, blonde Zöpfe und sah ernst in die Kamera. Den Jungen schätzte Franzi auf vier oder fünf. Er trug einen blauweißen Matrosenanzug und hatte runde, weiche Wangen und ebenfalls blonde Haare. Er sah aus wie ein kleiner Engel. Im Gegensatz zu seiner Schwester strahlte er wie ein Honigkuchenpferd. Franzi musste automatisch ebenfalls lächeln. Sie legte das Foto zurück ins Moos.
Wer waren diese Kinder? Warum trug die Hexe ihr Foto bei sich? Und wo steckten Paul und Maike? Was hatte die Hexe mit ihnen gemacht?

Auf der Suche

»Wieder nichts.« Holgers Stimme klang müde und enttäuscht.
Marie hätte ihn gerne getröstet, aber sie wusste nicht, wie. Die letzte Stunde hatten sie damit verbracht, systematisch die Lieblingsplätze der Zwillinge abzusuchen. Sie hatten mit dem Spielplatz im Dorf angefangen, waren dann zu Pauls bevorzugter Angelstelle am Bach gegangen und standen nun neben einem alten und ziemlich morschen Hochsitz am Waldrand. Eins hatten all diese Orte gemeinsam: Die Zwillinge waren nicht dort.
»Ich hätte schwören können, dass wir Paul und Maike diesmal finden. Der Hochsitz wird nicht mehr benutzt. Die Zwillinge haben sich oben eine Art Bude eingerichtet und verbringen manchmal ganze Tage hier.« Holger ließ mutlos die Schultern hängen.
Am liebsten hätte Marie seine Hand genommen, aber sie traute sich nicht. »Fällt dir sonst noch ein Ort ein, an dem wir suchen könnten?«, fragte sie stattdessen.
Holger schüttelte langsam den Kopf. »Der Hochsitz war meine letzte Hoffnung.« Er seufzte. »Wenn den Zwillingen etwas passiert ist …«
»Paul und Maike geht es bestimmt gut«, unterbrach ihn Marie. Sie versuchte, zuversichtlich zu klingen, obwohl auch sie allmählich den Mut verlor. Ihre Suchaktion war bisher völlig erfolglos gewesen. Sie hatten nicht einmal eine winzige Spur von den Zwillingen gefunden. Keine Fußabdrücke,

keine Fahrradreifenspuren, keinen noch so kleinen Hinweis darauf, wohin die beiden verschwunden waren. Paul und Maike schienen sich einfach in Luft aufgelöst zu haben.

»Warum hab ich heute Nachmittag nicht mal nach ihnen geschaut? Vielleicht waren sie da noch irgendwo in der Nähe …« Holgers Stimme schwankte bedenklich.

»Mach dir keine Vorwürfe. Woher hättest du wissen sollen, dass etwas nicht stimmt? Wir dürfen die Hoffnung nicht aufgeben.« Marie machte einen Schritt auf Holger zu. Sein Gesicht war ihrem nun so nah, dass sie die Tränen sehen konnte, die in seinen Augen glitzerten. Maries Herz zog sich zusammen. Ohne länger darüber nachzudenken, fuhr sie Holger sanft über das Gesicht. Seine Haut fühlte sich kühl und glatt an, und er roch ganz leicht nach Rasierwasser. Erst jetzt wurde Marie klar, was sie tat. Sie zog ihre Hand so schnell zurück, als hätte sie sich verbrannt. Was war nur in sie gefahren? Jetzt dachte Holger bestimmt, sie wollte sich ihm an den Hals werfen. Marie merkte, wie sie knallrot wurde.

»Tut … tut mir leid …«, stammelte sie. »Ich wollte nicht …«

Doch Holger legte ihr einen Finger auf die Lippen, und Marie verstummte. »Es gibt nichts, wofür du dich entschuldigen müsstest«, sagte er. »Im Gegenteil – ich muss mich entschuldigen. Du hast völlig recht, wir dürfen die Hoffnung nicht aufgeben. Statt in Selbstmitleid zu zerfließen, sollte ich lieber darüber nachdenken, wo wir noch suchen können.«

Marie fühlte sich ein bisschen benommen. Holgers Nähe brachte sie völlig durcheinander. Dabei brauchte sie gerade jetzt einen klaren Kopf! Sie machte einen Schritt zur Seite, um wieder etwas Abstand zwischen sich und Holger zu bringen. Dann räusperte sie sich und sagte so eindringlich wie möglich: »Denk nach! Wo könnten die Zwillinge noch sein? Gibt es irgendeinen Platz, an dem sie sich manchmal verstecken? So eine Art geheimer Zufluchtsort?«

Holger runzelte die Stirn. Marie konnte sehen, wie es in seinem Kopf arbeitete. Dann leuchteten seine Augen plötzlich auf. »Ich hab's! Die alte Scheune am Waldrand!«

»Was ist damit?«, fragte Marie.

»Dort hab ich die Zwillinge mal beim Spielen erwischt«, erklärte Holger. »Eigentlich dürfen sie das nicht. Die Scheune ist so alt und morsch, dass sie jederzeit einstürzen kann. Ich hab unseren Eltern nichts erzählt, dafür mussten mir Paul und Maike hoch und heilig versprechen, nicht mehr dorthin zu gehen. Aber sie waren ja noch nie besonders folgsam …«

»Dann nichts wie los.« Marie spürte, wie sie von neuem Tatendrang erfüllt wurde. »Das hört sich genau nach dem Ort an, den wir suchen.«

Die Scheune lag dunkel und verlassen am Waldrand. Auf der einen Seite ragten hohe Fichten wie eine schwarze Wand in den Nachthimmel. Auf der anderen Seite erstreckte sich ein bereits abgeerntetes Feld. Es sah kahl und trostlos aus. Nur eine einsame Vogelscheuche stand noch wie ein vergessener Wachposten mitten auf dem Feld und schien ihre Arme in einem verzweifelten Willkommensgruß nach Holger und Marie auszustrecken.

Marie warf der Vogelscheuche einen flüchtigen Blick zu und konzentrierte dann ihre ganze Aufmerksamkeit auf die

Scheune. Das alte Gemäuer sah alles andere als vertrauenerweckend aus. Im fahlen Mondlicht wirkte es wie ein schlafender Riese, der sich neben dem Feld zur Ruhe gelegt hatte, aber jederzeit aufwachen und sie mit einem einzigen Schritt zu Staub zermalmen konnte. Das Dach der Scheune fehlte zur Hälfte, und die Tür hing lose in den Angeln. Ob sich die Zwillinge tatsächlich hinter diesen verwitterten Mauern verbargen? Marie war sich plötzlich nicht mehr so sicher.
»Wir hätten eine Taschenlampe mitnehmen sollen«, murmelte sie mehr zu sich selbst, als der Mond hinter einer Wolke verschwand und sie im dunklen Schatten der Scheune stehen blieben. Marie ließ ihren Blick über die löchrige Mauer gleiten – und hielt plötzlich den Atem an. In der Scheune blitzte ein Licht auf! Während sie den Lichtschein beobachtete, der geisterhaft durch die Scheune wanderte, griff sie automatisch nach Holgers Hand. Sie waren also tatsächlich nicht die Einzigen, die sich in dieser dunklen Herbstnacht hierher verirrt hatten.
Holger hatte den Lichtschein auch gesehen. »Da ist jemand!« Seine Stimme klang heiser vor Aufregung. »Ich gehe rein und sehe nach, ob es die Zwillinge sind. Du wartest hier, okay?«
Marie schüttelte heftig den Kopf. »Auf keinen Fall.«
»Aber das könnte gefährlich werden«, sagte Holger eindringlich. »Wer weiß, wer sich in der Scheune herumtreibt. Vielleicht ist es irgendein Landstreicher, dem es gar nicht gefällt, wenn wir seine Nachtruhe stören …«
»Genau«, sagte Marie. »Und deshalb komme ich mit. Zu zweit sind wir stärker als einer allein.«

Ehe Holger sie zurückhalten konnte, lief Marie los. Ihr Pulsschlag wurde immer schneller, während sie sich der Scheune lautlos näherte. Was würde sie dort drinnen erwarten? Es gab nur einen Weg, das herauszufinden.
Marie holte tief Luft. Dann schob sie sich durch die schief in den Angeln hängende Tür in das dunkle Gemäuer.

»Sie hat nicht abgeschlossen!« Franzi starrte erstaunt auf die Tür. Nachdem sie am Knauf gedreht hatte, war die Tür mit einem leisen Quietschen aufgeschwungen.
Franzi und Kim standen vor dem Hexenhaus, das im fahlen Mondlicht wenig einladend wirkte. Bei Nacht sah es noch unheimlicher aus als tagsüber. Alles war still und dunkel, aber Franzi hatte trotzdem das unbestimmte Gefühl, dass sie durch die Fensterscheiben von unsichtbaren Augen beobachtet wurden.
»Sollen wir wirklich hineingehen?«, fragte Kim. »Was, wenn uns jemand erwischt?«
»Wir werden nicht erwischt«, behauptete Franzi. »Die Hexe braucht bestimmt noch eine Weile, bis sie ihr nächtliches Bad in der Quelle beendet hat. Und sonst kommt hier nie jemand vorbei. Schon gar nicht um diese Uhrzeit. So eine günstige Gelegenheit bekommen wir nie wieder.«
»Ich weiß nicht …« Kim zögerte. Sie schien nicht besonders begeistert von der Idee zu sein, im Haus der Hexe herumzuschnüffeln. »Kommissar Peters fände es nicht toll, wenn er erfahren würde, dass wir in fremde Häuser eindringen.«
Franzi ignorierte Kims Einwand. »Ich wette, Paul und Marie sind irgendwo da drinnen.« Sie deutete auf das Innere

des Hauses, das sich hinter der Tür auftat wie der dunkle Schlund eines Ungeheuers. »Wir müssen sie suchen, solange noch Zeit ist.«

»Du hast recht.« Kim gab sich einen Ruck. »Dann aber schnell. Ich hab keine Lust, plötzlich der Hexe gegenüberzustehen.«

»Denkst du, ich?« Franzi betrat den Flur, und Kim folgte ihr. Plötzlich spürte Franzi einen Luftzug. Im selben Moment fiel die Haustür mit einem lauten Knall hinter ihnen zu. Rabenschwarze Dunkelheit umfing sie. Franzi blieb wie erstarrt stehen. Wieder hatte sie das Gefühl, beobachtet zu werden. Sie spürte ganz deutlich, dass sie und Kim nicht allein im Haus waren. Franzi riss die Augen auf, aber sie konnte absolut nichts erkennen. Eine paar Sekunden lang herrschte Totenstille.

Dann flüsterte Kim: »Franzi? Hast du die Taschenlampe?«

Franzi löste sich aus ihrer Erstarrung und knipste die Taschenlampe an. Sobald der helle Lichtschein über die Holzdielen tanzte, fühlte sie sich wieder etwas besser, und das unheimliche Gefühl verschwand.

»Am besten durchsuchen wir das Haus systematisch«, schlug sie vor. »Einen Raum nach dem anderen.«

Das Haus war innen genauso klein, wie es von außen aussah. Es bestand lediglich aus vier Zimmern: einer winzigen Küche, zwei kleinen Schlafzimmern und einem etwas größeren Wohnzimmer.

»Nichts«, stellte Kim fest, nachdem sie alle Zimmer abgesucht hatten und wieder im Flur standen. »Gibt's denn hier gar kein Bad?«

»Offenbar nicht«, sagte Franzi. »In alten Häusern ist das öfter so. Vielleicht muss die Hexe darum in der Quelle baden.«
Kim kicherte nervös. Dann wurde sie wieder ernst. »Lass uns abhauen. Die Zwillinge sind nicht hier.«
In diesem Moment ertönte ein Poltern aus dem Wohnzimmer. Franzi zuckte zusammen. Vor Schreck fiel ihr fast die Taschenlampe aus der Hand. War doch jemand im Haus? Hatten sie nicht gründlich genug gesucht?
Vorsichtig schob sie die Tür zum Wohnzimmer auf und leuchtete hinein. Ein dunkler Schatten flitzte zwischen ihren Beinen hindurch, und für den Bruchteil einer Sekunde blitzten zwei beinsteinfarbene Augen in der Dunkelheit auf. Kim stieß einen leisen Schrei aus und machte einen Satz zur Seite. Der Schatten schoss an ihr vorbei in die Küche, sprang auf das Fensterbrett und sauste durch das einen Spaltbreit geöffnete Küchenfenster ins Freie.
»W... was war das?«, stammelte Kim.
Franzi brauchte einen Moment, um sich von dem Schock zu erholen. Die Taschenlampe in ihrer Hand zitterte, aber sie riss sich zusammen. »Keine Panik, das war nur die Katze«, sagte sie so ruhig wie möglich. »Darum hatte ich also die ganze Zeit das Gefühl, beobachtet zu werden.« Franzi war erleichtert über die harmlose Erklärung für ihren plötzlichen Verfolgungswahn. Und sie war tatsächlich kurz davor gewesen, an Geister zu glauben!
»Lass uns endlich abhauen«, sagte Kim noch einmal. »Mir ist es hier nicht geheuer.«
Aber Franzi wollte nicht so schnell aufgeben. »Vielleicht haben wir ja noch mehr übersehen. Einen versteckten Keller-

eingang zum Beispiel. Oder eine geheime Kammer, in der die Hexe die Zwillinge eingesperrt hat.« Sie ging zurück ins Wohnzimmer und ließ den Lichtkegel der Taschenlampe über den Fußboden gleiten.
Kim folgte ihr stirnrunzelnd. »Ich finde wirklich, wir sollten …«, begann sie. Dann verstummte sie plötzlich. Ihr Blick war auf den alten, wuchtigen Schreibtisch gefallen, der in einer Ecke des Wohnzimmers stand. »Was ist denn das?« Kim griff nach einem Stück Papier, das zwischen anderen Unterlagen auf dem Schreibtisch lag. »Leuchte mal hierher, Franzi!«
Franzi trat neben Kim und richtete den Schein der Taschenlampe auf das Blatt Papier in der Hand ihrer Freundin. Es war die Kopie eines Zeitungsartikels. Franzi sog überrascht die Luft ein, als ihr Blick auf das Foto fiel, das über dem Text abgebildet war. Es zeigte ein blondes Mädchen mit langen Zöpfen und einen Jungen im Matrosenanzug. Einen Jungen mit weichen, runden Wangen, der wie ein kleiner Engel lächelte. Die Schlagzeile, die in großen schwarzen Lettern über dem Foto prangte, traf Franzi wie ein Faustschlag in den Magen.

VERMISSTE KINDER TOT AUFGEFUNDEN
Darunter stand etwas kleiner: **Geschwister in Quelle ertrunken.**
Wie hypnotisiert begann Franzi zu lesen.

Der Fall der beiden vermissten Kinder aus Billershausen ist aufgeklärt. Die Geschwister sind einem tragischen Unglück zum

Opfer gefallen. Taucher fanden die Leichen des fünfjährigen Franz und seiner siebenjährigen Schwester Frieda in der Quelle im Märchenwald. Wie es zu dem Unglück kam, ist noch unklar. Offenbar sollte die ältere Schwester Brigitte M. (11) auf die Kinder aufpassen, während ihre Eltern beim Einkaufen waren. Warum ihre jüngeren Geschwister dennoch zur Quelle gelangen konnten, die sich in unmittelbarer Nähe zum Haus der Familie befindet, muss noch geklärt werden. Brigitte M. steht derzeit unter Schock und konnte noch nicht von der Polizei befragt werden.

Franzi schaute auf das Datum. Der Artikel war beinahe fünfzig Jahre alt. Sie konnte ihren Blick nicht von den Gesichtern der Kinder losreißen. Das Mädchen mit den ernsten Augen und der Junge mit dem fröhlichen Lachen. Sie sahen so lebendig aus. Dabei waren sie beide längst tot. Ertrunken, bevor sie die Chance gehabt hatten, erwachsen zu werden und ihr Leben zu leben.

»Sie sind heute vor genau fünfzig Jahren gestorben«, sagte Kim mit heiserer Stimme. Ihre Augen glänzten verdächtig.

Franzi nickte stumm. Ihr kam es fast so vor, als hätte sie die Kinder gekannt. Sie merkte, wie ihr eine Träne über die Wange lief. Schnell wischte sie sie weg.

Kim starrte nachdenklich auf den Zeitungsartikel. »Brigitte M. …«, murmelte sie. Dann sah sie Franzi mit großen Augen an. »Brigitte Meindl! Die Hexe ist die ältere Schwester der ertrunkenen Kinder! Es passt alles zusammen. Sie wohnt in dem Haus, in dem die Familie gelebt hat, als das Unglück passierte. Und wenn sie damals elf war, müsste sie heute einundsechzig sein. Das könnte doch sein, oder?«

In Franzis Kopf fügte sich blitzschnell alles zusammen. Es war wie ein Puzzle, bei dem plötzlich jedes Teil an seinen Platz springt. Sie sah das fertige Bild glasklar vor sich. Die ganze traurige Geschichte.

»Natürlich!« Franzi zeigte aufgeregt auf das Foto. »Es ist dasselbe Bild, das die Hexe vorhin an der Quelle dabeihatte. Du hast recht! Frieda und Franz waren ihre Geschwister. Und das hier ist ihr Elternhaus. Sie ist offenbar nach vielen Jahren in ihre alte Heimat zurückgekehrt. Kein Wunder, dass sie das Grundstück nicht verkaufen will. Es hängen zu viele Erinnerungen daran.«

Kim nickte. »Und heute Nacht war sie an der Quelle, um den fünfzigsten Todestag ihrer Geschwister zu begehen. Darum hat sie all die Kerzen angezündet.«

»Aber warum ist sie in die Quelle gestiegen?«, fragte Franzi.

Kim zuckte ratlos mit den Schultern.

Da ertönte plötzlich eine heisere Stimme hinter ihnen. »Weil ich mich im Wasser den Seelen meiner verstorbenen Geschwister näher fühle.«

Franzi und Kim fuhren herum und erstarrten. In der Tür zum Wohnzimmer stand die Hexe.

Ein glücklicher Fund und eine traurige Geschichte

In der Scheune war es so schwarz wie in einem Grab. Marie wartete, bis sich ihre Augen an die Dunkelheit gewöhnt hatten. Holger stand so dicht neben ihr, dass sich ihre Arme berührten. Sie konnte spüren, wie angespannt er war. Auch bei Marie waren sämtliche Sinne in Alarmbereitschaft. Ein leises Rascheln drang an ihr Ohr. Vielleicht eine Maus. Es roch nach altem Heu und trockenem Holz. Aber da war noch etwas anderes: ein Geruch, der Marie verwirrte, weil er nicht hierhergehörte. Sie blähte die Nasenflügel und atmete tief ein. Gras? Nein. Kräuter? Genau! Marie musste an die schlimme Erkältung denken, die sie im letzten Winter eine Woche lang ans Bett gefesselt hatte. Ihr Vater hatte zum Glück gerade drehfrei gehabt, sodass er sie mit allem versorgen konnte, was sie brauchte: kalte Umschläge, Hühnerbrühe, massenweise Taschentücher und – Kamillentee! Maries Magen zog sich zusammen, als sie daran dachte. Sie hasste Kamillentee! Aber ihr Vater hatte darauf bestanden, dass sie jeden Tag eine Tasse von dem widerlichen Zeug trank. Sie schnupperte noch einmal. Hier roch es nach Kamillentee, ganz eindeutig. Marie runzelte die Stirn. Merkwürdig …

Über ihren Köpfen blitzte wieder der Lichtstrahl auf. Holger stieß Marie leicht in die Seite und zeigte zum Heuboden. Marie nickte. Dort oben war jemand. Und dieser jemand hatte eine Taschenlampe.

Auf Zehenspitzen schlich Marie hinter Holger durch den großen, dunklen Raum. Die Scheune war völlig leer – abgesehen von einem alten Heuwagen im hinteren Teil, jeder Menge Mäusedreck auf dem Fußboden und ungefähr einer Million Spinnweben. Und abgesehen von einer langen Holzleiter, die auf den Heuboden führte. Holger gab Marie ein Zeichen, damit sie unten wartete, während er selbst begann, die Leiter hinaufzuklettern. Staub rieselte von den Stufen, und Marie hielt sich schnell die Nase zu, um nicht laut zu niesen. Natürlich dachte sie gar nicht daran, brav zu warten, während sich Holger auf dem Heuboden vielleicht gegen einen wütenden Landstreicher behaupten musste. Kaum war Holger weit genug oben, kletterte Marie hinterher. Langsam und vorsichtig erklomm sie Sprosse für Sprosse. Das Holz fühlte sich rau und rissig unter ihren Händen an. Hoffentlich hielt die Leiter!

Als Holger den Heuboden beinahe erreicht hatte, knackte eine Sprosse bedenklich unter seinen Füßen. Das Geräusch war in der nächtlichen Stille nicht zu überhören. Augenblicklich erlosch der Lichtschein auf dem Heuboden, und in der Scheune herrschte wieder undurchdringliche Dunkelheit. Marie fluchte leise. Es war nicht gerade angenehm, mehrere Meter über dem Boden auf einer morschen Leiter zu stehen, ohne die Hand vor Augen sehen zu können. Dann spürte sie, wie die Leiter leicht vibrierte. Offensichtlich hatte Holger beschlossen, weiterzuklettern. Marie seufzte und griff ebenfalls nach der nächsten Sprosse. Umkehren kam gar nicht infrage. Sie musste nach oben!

Es schien Marie, als wäre eine kleine Ewigkeit vergangen, bis sie endlich das Ende der Leiter erreicht hatte. Vielleicht waren es aber auch nur wenige Sekunden gewesen, in der Dunkelheit hatte Marie jegliches Zeitgefühl verloren. Sie zog sich auf den Heuboden und tastete sich langsam vorwärts. Wo steckte Holger?

Plötzlich ertönte ein dumpfes Poltern, und wieder stieg Marie der Geruch von Kamille in die Nase. Nur dass er diesmal viel intensiver war. Dann fluchte jemand. War das Holgers Stimme? Hatte der Landstreicher ihn angegriffen? Marie merkte, wie Panik in ihr aufstieg. Sie musste Holger helfen! Wie der Blitz krabbelte sie auf allen vieren in die Richtung, aus der das Geräusch gekommen war. Auf einmal spürte sie einen Gegenstand unter ihren Fingern. Marie betastete ihn fieberhaft. Er war glatt und kühl und hatte mehrere Knöpfe, die sie nacheinander ausprobierte. Plötzlich flammte Licht auf, und Marie sah, was sie in der Hand hielt. Eine Taschenlampe! Der Lichtschein fiel direkt auf Holger, der im Heu saß und sich stöhnend den Hinterkopf rieb. Seine Haare waren tropfnass.

»Was ist passiert?«, fragte Marie besorgt und wollte sofort zu Holger stürzen. »Hast du dir wehgetan?«

»Bleib, wo du bist!«, rief Holger. »Irgendjemand hat mir gerade einen Schlag auf den Kopf verpasst.«

»Was?« Marie sah sich suchend um. »Wer?«

Da tauchten zwei Gestalten aus dem Heu auf und warfen sich auf Holger.

»Stopp!«, rief Marie. »Keine Bewegung oder ich …«

Sie kam nicht mehr dazu, ihre Drohung zu beenden, denn in diesem Moment erkannte sie, wer die Angreifer waren.

»Holger! Du bist es!«, rief Maike und schlang ihre Arme um Holgers Hals.
Paul schmiegte sich ebenfalls an seinen Bruder. »Wir dachten, es wäre ein Einbrecher. Darum haben wir dir eins mit der Thermoskanne verpasst.«
»Dann ist das also Tee, was mir gerade den Nacken hinunterläuft?«, fragte Holger überrascht und fuhr sich mit der Hand durch seine feuchten Haare.
Maike nickte mit verlegenem Gesicht. »Kamillentee.«
»Tut dein Kopf sehr weh?«, wollte Paul wissen.
Holger schüttelte den Kopf. »Jetzt nicht mehr.« Seine Stimme war rau vor Erleichterung. Dann nahm er seine Geschwister in die Arme und drückte sie ganz fest.

Franzi starrte die Hexe an, als wäre sie ein Geist. Die Hexe hingegen schien nicht im Mindesten überrascht zu sein, zwei fremde Mädchen in ihrem Wohnzimmer vorzufinden. Sie erwiderte Franzis Blick, bis es in Franzis Ohren leise zu sirren begann und sie schnell wieder wegsah. Ihr Mund war so trocken wie die Wüste Gobi. Sie brachte kein Wort heraus. Auch Kim hatte es die Sprache verschlagen. Jetzt waren sie geliefert! Was würde die Hexe tun? Würde sie sie einsperren und mästen – so wie bei »Hänsel und Gretel«? Oder ihnen einen bösen Fluch entgegenschleudern? Oder sie irgendwo einsperren und den Schlüssel wegwerfen?
Die Lippen der Hexe kräuselten sich spöttisch, als hätte sie Franzis Gedanken gelesen. Dann öffnet sie den Mund. »Möchtet ihr eine Tasse Kräutertee?«
Franzi war so überrascht, dass sie erst einmal nicht antwor-

ten konnte. Sie hatte mit allem gerechnet, aber nicht damit. Kräutertee? War das ein Trick? Wollte die Hexe sie erst in Sicherheit wiegen, bevor sie zuschlug? Oder wollte sie sie vergiften?

»Keine Angst, der Tee ist nicht vergiftet«, sagte die Hexe.

Franzi zuckte zusammen. Hatte sie etwa laut geredet, ohne es zu merken? Oder konnte die Hexe Gedanken lesen?

»Es ist ganz normaler Pfefferminztee«, fuhr die Hexe fort. »Allerdings hab ich die Kräuter selbst angebaut. Ihr werdet ihn mögen, glaubt mir.«

Kim räusperte sich. »Vielen Dank. Das ist sehr nett.«

Obwohl ihr vor Angst die Knie schlotterten, musste Franzi beinahe grinsten. Kim war wirklich unschlagbar. Sie verlor ihre angeborene Höflichkeit nicht einmal in den verfahrensten Situationen.

Zehn Minuten später saßen Franzi und Kim der Hexe in der Küche gegenüber. Jede hatte einen Becher mit dampfendem Tee vor sich. Der kleine Raum war erfüllt vom intensiven Duft nach Kräutern. Franzi roch misstrauisch an dem Gebräu in ihrem Becher, konnte aber tatsächlich nichts anderes als Pfefferminze ausmachen. So richtig traute sie der Hexe immer noch nicht. Vorsichtig nahm sie einen Schluck und atmete erleichtert auf, als sie weder tot umfiel noch eine Schweinsnase oder ein Ringelschwänzchen bekam.

»Schmeckt dir der Tee?«, fragte die Hexe und sah Franzi mit ihren verschiedenfarbigen Augen durchdringend an. Das grüne Auge funkelte belustigt, während das braune ernst und unergründlich war.

Franzi nickte schnell. »Sehr lecker, danke.«
»Wie ich sehe, habt ihr euch über meine Vergangenheit informiert«, stellte die Hexe fest und nickte zu dem Zeitungsartikel hinüber, den Kim immer noch krampfhaft in der Hand hielt.
Kim wurde rot und legte den Artikel schnell auf den Küchentisch. »Äh … ja … tut uns leid, dass wir einfach so in Ihr Haus eingedrungen sind und in Ihren Sachen gewühlt haben …«, stammelte sie.
Die Hexe warf ihr einen forschenden Blick zu. »Und bei der Quelle wart ihr auch, nicht wahr? Ihr habt mich beobachtet und das Foto von Frieda und Franz angeschaut.« Sie nahm einen Schluck von ihrem Tee, dann fragte sie: »Warum verfolgt ihr mich? Was habt ihr hier gesucht?«
Franzi und Kim wechselten einen schnellen Blick. Es war Zeit, die Karten auf den Tisch zu legen. Mit irgendwelchen Ausflüchten kamen sie nicht weiter. Die Hexe würde bestimmt merken, wenn sie logen.
»Wir suchen die Zwillinge«, sagte Franzi.
Die Hexe machte ein überraschtes Gesicht. »Zwillinge? Welche Zwillinge?«
»Paul und Maike Kurz«, antwortete Kim. »Sie sind seit heute Mittag spurlos verschwunden. Das ganze Dorf ist auf den Beinen und sucht nach ihnen.«
Die Hexe nickte langsam. »Dann waren es also die beiden, die ich in meinen Träumen gesehen habe«, murmelte sie. Als Kim und Franzi sie fragend ansahen, fügte sie hinzu: »Ich habe hin und wieder Visionen. Über Dinge, die in der Vergangenheit passiert sind oder in der Zukunft passieren

werden. Das ist manchmal nicht so leicht zu unterscheiden.«
»Und Sie haben gesehen, wie die Zwillinge verschwunden sind?«, fragte Kim atemlos.
Die Hexe schüttelte den Kopf. »Nicht direkt. Aber ich habe gesehen, wie sich etwas Unheilvolles, Dunkles dem Dorf nähert. Und wie zwei Kinder davongerannt sind. Darum wollte ich die Dorfbewohner warnen. Aber sie haben nicht auf mich gehört.« Die Hexe seufzte. »Die verschwundenen Kinder sind nicht hier. Ihr habt am falschen Ort gesucht.«
Franzi spürte, dass die Hexe die Wahrheit sagte. »Und was ist mit den Katzen?«, hakte sie nach. »Warum haben Sie die Tiere entführt und eingesperrt?«
»Ich habe weder das eine noch das andere getan«, behauptete die Hexe.
»Und wie sind die Katzen dann in Ihren Schuppen gekommen?«, fragte Kim.
Die alte Dame zuckte mit den Schultern. »Das kann ich euch leider nicht sagen. Irgendwer muss sie dort eingesperrt haben, um mir eins auszuwischen. Ich liebe Tiere. Und Katzen ganz besonders. Ich würde niemals einem Tier etwas antun.«
In diesem Moment schlüpfte die getigerte Katze lautlos durchs Küchenfenster herein. Sie sprang auf Frau Meindls Schoß und rollte sich dort zufrieden schnurrend zusammen, als wollte sie die Worte der Hexe bestätigen. Die alte Dame strich ihr sanft über das Fell.
Franzi musste daran denken, was Marie gesagt hatte, nachdem sie die Katzen aus dem Schuppen der Hexe befreit hat-

ten. War das wirklich erst heute Vormittag gewesen? Franzi kam es vor, als wäre es schon eine Ewigkeit her. Marie war von vorneherein der Meinung gewesen, dass die Hexe nichts mit den verschwundenen Katzen zu tun hatte. Nun musste Franzi ihr recht geben. Die Hexe war unschuldig. Franzi machte ein betretenes Gesicht. »Entschuldigen Sie, dass wir Sie verdächtigt haben. Diesmal waren wir offensichtlich auf dem Holzweg.«
»Wir sind Detektivinnen«, Kim zückte die Visitenkarte der drei !!!, »und versuchen herauszufinden, was hier im Dorf vor sich geht.«
Frau Meindls nahm die Visitenkarte und studierte sie aufmerksam:

»Haben Sie irgendeinen Verdacht, wer die Katzen in Ihrem Schuppen eingesperrt haben könnte?«, fragte Kim.
Die Hexe ließ die Visitenkarte sinken und schüttelte den Kopf. »Da kommt so ziemlich jeder aus dem Dorf infrage.« Ihre Stimme hatte einen bitteren Unterton. »Ich bin bei den Dorfbewohnern nicht gerade beliebt, wie ihr sicher schon

bemerkt habt. Vom ersten Tag an habe ich gespürt, dass sie mich loswerden wollten. Dabei möchte ich doch nur in Frieden leben. Hier, wo ich mich Franz und Frieda so nah fühle wie nirgendwo sonst.«

»Sie sind in diesem Haus aufgewachsen, nicht wahr?«, fragte Kim vorsichtig.

Die Hexe nickte. Ihr Blick wurde trüb, als hätte sich ein Schleier der Traurigkeit über ihre Augen gelegt. »Wir haben hier gelebt, bis das Unglück passiert ist«, erzählte sie. »Meine Eltern, Franz, Frieda und ich. Es war eine herrliche Zeit. Ich habe den Wald geliebt. Stundenlang konnte ich zwischen den Bäumen herumstreifen, Tiere beobachten oder einfach nur auf einer Lichtung im Gras liegen und in den Himmel schauen.« Die Hexe lächelte. Sie sah beinahe glücklich aus. Doch dann erlosch das Lächeln auf ihrem Gesicht. »Eines Tages rief mich meine Mutter. Ich sollte auf Franz und Frieda aufpassen. Meine Eltern wollten zum Einkaufen ins Dorf. Aber ich hatte keine Lust. Es war ein sonniger Herbsttag, einer der letzten schönen Tage vor dem langen, kalten Winter. Ich wollte in den Wald, noch einmal die Natur genießen und meine Ruhe haben. Ich wollte nicht im Haus hocken und auf meine kleinen Geschwister aufpassen.«

Franzi konnte sich vorstellen, wie die Geschichte weiterging. »Aber Ihre Eltern sind trotzdem weggegangen, nicht wahr?«, fragte sie.

»Ja, das sind sie. Franz und Frieda spielten friedlich im Wohnzimmer. Sie kamen wunderbar allein zurecht. Da habe ich mich hinausgeschlichen, um eine Runde durch meinen geliebten Wald zu spazieren und frische Luft zu schnappen.

Ich hatte das Gefühl zu ersticken, wenn ich noch länger im Haus herumsaß. Ich war nur zehn Minuten fort. Doch als ich zurückkam, war das Wohnzimmer leer. Franz hatte einen hohen Turm aus seinen Bauklötzen gebaut, der mitten im Zimmer stand. Aber Franz und Frieda waren verschwunden.« Frau Meindl verstummte. Als sie weitersprach, war ihre Stimme nur noch ein Flüstern. »Sie wurden drei Tage später gefunden. Taucher holten sie aus der Quelle. Meine Mutter bekam einen Nervenzusammenbruch. Sie hat sich nie wieder richtig davon erholt. Vier Wochen später zogen wir in die Stadt. Ich habe es dort gehasst. Aber ich habe es als gerechte Strafe angesehen, zwischen Asphalt und Beton leben zu müssen. Weit weg von meinem geliebten Wald.«

»Strafe?«, fragte Kim überrascht. »Wofür denn?«

»Für mein Versagen«, antwortete die Hexe düster. »Wenn ich besser aufgepasst hätte, wären Franz und Frieda heute noch am Leben.«

»Aber Sie waren damals erst elf«, sagte Franzi. »Sie konnten nicht wissen, was passieren würde.«

»Ich hätte besser aufpassen müssen«, beharrte die alte Dame. »Mein Leben lang habe ich mir deswegen Vorwürfe gemacht. Und nun bin ich alt. Vor einem halben Jahr beschloss ich, hierher zurückzukehren. Es ist Zeit, Frieden mit der Vergangenheit zu schließen. Ich bin so oft wie möglich an der Quelle. Dort fühle ich mich meinen Geschwistern nah. Und ich schmücke den Wald mit kleinen Püppchen, um an Franz und Frieda zu erinnern. Das hätte ihnen bestimmt gefallen.« Die Hexe blickte aus dem Küchenfenster in die dunkle Nacht und lächelte versonnen.

Franzi wusste nicht, was sie sagen sollte. Das war die traurigste Geschichte, die sie in ihrem ganzen Leben gehört hatte. Auf einmal tat ihr die Hexe wahnsinnig leid. Sie hätte gerne etwas Tröstliches gesagt, aber ihr fiel nichts ein. Sie nahm noch einen Schluck von ihrem Tee, um die Traurigkeit hinunterzuspülen, die wie ein dicker Kloß in ihrer Kehle saß.

Kims Handy klingelte. Kim murmelte eine Entschuldigung und zog das kleine Gerät hervor. »Es ist Marie!«, rief sie nach einem Blick auf das Display und hielt sich schnell das Handy ans Ohr. »Hallo, Marie! Was gibt's? Habt ihr die Zwillinge gefunden?« Sie lauschte aufmerksam, während Marie am anderen Ende redete und redete. Franzi wippte ungeduldig mit dem Fuß. Sie konnte aus Kims Gesichtsausdruck leider nicht schließen, ob es gute oder schlechte Neuigkeiten gab. Was war los?

»Alles klar, wir kommen«, sagte Kim schließlich knapp und beendete das Gespräch. Dann fing sie an zu strahlen. »Die Zwillinge sind wieder aufgetaucht! Sie sind gesund und munter.«

Franzi seufzte erleichtert. »Ein Glück! Wo haben Marie und Holger sie gefunden?«

»In einer alten Scheune«, berichtete Kim. »Dort hatten sie sich versteckt. Die beiden Racker wollten von zu Hause ausreißen. Sie hatten Schlafsäcke, Decken und Proviant für mindestens eine Woche dabei.«

»Was?« Franzi traute ihren Ohren kaum. »Das gibt's nicht!«

»Doch. Aber das ist noch nicht alles«, sagte Kim. »Rate mal, warum die Zwillinge weggelaufen sind.«

Franzi zuckte mit den Schultern. »Keine Ahnung. Haben sie irgendetwas angestellt?«
»Bingo.« Kim steckte das Handy zurück in ihre Tasche. »Und jetzt halt dich fest: Paul und Maike haben den Draht im Wald gespannt, über den Oma Lotti gefallen ist.«
»Nein!« Franzi schüttelte ungläubig den Kopf. »Sind die denn völlig verrückt geworden? Warum haben sie das gemacht?«
»Na ja … also …« Kim warf Brigitte Meindl einen schnellen Blick zu, bevor sie weitersprach. »Es sollte eine Hexenfalle sein.«
Die Hexe zog eine Augenbraue hoch. »Eine Falle? Für mich?«
»Genau.« Kim nickte. »Offenbar haben Sie den Zwillingen einmal ordentlich Angst eingejagt, als sie sich im Wald ein Baumhaus bauen wollten.«
»Das stimmt.« Frau Meindls schien deswegen kein allzu schlechtes Gewissen zu haben. »Die Kinder haben Zweige von den Bäumen gerissen und im Wald herumgeschrien. Sie hatten keinen Respekt vor der Natur. Darum habe ich sie davongejagt.«
»Offenbar wollten sich Paul und Maike mit ihrer ›Hexenfalle‹ dafür rächen«, sagte Kim.
Franzi seufzte. »Arme Oma! Wegen dieser dummen Geschichte hat sie jetzt einen verstauchten Knöchel und liegt im Krankenhaus.«
»Die Zwillinge haben einen riesigen Schreck bekommen, als sie mitbekommen haben, dass Oma Lotti verletzt ist«, erzählte Kim weiter. »Sie hatten ein furchtbar schlechtes Ge-

wissen, haben sich aber aus Angst vor Strafe nicht getraut, die Wahrheit zu sagen.«

»Und darum sind sie von zu Hause weggelaufen«, folgerte Franzi. »Logisch. Hätte ich an ihrer Stelle wahrscheinlich auch gemacht.«

Kim stand auf. »Marie und Holger haben die Suchaktion abgeblasen. Sie sind gerade auf dem Weg zum Dorfkrug. Wir sollen auch dorthin kommen.«

Franzi nickte. »Gute Idee. Es wird Zeit, diesen Fall zu Ende zu bringen. Aber vorher müssen wir noch ein paar Dinge klären. Zum Beispiel, wer die Dorfkatzen entführt hat.« Sie sah die alte Dame an, die immer noch ihre Katze streichelte. »Ich finde, Sie sollten mitkommen.«

Frau Meindls Gesicht wurde abweisend. »Wozu? Ich habe keine Lust, mich wieder beschimpfen zu lassen.«

»Franzi hat recht«, sagte Kim. »Das ist eine gute Gelegenheit, um die Dorfbewohner von Ihrer Unschuld zu überzeugen. Sie wollen hier doch noch ein paar Jahre leben, oder? Dazu müssen Sie nicht nur mit Ihrer Vergangenheit Frieden schließen, sondern auch mit der Gegenwart.«

Brigitte Meindl sah Kim überrascht an. Sie zögerte einen Moment, dann nickte sie langsam. »Einverstanden. Ich komme mit.«

Showdown im Dorfkrug

Obwohl es nach Mitternacht war, hatten sich beinahe alle Anwohner im Dorfkrug versammelt. So voll war es in der Gaststube vermutlich seit Jahren nicht mehr gewesen. Die Luft war warm und verbraucht. Als Franzi und Kim mit Frau Meindl eintrafen, berichtete Marie gerade, wie Holger und sie die Zwillinge gefunden hatten. Paul und Marie schmiegten sich währenddessen an ihre Mutter, der die Sorge um ihre Kinder noch ins Gesicht geschrieben stand. Sie hatte dunkle Ringe unter den Augen und drückte die Zwillinge so fest an sich, als wollte sie sie nie wieder loslassen.

Ihr Mann schüttelte ungläubig den Kopf. »Das wird noch ein Nachspiel haben!«, schimpfte er, als Marie geendet hatte, und warf den Zwillingen einen düsteren Blick zu. »Was habt ihr euch eigentlich dabei gedacht? Euretwegen hat sich Frau Winkler den Knöchel verstaucht und liegt jetzt im Krankenhaus! Und dann lauft ihr auch noch weg und bringt das ganze Dorf in Aufruhr. All diese Leute haben in den letzten Stunden nach euch gesucht!« Herr Kurz machte eine ausladende Handbewegung, und die Zwillinge zogen die Köpfe ein.

»Entschuldigung«, murmelte Paul und schniefte. Franzi konnte sehen, dass er am liebsten losgeheult hätte. Aber er hielt die Tränen tapfer zurück.

Seine Schwester fügte mit piepsiger Stimme hinzu: »Das wollten wir doch alles nicht!«

Herr Kurz öffnete den Mund, um noch etwas zu sagen,

aber seine Frau brachte ihn mit einem einzigen Blick zum Schweigen. »Nicht jetzt, Bernd. Die Kinder haben für heute genug mitgemacht. Morgen können wir immer noch über alles reden.«

»Nun hat also doch noch alles ein glückliches Ende genommen«, verkündete Frau Seifert und machte ein Gesicht, als wäre sie persönlich dafür verantwortlich.

»Nicht ganz«, widersprach Franzi und trat vor. Nun entdeckten die Dorfbewohner die alte Dame, die an der Tür stehen geblieben war. Unruhiges Gemurmel machte sich breit.

»Was will die denn hier?«, zischte jemand.

»Wir haben Frau Meindl gebeten mitzukommen, um einige Dinge zu klären«, sagte Franzi. »Zuerst einmal hat sich ja nun herausgestellt, dass sie mit dem Verschwinden der Zwillinge nicht das Geringste zu tun hatte.«

Ein paar Dorfbewohner nickten, aber die meisten warfen der Hexe immer noch feindselige Blicke zu.

»Und was ist mit den Katzen?«, rief Frau Seifert mit schriller Stimme. »Diese Frau hat unsere Katzen entführt und eingesperrt!«

Jetzt wurde es laut im Saal.

»Genau!«, rief ein Mann mit einer Bierflasche in der Hand.

Ein anderer hob drohend die Faust. »Das lassen wir uns nicht bieten!«

»Tierquäler raus!«, schrie die Frau neben ihm.

Frau Meindl verschränkte die Arme vor der Brust und betrachtete die brodelnde Menge. Ihr Gesicht war starr, aber ihre Augen funkelten wütend. Franzi hätte sich nicht ge-

wundert, wenn sie die Dorfbewohner im nächsten Augenblick in Frösche verwandelt hätte.
»Ruhe!«, rief Franzi. Als die Dorfbewohner weiterhin wild durcheinanderredeten, steckte sie zwei Finger in den Mund und stieß einen durchdringenden Pfiff aus. Augenblicklich wurde es still. »Wir haben Frau Meindl ebenfalls zunächst verdächtigt«, sprach Franzi weiter. »Inzwischen glauben wir aber, dass jemand anders die Katzen entführt hat.«
»Ach ja?«, rief der Mann mit der Bierflasche spöttisch. »Und wer?«
»Um das herauszufinden, sind wir hier«, sagte Kim gelassen. Franzi bewunderte sie für ihre Ruhe. Sie wäre diesem unsympathischen Kerl am liebsten an die Gurgel gesprungen.
»Das ist doch dummes Gerede«, meldete sich der Wirt zu Wort. Er stand hinter der Theke und zapfte Bier. »Haltet euch aus unseren Angelegenheiten raus. Das ist nichts für Kinder!«
Franzi merkte, wie die Wut in ihr hochkochte. Sie hasste es, wenn sie nicht ernst genommen wurde. »Tatsächlich?«, gab sie schnippisch zurück. »Vielleicht wollen Sie ja nur, dass Ihr kleines Geheimnis nicht auffliegt! Anscheinend wissen die Leute hier noch gar nichts von Ihren Plänen für das Dorf. Frau Meindl haben Sie zumindest verschwiegen, warum Sie so scharf auf ihr Grundstück sind. Und jetzt erzählen Sie mir nicht, das war Zufall!«
Herr Kurz runzelte die Stirn. »Du willst das Grundstück im Wald kaufen, Otto? Warum denn das?«
Pias Vater bekam einen hochroten Kopf. Er warf Franzi einen bitterbösen Blick zu. Franzi war froh, dass sich die

Theke zwischen ihnen befand. So konnte sich der Wirt zumindest nicht so ohne Weiteres auf sie stürzen.
»Das ist meine Sache«, murmelte er und fragte laut: »Noch jemand ein Bier?«
»Nicht so schnell, Otto!«, rief der Mann mit der Bierflasche. »Von welchen Plänen hat die Kleine geredet? Ich versteh nur Bahnhof. Um was geht's hier eigentlich?«
»Es geht um Wasser«, platzte Marie heraus. »Genauer gesagt um Heilwasser.« Dann fasste sie in knappen Worten zusammen, was die drei !!! herausgefunden hatten.
»Du willst ein Heilbad aus unserem Dorf machen?«, fragte Herr Kurz und sah den Wirt überrascht an. »Eigentlich gar keine schlechte Idee. Aber warum hast du uns nicht informiert?«
»Das kann ich euch sagen!«, keifte Frau Seifert. »Weil Otto ein schlauer Fuchs ist. Er will das ganze Geld allein scheffeln, stimmt's, Otto?«
»Halt die Klappe, Waltraut!«, fuhr sie der Wirt an. »Du redest mal wieder kompletten Blödsinn! Ich hätte euch schon noch mit ins Boot geholt. Aber erst sollten die Verträge unter Dach und Fach sein. Es bringt schließlich nichts, die Pferde scheu zu machen, wenn aus der Sache nachher doch nichts wird. Und wie es aussieht, ist es jetzt genau so gekommen. Das Projekt ist gestorben. Und das ist alles nur ihre Schuld!« Der Wirt warf Frau Meindl einen wütenden Blick zu.
Sie starrte zurück, ohne zu blinzeln. »Ich habe meine Gründe«, sagte sie. »Eigentlich hätte ich gedacht, dass du von alleine darauf kommst, Otto. Schließlich waren wir damals in der Grundschule in einer Klasse.« Sie ließ ihren

Blick durch den Raum schweifen. »Ich kenne einige von euch, aber ihr habt mich nicht wiedererkannt. Ich bin Brigitte Meindl.«

Ein Raunen ging durch die Menge. Ein paar Leute machten ratlose Gesichter, aber die meisten, vor allem die älteren Dorfbewohner, betrachteten die Frau mit den langen weißen Haaren plötzlich mit ganz anderen Augen.

»Das Unglück damals ...«, murmelte Frau Kurz. »Die Kinder, die in der Quelle ertrunken sind ... wie hießen sie noch gleich?«

»Franz und Frieda«, antwortete Brigitte Meindl. »Sie waren meine Geschwister. Ich war lange fort, aber nun bin ich zurückgekommen, um hier in Frieden zu leben. Ich habe niemandem etwas getan. Weder Mensch noch Tier. Was sollte ich auch für einen Grund haben?«

»Jemand anders hier im Raum hätte aber durchaus ein Motiv, die Katzen verschwinden zu lassen«, sagte Marie.

»Und wer?«, fragte Frau Kurz.

»Jemand, dessen Existenz auf dem Spiel steht. Jemand, der so verzweifelt ist, dass er alles dafür tun würde, an Frau Meindls Grundstück zu kommen.« Marie fasste den Wirt fest ins Auge. »Sie haben die Katzen entführt, nicht wahr?«

»Ich?« Der Wirt wurde blass. »So ein Unsinn! Wie kommst du denn darauf?«

»Ist doch ganz logisch«, erklärte Kim. »Frau Meindl wollte ihr Grundstück nicht verkaufen. Ohne Kaufvertrag keine Quelle. Ohne Quelle kein Heilwasser. Und ohne Heilwasser kein Geld. Sie sind pleite. Darum wollten Sie ›die Hexe‹ loswerden.«

»Sie haben die Katzen entführt und den Verdacht auf Frau Meindl gelenkt«, fuhr Franzi fort. »Sie wollten sie aus dem Dorf ekeln und hofften, dass sie dann endlich verkaufen würde.«

»Vielleicht hätten Sie den Preis sogar noch etwas drücken können«, fügte Marie hinzu. »Das wäre Ihnen doch bestimmt ganz recht gewesen, oder?«

»Stimmt das, Otto?« Der Mann mit der Bierflasche kniff wütend die Augen zusammen.

»Katzenquäler!«, zischte Frau Seifert.

Ein paar andere Dorfbewohner machten ebenfalls ärgerliche Gesichter. Die Stimmung drohte zu kippen. Die Hexe war plötzlich unwichtig, jetzt konzentrierte sich der geballte Hass des Dorfes auf den Wirt.

Pias Vater hob abwehrend die Hände. »Nun mal langsam, Leute!«, rief er beschwörend. Schweißperlen standen ihm auf der Stirn. »Ihr kennt mich doch! Ich hab den Katzen nichts getan, das schwöre ich!«

»Können Sie das beweisen?«, fragte Marie.

Der Wirt schüttelte den Kopf. »Ich kann euch nur mein Wort geben. Es stimmt, dass ich ziemlich sauer war, als die Hexe … ich meine, als Brigitte mir ihr Grundstück nicht verkaufen wollte. Ich hab mein letztes Geld in diese Heilwasser-Geschichte gesteckt. Die Wasserproben haben ein kleines Vermögen gekostet. Wenn aus der Sache nichts wird, kann ich endgültig einpacken. Aber ich würde trotzdem niemals etwas Kriminelles tun, um meine Pläne durchzusetzen. Das ist einfach nicht meine Art. Außerdem kann ich Katzen nicht ausstehen. Ich habe eine schlimme Katzenallergie.

So ein Vieh würde ich nicht mal mit der Kneifzange anfassen.«
Brigitte Meindl sah den Wirt forschend an. Dann nickte sie. »Er sagt die Wahrheit. Schon als kleiner Junge musste Otto immer niesen, wenn eine Katze in seiner Nähe auftauchte.«
Auch Franzi spürte, dass Pias Vater ehrlich zu ihnen war. Lagen sie etwa schon wieder falsch? Dabei hatte alles so gut zusammengepasst! Aber wenn Otto es nicht gewesen war, wer dann?
Franzi wechselte einen schnellen Blick mit Kim und Marie, doch die beiden sahen genauso ratlos aus, wie sie sich fühlte. Mist! Sie steckten in einer Sackgasse. Jetzt konnten sie noch einmal ganz von vorn anfangen …
Pia kam mit einem Tablett aus der Küche und lächelte freundlich in die Runde. »Möchte noch jemand Salzgebäck?«, fragte sie und verteilte kleine Schälchen mit Salzstangen und Knabberzeug auf den Tischen. Neben die drei !!! stellte sie eine Schale mit gesalzenen Erdnüssen. Kim nahm sich sofort eine Handvoll.
In diesem Moment sah Franzi es. Fast hätte sie es nicht bemerkt. Pia trug in der warmen Gaststube nur ein schwarzes Top. Auf ihrer Schulter hob sich eine kleine Tätowierung von ihrer braun gebrannten Haut ab, die bisher immer unter langärmligen Sweatshirts versteckt gewesen war. Franzi starrte die Tätowierung an. Es war eine Rose. Franzi musste an den Abend denken, an dem sie Gläserrücken gespielt hatten. Sie sah wieder das Glas vor sich, das wie von selbst von einem Buchstaben zum nächsten glitt.
ROSE

Plötzlich machte es in Franzis Kopf *Klick* und sie wusste die Lösung.
»Du hast die Katzen entführt, Pia!«, stieß sie hervor und ließ die Tochter des Wirts nicht aus den Augen.
Pia zuckte so heftig zusammen, dass sie beinahe das Tablett mit dem Salzgebäck fallen ließ. Für den Bruchteil einer Sekunde flackerte etwas in ihren Augen auf, dann hatte sie sich wieder in der Gewalt. Aber Franzi hatte genug gesehen. Pia hatte Angst.
Pia überspielte ihren kleinen Aussetzer mit einem fröhlichen Lachen. »Sehr witzig, Franzi, echt!«
Doch Franzi blieb ernst. »Das war kein Scherz. Du hast die Katzen entführt und in Frau Meindls Schuppen gesperrt, nicht wahr?«
Kim und Marie sahen Franzi an, als hätte sie den Verstand verloren. Dann entdeckten sie ebenfalls die Rose auf Pias Schulter. Kim sog überrascht die Luft ein, und Marie machte ein betroffenes Gesicht. Franzi wusste, wie sie sich fühlte. Sie konnte selbst kaum glauben, dass Pia die Täterin war. Die Tochter des Wirts hatte sie die ganze Zeit an der Nase herumgeführt. Ihre Freundlichkeit war nur gespielt gewesen, um die drei !!! in Sicherheit zu wiegen. Wie hatten sie sich nur so von Pia täuschen lassen können?
Jetzt zeigte Pia ihr wahres Gesicht. Ihre Augen blitzten wütend. Sie stellte das Tablett ab und stemmte die Hände in die Hüften. »Es reicht! Das lasse ich mir nicht bieten! Ich war immer nett zu euch – und jetzt das! Ihr könnt nicht einfach hier auftauchen und unschuldige Leute verdächtigen. Erst Frau Meindl, dann meinen Vater und nun mich. Wer

ist der Nächste? Wenn ihr so weitermacht, habt ihr bald das ganze Dorf durch!«

Die anderen Dorfbewohner nickten zustimmend, und Pia sah sich beifallheischend um.

»Unser erster Verdacht war tatsächlich falsch«, gab Franzi zu. »Aber nur, weil du uns auf die falsche Fährte gelockt hast.«

»Ich?«, rief Pia entrüstet. »Das wird ja immer schöner!«

»Als wir heute Vormittag nach Minka gesucht haben, warst du diejenige, die uns zum Hexenhaus geschickt hat«, stellte Kim fest. »Was hast du eigentlich im Wald gemacht? Kamst du vielleicht gerade selbst vom Hexenhaus, nachdem du die Katzen dort im Schuppen versteckt hattest?«

»Unsinn!« Pia schüttelte heftig den Kopf. Ihre Wangen waren rot vor Wut. »Ich war im Wald joggen, das ist ja wohl nicht verboten!«

Franzi seufzte. Wie sollten sie Pia zu einem Geständnis bewegen? Leider fehlten ihnen hieb- und stichfeste Beweise.

Da zog die Hexe etwas aus ihrer Tasche. »Gehört das vielleicht dir?«, fragte sie und hielt Pia einen kleinen, glänzenden Gegenstand hin.

»Mein Ohrring!«, rief Pia überrascht. »Den hab ich schon überall gesucht. Wo haben Sie den her?«

»Ich hab ihn heute Nachmittag in meinem Schuppen gefunden«, antwortete Frau Meindl.

Ihre Worte schlugen ein wie eine Bombe. Es wurde totenstill in der Gaststube. Alle starrten Pia an, die plötzlich in sich zusammensackte. Sie war leichenblass.

»Wieso hast du die Katzen bei mir versteckt?«, fragte die Hexe.

Pia sah ihren Vater an, der immer noch hinter der Theke stand. »Ich habe es für dich getan, Papa«, flüsterte sie.
Der Wirt betrachtete seine Tochter, als würde er sie zum ersten Mal sehen, und sagte nur ein einziges Wort: »Warum?«
Pia schluckte. Dann begann sie leise zu erzählen. »Ich wollte dir helfen. Ich habe mitbekommen, wie verzweifelt du warst, als deine Pläne zu scheitern drohten. Darum wollte ich die Hexe aus dem Dorf ekeln. Vielleicht hättest du mich dann ja endlich einmal gelobt. Ein einziges Mal nur.« Ihre Stimme klang so traurig, dass sie Franzi beinahe leidtat.
»Und ich dachte, du wüsstest nichts von meinen Plänen«, murmelte Pias Vater und schüttelte langsam den Kopf. »Ich glaube, ich habe dich unterschätzt …« Er verstummte, und ein unangenehmes Schweigen breitete sich in der Gaststube aus.
»Mama, können wir jetzt nach Hause gehen?«, fragte Paul in die Stille hinein. Vor lauter Müdigkeit fielen ihm beinahe die Augen zu. Seine Schwester war bereits an ihre Mutter gelehnt eingeschlafen.
Frau Kurz fuhr Paul sanft durch die Haare. »Natürlich. Du hast ganz recht, ihr solltet längst im Bett sein. Wir machen uns jetzt auf den Weg.«
Ihr Mann stand auf und nahm die schlafende Maike auf den Arm. Auch die anderen Dorfbewohner erhoben sich. Aufbruchstimmung machte sich breit. Der Mann mit der Bierflasche klopfte dem Wirt aufmunternd auf die Schulter und murmelte etwas, das wie »Wird schon wieder« klang. Pia saß zusammengesunken auf einem Stuhl und schien nichts um sich herum wahrzunehmen. Ein paar Leute warfen ihr feind-

selige Blicke zu und schüttelten ungläubig die Köpfe, als sie an ihr vorbeigingen.
»Moment mal!«, rief Frau Kurz, als die ersten Leute die Gaststube verlassen wollten. »Ich finde, bevor wir nach Hause gehen, sollten wir uns bei Frau Meindl entschuldigen. Das sind wir ihr schuldig.«
»Du hast recht.« Ihr Mann schaute sich suchend um. »Wo ist sie denn?«
Franzi sah zur Tür, neben der die alte Dame gerade noch gestanden hatte. Aber jetzt war sie verschwunden.
»Merkwürdig«, murmelte Kim. »Eben war sie doch noch da.«
Franzi grinste. »Vielleicht hat sie sich weggezaubert.«
Marie zwinkerte ihren Freundinnen zu. »Ich hab's euch ja gleich gesagt. Sie ist eben doch eine echte Hexe!«

Ein bahnbrechender Entschluss

Detektivtagebuch von Kim Jülich
Mittwoch, 20:11 Uhr
Heute Mittag ist Oma Lotti aus dem Krankenhaus zurückgekommen. Sie muss ihren Fuß noch eine Weile schonen, aber davon abgesehen geht es ihr zum Glück gut.
Nachmittags war Holger mit den Zwillingen zum Kaffeetrinken da. Ich habe nach Oma Lottis Rezept einen Schokoladenkuchen gebacken – und er schmeckte richtig lecker! Die Zwillinge haben so viel Kuchen gefuttert, dass ihnen beinahe schlecht geworden ist. Vorher haben sie sich bei Oma Lotti für die Sache mit dem Stolperdraht entschuldigt. Maike hatte sogar extra einen Blumenstrauß im Wald gepflückt. Oma Lotti war richtig gerührt.
Holger hat erzählt, dass Pia und ihr Vater aus dem Dorf wegziehen werden. Sie wollen irgendwo anders ganz neu anfangen. Die Dorfbewohner haben auf eine Anzeige wegen der entführten Katzen verzichtet. Sie wollen Pia nicht die Zukunft verbauen. Vielleicht sind die Leute hier ja doch ganz nett. Wenn man von Frau Seifert einmal absieht …
Ich bin froh, dass der Fall endlich gelöst ist. Das waren eindeutig die gruseligsten Ermittlungen, die ich bisher erlebt habe. Kommissar Peters wird staunen, wenn wir ihm bei unserem nächsten Treffen davon berichten. So einen kuriosen Fall hatte er bestimmt noch nie.
Frau Meindl ist wieder in ihrem Wald verschwunden. Wir haben sie nicht wiedergesehen. In Zukunft wird sie hoffentlich von

den Dorfbewohnern in Ruhe gelassen. Ich finde sie immer noch etwas unheimlich, aber gleichzeitig tut sie mir auch wahnsinnig leid. Bisher hat sie nicht viel Glück in ihrem Leben gehabt. Hoffentlich findet sie jetzt ihren Frieden.

Geheimes Tagebuch von Kim Jülich
Mittwoch, 20:33 Uhr
Warnung: Lesen für Unbefugte (alle außer Kim Jülich) streng verboten! Wer diese Warnung missachtet, wird augenblicklich in ein Stück Schokoladenkuchen verwandelt und muss ein trauriges Dasein in meinem Magen fristen!
Morgen radeln wir wieder nach Hause. Endlich! Ich kann's kaum erwarten, Michi wiederzusehen. Ich spüre ganz deutlich, dass sich unsere Freundschaft auf der Schwelle zu etwas Neuem und Aufregendem befindet. Ob wir vielleicht doch noch ein Paar werden? Das wäre einfach wunderschön!
Marie scheint es auch ziemlich erwischt zu haben. Heute Nachmittag beim Kaffeetrinken hatte sie nur Augen für Holger. Und ihm ging es ganz genauso. Wie es aussieht, ist Marie über Stefan hinweg. Endlich! Ich freue mich so für sie! Nur blöd, dass Holger hier in Billershausen wohnt. Marie hat sich vorhin stundenlang von ihm verabschiedet – als wenn sie ihn nie wiedersehen würde. Zum Glück ist Billershausen ja nicht völlig aus der Welt. Mit dem Fahrrad ist es zwar ein ganz schönes Stück (mein Hintern tut jetzt schon weh, wenn ich an die Fahrt morgen denke …), aber es gibt schließlich auch Bus und Bahn. Es würde mich gar nicht wundern, wenn Holger bald bei uns in der Stadt auftaucht …
Jetzt muss nur noch Franzi ihr Glück finden. Benni hat ihr

schon wieder gesimst. Er wollte sich gleich morgen Nachmittag mit ihr zum Skaten verabreden, aber Franzi hat ihn vertröstet. Sie sagt, sie braucht noch mehr Zeit, um sich über ihre wahren Gefühle klar zu werden. Angeblich hat sie in den letzten Tagen kein einziges Mal an Benni gedacht, weil sie so mit unserem Fall beschäftigt war. Kein Wunder, dass ihr da Zweifel kommen. Möglicherweise ist sie doch nicht richtig in Benni verliebt. Mich haben die Ermittlungen auch total in Anspruch genommen, aber ich habe trotzdem ständig an Michi gedacht. Eigentlich denke ich so gut wie immer an ihn.

Vielleicht sollte ich mein Schicksal endlich selbst in die Hand nehmen, statt immer nur dazusitzen und zu warten. Es ist an der Zeit, aktiv zu werden! Aus diesem Grund habe ich einen bahnbrechenden Entschluss gefasst: Sobald wir wieder zu Hause sind, werde ich mir das Hexenbuch von Marie ausleihen und den Liebeszauber ausprobieren!!!

Bei Marie hat es schließlich auch funktioniert. Sie ist fest davon überzeugt, dass ihr Holger ohne den Liebeszauber nicht über den Weg gelaufen wäre.

Franzi erzähle ich lieber erst einmal nichts von meinem Plan. Wenn sie davon erfährt, macht sie sich bestimmt nur über mich lustig. Sie glaubt schließlich kein bisschen an Hexerei und übersinnliche Erscheinungen. Ich eigentlich auch nicht. Aber seit wir in diesen Fall hineingeraten sind, bin ich mir da nicht mehr so sicher. Hier sind so viele merkwürdige Sachen passiert, die ich vorher nie für möglich gehalten hätte. Wenn ich in den letzten Tagen etwas gelernt habe, dann dies: Es gibt eine Menge Dinge zwischen Himmel und Erde, die sich mit dem Verstand einfach nicht erklären lassen. Und das ist auch ganz gut so.

Außerdem kann so ein kleiner Liebeszauber schließlich nicht schaden, oder?! Wer weiß – vielleicht werde ich mit der Zeit ja noch eine richtige Hexe …

Filmstar in Gefahr

Marie im Einsatz

Es war kalt, als Marie nach Hause ging. Dunkel und kalt. Die Absätze ihrer Lederstiefel hallten auf dem nassen Asphalt. Ein rätselhaftes Knistern begleitete jeden ihrer Schritte, kaum hörbar, weil der Wind immer wieder Herbstblätter über den Gehsteig fegte. Marie schloss die Finger fester um die Schlaufen ihrer Einkaufstüten. Ein feines Lächeln umspielte ihre Mundwinkel. Keiner der missmutig dreinblickenden Fußgänger, die ihr mit hochgestellten Mantelkragen entgegenkamen, erriet den Grund für ihr Lächeln. Einzig und allein Marie als clevere Detektivin wusste, woher das merkwürdige Knistern kam: aus ihren Einkaufstüten!

»It's magic, our world is magic«, sang sie und schwenkte dabei die prall gefüllten Taschen. Der neue Song von den *Boyzzzz* passte perfekt zum heutigen Tag.

Maries Shoppingtour in der Innenstadt war ein voller Erfolg gewesen. In drei verschiedenen Spezialgeschäften hatte sie sich die Einzelteile zu einem sensationellen Halloween-Outfit besorgt: violetten Seidenstoff für ein bodenlanges Kleid, luftigen Tüll für einen Schleier, einen Zauberstab und eine glitzernde Zauberkugel. Dieses Jahr würde sie als Magierin gehen. Tessa hatte versprochen, ihr beim Nähen zu helfen. Maries Stiefmutter war hochschwanger und verbrachte die letzten Wochen vor der Geburt des Babys zu Hause. Marie freute sich schon sehr auf das Geschwisterchen – und natürlich auf die Halloweenparty in vierzehn Tagen.

»I am magic, I am magic, yes, so magic!« Marie veränderte den

Text des Popsongs ein wenig und beschleunigte ihre Schritte. Der Weg war ihr bestens vertraut. In dem Stadtviertel, das sie gerade durchquerte, hatte sie früher gewohnt.
Also, wen sollte sie alles zu ihrer Halloweenparty einladen? Marie stellte in Gedanken die Gästeliste zusammen. Kim und Franzi, ihre Freundinnen vom Detektivclub *Die drei !!!*, mussten auf jeden Fall dabei sein. Außerdem wollte sie ein paar Freunden aus der Schule Einladungskarten schicken. Die alte Villa, in der Marie mit ihrer Patchworkfamilie lebte, war schließlich groß genug.
Marie blieb nachdenklich vor ihrem ehemaligen Haus stehen. Vielleicht hatte ja auch Adrian Lust zu kommen? Ihr Herz schlug ein paar Takte schneller, als sie an ihren früheren Nachbarn dachte. Eine Zeit lang war sie sehr verliebt in den 18-jährigen Schauspielschüler gewesen, bis sie einsehen musste, dass der Altersunterschied zwischen ihnen zu groß war. Wirklich schade.
»Hey, wie lahm schlurfst *du* denn durch die Gegend?«, rief plötzlich jemand.
Marie drehte sich empört um. Die Stimme kam von einem jungen Typen mit Bikerjacke und ausgefransten Jeans. Er war mit seinen Kumpels unterwegs, zwei Jugendlichen, die sich besonders cool vorkamen. Marie wollte eine bissige Bemerkung zurückgeben, als ihr klar wurde, dass der Typ gar nicht sie meinte, sondern ein Mädchen in ihrem Alter, das unsicher stehen blieb.
»Denkst du, der Gehsteig gehört dir ganz allein, oder warum machst du dich so breit?«, fragte der Typ mit der Bikerjacke angriffslustig. Er war offensichtlich der Anführer der Clique.

Seine Freunde wieherten vor Lachen und schlugen sich mit den Händen auf die Oberschenkel.
Das Mädchen wich schweigend einen Schritt zurück. Bereits vorher hätte die Clique problemlos an ihr vorbeigehen können, und jetzt war mehr als genug Platz. Doch die Jungs dachten nicht daran, das Feld zu räumen.
»Lasst mich in Ruhe«, sagte das Mädchen leise. »Geht weiter.«
Ein Junge mit einer XXL-Wollmütze legte sich die Hand ans Ohr. »Hä?? Was hast du gesagt? Du musst lauter reden.«
»Richtig«, sagte der Kumpel neben ihm. »Sonst versteht dich mein Freund hier nämlich nicht.« Grinsend zeigte er auf seine Schulter.
Marie kniff die Augen zusammen. Sie brauchte eine Weile, bis sie den geduckten schwarzen Schatten auf der Schulter identifizieren konnte. Es war ein kleines, struppiges Tier mit spitzen Zähnen, die im Licht der Straßenlaterne weiß aufblitzten. Eine Ratte!
»Jetzt reicht's!« Marie ließ ihre Einkaufstüten fallen und lief energisch zur Clique hinüber. »Ihr habt ganz genau gehört, was das Mädchen gesagt hat. Ihr sollt sie in Ruhe lassen!«
Verblüfft wandten sich die Jungs ihr zu.
Der Anführer der Clique runzelte die Stirn. »Noch so eine kleine Kröte! Halt dich gefälligst da raus, ja? Das geht dich überhaupt nichts an.«
Marie widersprach: »Und ob mich das was angeht!« Sie winkte einem Pärchen, das in der Nähe vor einem Schaufenster stand. »Diese Jungs belästigen das Mädchen hier. Die lassen sie einfach nicht weitergehen. Kommen Sie bitte mal her!«

Das Pärchen sah kurz herüber, zögerte und lief dann hastig in die entgegengesetzte Richtung. »Danke für die Mithilfe!«, rief Marie verärgert und sah sich nach weiteren Passanten um. Ein Mann mit Aktenkoffer hatte es so eilig, dass er nicht einmal auf Maries »Hallo« reagierte. Hinter ihm tauchten zwei Frauen auf.

Marie versuchte es wieder. »Bitte bleiben Sie kurz stehen. Hier …«

Doch die Frauen schauten weg und gingen einfach weiter. Marie stampfte wütend mit dem Fuß auf. Sie wandte sich wieder der Clique zu, nahm all ihren Mut zusammen und holte tief Luft. »Lasst das Mädchen weitergehen. Sofort!«

Die Jungs bogen sich vor Lachen. »Sofort, sofort!«, äffte der Jugendliche mit der Wollmütze Marie nach. »Und was ist, wenn wir keine Lust haben? Wenn wir mit dem netten Mädchen noch ein bisschen quatschen wollen?«

»Sie will aber nicht mit *euch* quatschen, stimmt's?«, gab Marie zurück.

Das Mädchen warf Marie einen dankbaren Blick zu. Sie nickte, konnte aber vor Angst nicht sprechen.

Der Typ mit der Bikerjacke baute sich vor Marie auf. »Du nervst uns total, merkst du das eigentlich nicht?«

»Fragt sich, wer hier wen nervt.« Marie versuchte, ganz cool zu wirken, was ihr zunehmend schwerfiel. Angestrengt fixierte sie einen Pickel auf der Stirn des Anführers. Sie hätte ihm auch direkt in die Augen sehen können, aber das hätte ihn womöglich noch angriffslustiger gemacht.

»Mann, ist die Kleine stur!«, stöhnte der Jugendliche mit der Wollmütze. »Da hab ich echt keinen Bock drauf.«

Sein Freund streichelte die Ratte. »Ich auch nicht. Cinderella friert. Die Arme holt sich noch eine Lungenentzündung.«

»Ihr bleibt hier!«, sagte der Anführer. Er hatte den Befehlston gut drauf, und der Blick, mit dem er Marie fixierte, war eisig.

Marie war bestimmt kein Feigling, aber jetzt fühlte sie sich immer unwohler in ihrer Haut. Jeder Teil ihres Körpers wollte fliehen, doch ihr Wille war stärker. Mutig machte sie einen Schritt auf den Anführer zu. »Lasst das Mädchen gehen oder ich laufe ins nächste Polizeipräsidium und erstatte Anzeige gegen euch!«

Sie hatte ihn doch tatsächlich für einen Augenblick aus dem Konzept gebracht. »Das … das … du spinnst wohl!«, presste er wütend hervor.

»Nein, sie spinnt ganz sicher nicht!«, mischte sich plötzlich ein junger Mann ein.

Marie stieß einen leisen Schrei aus. »Adrian!«

Er war es tatsächlich. Die schwarzen Laufklamotten und das neongelbe Stirnband standen ihm richtig gut. Adrian überragte die Jugendlichen mit seiner hochgewachsenen, schlanken Figur. »Verzieht euch!«, knurrte er.

Der Anführer hob beschwichtigend die Arme. »Immer mit der Ruhe, Alter, wir haben heute noch was Spannenderes vor.« Er gab seinen Kumpels ein Zeichen und die Clique dampfte ab.

Das Mädchen lehnte den Kopf gegen die Hausmauer und stöhnte leise. Marie war sofort bei ihr. »Alles okay?«

»Hmm … geht schon wieder«, murmelte sie und schlang zitternd die Arme um ihren Oberkörper.

Adrian sagte: »Die sind weg und kommen garantiert nicht wieder. Du bist in Sicherheit.«
Das Mädchen sah bewundernd zu Marie auf. »Ihr habt mich gerettet. Ich weiß gar nicht, wie ich euch danken soll. Vor allem dir … äh …«
»Marie. Und das ist Adrian, ein guter Freund von mir. Das haben wir doch gern gemacht. Anderen zu helfen, sollte eigentlich selbstverständlich sein – dachte ich zumindest bis heute.« Marie erinnerte sich grimmig an die verantwortungslosen Fußgänger, die sie im Stich gelassen hatten. Es wäre so viel einfacher gewesen, wenn sich mehrere Leute zusammengetan und der Clique ordentlich Stress gemacht hätten. Das wäre Zivilcourage gewesen.
»Trotzdem noch mal tausend Dank!« Das Mädchen schüttelte Marie die Hand. »Ich heiße übrigens Emma. Wenn ich das nächste Mal in so einer Situation bin, denke ich einfach an dich. Bestimmt kann ich dann viel mutiger auftreten, so wie du.«
Marie wurde verlegen. »Oh … du übertreibst. Die Ratte hätte mir fast den Rest gegeben, das schwör ich dir. Ich hasse Ratten!«
Emma musste lachen, als Marie übertrieben die Augen aufriss.
»Können wir sonst noch was für dich tun?«, erkundigte sich Adrian. »Sollen wir dich nach Hause begleiten?«
Emma schüttelte energisch den Kopf. »Nicht nötig. Mein Bus fährt gleich an der nächsten Kreuzung ab, und an der Endstation holt mich meine Mutter ab.«
»Wir bringen dich gerne zur Haltestelle«, bot Marie an.

Emma war einverstanden. Der Schreck saß ihr bestimmt immer noch in den Knochen. Zu dritt gingen sie bis zur nächsten Kreuzung. Sie mussten nur wenige Minuten warten, dann kam auch schon der Bus. Emma sprang hinein, ließ sich auf den nächstbesten Fensterplatz fallen und winkte Adrian und Marie zum Abschied.
Der Bus bog um die Ecke und auf einmal fing Maries Puls an zu rasen. »Das war … echt … hart!«, stöhnte sie. Marie atmete durch den offenen Mund ein. Eiskalte Luft strömte in ihre Lungen. Das tat weh und gleichzeitig unglaublich gut. »Diese Typen wollten einfach nicht abhauen. Ich weiß nicht, was ich gemacht hätte, wenn du nicht zufällig aufgetaucht wärst.«
Adrian grinste. »Zufällig? Von wegen! Du weißt doch, ich bin Superman und hab mein Lauftraining extra so gelegt, dass ich dich genau im richtigen Moment retten konnte.« Als er merkte, dass Marie noch nicht richtig lachen konnte, meinte er: »Hör mal: Du hättest mich gar nicht gebraucht. Du hast die Situation doch voll im Griff gehabt. Du kannst stolz auf dich sein.«
»Meinst du wirklich?« Marie hakte sich bei Adrian unter, weil ihre Knie plötzlich zitterten. Oder hatten sie das schon vorher getan und sie hatte es nur nicht bemerkt?
Adrian drückte ihren Arm. »Ja, das meine ich wirklich. Sag mal, hast du Lust, auf einen Sprung zu mir zu kommen? Ich koche uns eine große Kanne Gute-Laune-Tee.«
»Eine super Idee«, sagte Marie. »Schönen heißen Tee – den haben wir uns jetzt echt verdient.«
Kurz darauf saß sie mit einer Wolldecke auf dem gemütli-

chen alten WG-Sofa und wärmte ihre eiskalten Hände an der Teetasse auf.

Adrian, der sich einen Strickpulli übergezogen hatte, nahm in einem der beiden kugelrunden Sessel Platz. »Schokokekse für die Heldin des Tages?«

Marie griff gerne zu. »Heldin des Tages«, so hatte sie noch niemand genannt.

Da kam Lola ins Wohnzimmer, Adrians Mitbewohnerin. »Hey, schön dich zu sehen, Marie!«

»Ich freu mich auch«, sagte Marie. »Du ahnst nicht, was mir gerade passiert ist.«

Neugierig setzte Lola sich und lauschte gebannt Maries Erzählung. Adrian streute immer wieder Komplimente für Marie ein und machte die Jugendlichen so lebendig nach, dass Lola schwer beeindruckt war. Als er schließlich auch noch täuschend echt die Ratte imitierte, lachten sich alle schlapp. Der letzte Rest Kälte zog sich aus Maries Körper zurück. Der Schreck war überstanden, sie saß hier im warmen Wohnzimmer und hatte es geschafft.

»Du bist echt mutig«, sagte Lola. »Ich weiß nicht, ob ich mich das getraut hätte. Auf der Bühne oder im Film kann ich fast alles spielen, aber im richtigen Leben …«

Marie winkte ab. »Du hättest das auch gekonnt, ganz sicher.« Sie stellte die Tasse auf dem Couchtisch ab und wechselte das Thema. »Apropos Film: Als ich euch das letzte Mal im Sommer getroffen habe, hast du doch gerade den Vertrag für einen Kinofilm unterschrieben, Adrian. Weißt du schon, wann der Dreh beginnt?«

Adrian schlug lässig die Beine übereinander. »Wir sind mittendrin. Kaum hatte ich meinen Abschluss an der Schauspielschule in der Tasche, ging's los. Der erste Teil auf der Insel Mykonos ist schon abgedreht.«

»Was?«, rief Marie. »Und das erzählst du mir erst jetzt?«

Lola knuffte Adrian mit dem Ellbogen in die Seite. »Dieser Mann ist viel zu bescheiden. Dabei wird er in Filmkreisen schon als *der* neue Star des deutschen Kinos gehandelt.«

»Hör bloß auf damit.« Adrian hielt sich die Ohren zu. »Das macht mich ganz nervös. Es ist meine erste Kinoproduktion, vergesst das nicht.«

»Worum geht es denn eigentlich in dem Film?«, fragte Marie aufgeregt. Sie liebte Filme und wollte später selbst Schauspielerin werden, wie ihr Vater.

»Es geht um eine Flirtwette«, erzählte Adrian. »Ich spiele Raffael, der es sich in den Kopf gesetzt hat, in einem Sommer mindestens zwölf Frauen zu küssen und gleich danach wieder zu verlassen. Auf der Partyinsel Mykonos klappt alles super, er sammelt elf Frauen. Aber als er zurück in Deutschland ist, verliebt er sich in Kirsten, die zwölfte Frau. Tja, dreimal darfst du raten, was dann passiert.«

Marie lehnte sich lächelnd zurück. »Also … die beiden küssen sich, aber die Flirtwette fliegt auf. Kirsten ist stinksauer und Raffael muss um seine Liebe kämpfen, was ihm schließlich gelingt. Die beiden kommen zusammen, Happy End.«

»Ja, genau«, sagte Lola verblüfft.

Adrian zwinkerte Marie zu. »Ähnlichkeiten mit lebenden Personen sind natürlich rein zufällig.«

Marie räusperte sich. »Äh … klar.« Bildete sie sich das ein oder flirtete Adrian gerade mit ihr? Verflixt, sein Charme wirkte immer noch ziemlich gut. »Und? Wie war es denn so auf Mykonos?«, lenkte sie das Gespräch in ungefährlichere Bahnen.

»Toll!« Adrian schob die Ärmel seines Strickpullis hoch und zeigte seine braun gebrannten Arme. »Wir hatten jeden Tag Sonne, sind ganz oft im Meer geschwommen und ich bin Wasserski gefahren.«

Wie gerne wäre Marie auf Mykonos dabei gewesen! Sie kannte die griechische Insel noch nicht, hatte aber schon viel von ihr gehört. »Und jetzt dreht ihr hier in Deutschland weiter?«

Adrian nickte. »Ja. Luc, unser Regisseur, bereitet gerade alles vor. In ein paar Tagen starten wir in der Filmstadt.«

»Ich beneide dich«, gab Lola offen zu. »Mit Luc zu arbeiten, ist ein großer Traum von mir.«

»Mein Vater schwärmt auch von ihm«, erzählte Marie. »Er hat mit Luc vor einem Jahr eine Folge der *Vorstadtwache* gedreht.« Plötzlich kam ihr eine verrückte Idee. »Meinst du, Kim, Franzi und ich könnten mal bei euren Dreharbeiten zusehen?«

Adrian zögerte. »Hm, ich weiß nicht, da müsste ich Luc fragen. Er braucht immer viel Ruhe am Set, aber vielleicht macht er ja eine Ausnahme, wenn ich ihm von deinem Vater erzähle, dem genialen Hauptkommissar Brockmeier.«

»Oh ja, bitte frag ihn!«, rief Marie.

Tolle Neuigkeiten

Zwei Tage später stand Marie ratlos vor ihrem Kleiderschrank, der eine komplette Wand ihres Zimmers einnahm. Was sollte sie bloß zum Clubtreffen anziehen? Die neue Bluse mit dem Blumenprint oder doch lieber das weiße Wollkleid? Im Hauptquartier, einem alten Pferdeschuppen zu Hause bei Franzi, konnte es im Oktober bereits empfindlich kalt sein. Marie hielt sich abwechselnd die beiden Kleiderbügel vor den Körper.

Plötzlich schallte ein lauter Hilferuf durch die Villa. »Hallo?? Hat jemand Zeit von euch? Bitte kommt mal ganz schnell!«

Marie warf die Kleider aufs Bett und stürmte los. Tessa – die Wehen fingen an – das Baby kam zur Welt!

Marie rannte in den Flur hinaus, am Bad und an Linas Zimmer vorbei. Ihre zwölfjährige Stiefschwester riss die Tür auf. »Das Baby!«, rief sie ängstlich. »Wo ist Mama?«

»Ich glaube, oben«, sagte Marie. »Komm!«

Seite an Seite hechteten sie die Treppe hoch. Sie nahmen immer zwei Stufen auf einmal und hatten trotzdem das Gefühl, viel zu langsam zu sein.

»Wo bleibt ihr denn?«, drängte Tessa. Ihre Stimme kam von der Mitte des Flurs. Sie klang seltsam hoch und zittrig.

Marie zog an Lina vorbei. »Halte durch, Tessa!«, keuchte sie.

An der Schwelle des neuen Kinderzimmers stieß Marie mit ihrem Vater zusammen. Er schwang den Bund mit den Autoschlüsseln wie ein Lasso. »Wir können sofort in die Klinik fahren, Liebling, ich nehme deinen Koffer.«

»Ich stütze dich«, bot Marie an.
Lina keuchte: »Du schaffst das, Mama, alles wird gut.«
Marie wagte einen Blick ins Kinderzimmer hinein. Tessa stand vor der Wickelkommode, sah in die panischen Gesichter ihrer Familie und verdrehte die Augen. »Ach, Kinder, ihr macht mich noch verrückt! Es sind doch noch zehn Tage bis zum Geburtstermin.«
»Was … was heißt das?«, stammelte Herr Grevenbroich. »Es ist noch gar nicht so weit?«
Tessa streichelte ihren kugelrunden Bauch. Dann ging sie zu Maries Vater und küsste ihn. »Nein. Armer Schatz, du hast dich völlig umsonst aufgeregt.«
»Das ist jetzt schon der dritte Fehlalarm!«, stöhnte Lina. »Beim vierten drehe ich durch. Dann musst du mich von der Schule befreien, Mama.«
Tessa lachte. »Das werde ich garantiert nicht tun, meine Süße.«
»Dir geht es wirklich gut?«, erkundigte sich Marie vorsichtig. Sie traute dem Frieden immer noch nicht ganz.
»Jahaaa!«, versicherte Tessa. »Mir geht es blendend, bis auf die nervigen Schwangerschafts-Wehwehchen. Dass ich ständig aufs Klo rennen muss, weil das Baby auf die Blase drückt, und dass ich meine Schuhe nicht mehr selber zubinden kann.«
Helmut Grevenbroich schlang liebevoll den Arm um Tessa. »Das übernehme ich doch gern für dich.«
Marie seufzte. »Okay, dann ist ja alles in Ordnung. Nur eins interessiert mich noch: Warum hast du vorhin so laut um Hilfe gerufen?«

Tessa ging zurück zur Wickelkommode. »Ich finde, die Kommode sollte näher am Fenster stehen. Dann kann die Sonne dem Baby auf den Bauch scheinen, wenn wir es wickeln. Dafür müssten wir aber das Bettchen verrücken.«
Herr Grevenbroich zog sein Jackett aus. »Wird sofort gemacht, kein Problem.«
Marie und Lina packten mit an. Tessa dirigierte die Aktion und zupfte am Schluss den weißen Himmel zurecht, der als schützender Vorhang über dem Babybett angebracht war. »Vielleicht sollten wir noch ein extra Kissen ins Bettchen legen?«, überlegte sie.
Helmut Grevenbroich schüttelte den Kopf. »Das Kinderzimmer ist perfekt. Mach dir keine Sorgen. Du hast alles rechtzeitig vorbereitet.«
Beim Wort »rechtzeitig« wurde Marie nervös. »Ich muss sofort los, wir haben Clubtreffen. Tschüss!«

Als Marie eine Stunde später abgehetzt den Pferdeschuppen betrat, hatte Franzi den Kirschkuchen bereits angeschnitten. Das bedeutete nichts Gutes.
»Kim und ich haben gerade abgestimmt«, sagte Franzi statt einer Begrüßung. »Wir sind sauer, weil du schon wieder zu spät bist, und finden, du musst dafür was in die Clubkasse zahlen.«
Kim, die Gründerin der drei !!!, saß auf ihrem Stuhl wie eine strenge Richterin. »Das ist nur fair. Selbstverständlich gilt diese Regel für uns alle. Wenn sich jemand anders in Zukunft verspätet, muss er auch zahlen. Bist du mit dieser Regel einverstanden?«

Manchmal waren Kim und Franzi schlimmer als die Lehrer in der Schule. Normalerweise hätte Marie sich jetzt furchtbar aufgeregt, doch heute war sie die Ruhe in Person. Sie zog ihren Mantel aus, breitete ihn sorgfältig über die Stuhllehne und setzte sich. »Ich bin einverstanden, dass die Regel ab dem nächsten Mal gilt. Sonst ist es ungerecht.«
Franzi wollte widersprechen, aber Kim kam ihr zuvor: »Da hast du recht. Trotzdem würden wir gerne wissen, welcher wichtige Termin dich diesmal aufgehalten hat: Aerobic, Gesangsstunde, Ballett, Yoga? Oder bist du mit dem Styling nicht rechtzeitig fertig geworden?«
»Nichts von alldem.« Marie nahm sich ein Stück Kuchen und biss genüsslich hinein. »Hmm, sehr lecker! Ich liebe den Kirschkuchen deiner Mutter, Franzi. Also, ich war superpünktlich, aber Tessa hat mich aufgehalten.«
»Das Baby!«, riefen Kim und Franzi wie aus einem Mund.
Marie entfernte einen Kuchenkrümel von ihrem Kleid. »Das dachten wir zu Hause auch. Es war wie bei der Feuerwehr. Wir sind alle ausgerückt, um Tessa so schnell wie möglich in die Klinik zu bringen. Dabei wollte sie nur, dass wir im Kinderzimmer die Möbel umstellen.«
Franzi konnte sich ein Grinsen nicht verkneifen. »Typisch Tessa! Sie muss immer aktiv sein. Wahrscheinlich macht sie noch im Kreißsaal Skizzen für eine neue T-Shirt-Kollektion.«
»Schade«, meinte Kim. »Ich bin schon so neugierig und will endlich wissen, ob es nun ein Mädchen oder ein Junge wird.«
Marie lächelte. »Es wird ein Mädchen, das sagt mir mein Bauchgefühl, und das hat mich noch nie getäuscht.«
Auf einmal war die Stimmung wieder super. Was so ein klei-

ner, ungeborener Zwerg alles bewirken konnte! Marie tastete nach ihrem Smartphone in der Manteltasche. Sie hatte noch eine zweite Neuigkeit für ihre Freundinnen, aber die hob sie sich für später auf. Eine kleine Strafe musste sein, Kim und Franzi waren wirklich nicht nett zu ihr gewesen.

»Also dann.« Kim stellte die Kuchenteller zusammen und holte ihr Detektivtagebuch heraus, ein abgegriffenes Heft, das sie für unterwegs benutzte. »Hiermit eröffne ich unsere Clubsitzung. Die wichtigste Frage zuerst: Ist euch in letzter Zeit irgendwas Verdächtiges aufgefallen?«

»Mir nicht«, sagte Franzi.

Marie schüttelte den Kopf. »Mir auch nicht.«

Kim machte eine kurze Notiz in ihrem Tagebuch. »Alles klar, kein neuer Fall in Sicht. Ich persönlich finde das nicht so schlimm. Der letzte Fall war echt gruselig. Ein bisschen Erholung tut mir gerade ganz gut.«

Franzi verschränkte die Arme hinter dem Kopf. »Wenn die Pause nicht zu lange dauert, hab ich damit auch kein Problem.«

Längere Pausen waren den äußerst erfolgreichen Detektivinnen ohnehin noch nie vergönnt gewesen. Seit Gründung des Clubs hatten sie schon so viele Fälle gelöst und keine Gefahren gescheut, um auch die fiesesten Verbrecher zu überführen.

»Was haltet ihr davon, wenn wir die Zeit nutzen, um unsere Detektivausrüstung zu überprüfen?«, schlug Kim vor. »Wir sollten nachsehen, ob etwas fehlt oder kaputtgegangen ist, und es reparieren oder ergänzen.«

»Eine gute Idee«, stimmte Franzi zu. Sie war handwerklich

sehr geschickt und hatte einige Detektivwerkzeuge selbst gebastelt. »Am besten fangen wir gleich heute damit an.«

»Hm, warum nicht?« Marie kräuselte die Lippen. Eigentlich hatte sie wenig Lust, das Treffen in anstrengende Arbeit ausarten zu lassen. Es war gerade so schön gemütlich. »Wir haben noch gar nicht über uns gesprochen«, wandte sie ein. »Das müssen wir vorher unbedingt noch tun.«

Bei den Clubsitzungen tauschten sich die drei !!! nicht nur über die Ermittlungen, sondern auch über private Dinge aus. Das gehörte einfach dazu.

»Stimmt«, räumte Kim ein. »Ich hatte gestern ein total romantisches Date mit Michi. Wir waren im Kino und haben ausprobiert, wie Popcornküsse schmecken.«

»Und? Wie ist der Test ausgefallen?«, erkundigte sich Franzi neugierig.

Kim wurde rot. »Eindeutig positiv.« Verlegen zupfte sie an ihren kurzen Ponyfransen. »Ach, und da ist noch etwas: Meine Mutter hat sich auf den Posten der Schulrektorin beworben. Stellt euch vor: Sie ist in der engeren Auswahl.«

Marie klatschte spontan Beifall. »Das freut mich für sie und noch mehr für dich. Wenn sie den Job bekommt, nervt sie dich in Zukunft nicht mehr so oft mit den Hausaufgaben.«

»Ganz genau.« Kims Gesicht hellte sich bei dieser verlockenden Vorstellung sofort auf. »Drückt mir die Daumen! Und wie geht es euch?«

»Auch sehr gut«, berichtete Marie. »Seit Holger aus dem Sportcamp zurück ist, verstehen wir uns super. Das Candle-Light-Dinner, mit dem ich ihn überrascht habe, war übrigens ein voller Erfolg.«

Wenn sie an den wunderschönen Abend bei Kerzenschein dachte, spürte sie sofort unglaublich viel Liebe für Holger. Eine Liebe, die sie umhüllte und jeden Tag begleitete. Marie geriet ins Träumen und verpasste die nächsten Worte von Kim.
Auf einmal wurde Franzi traurig. »Du weißt doch, dass es nicht leicht für mich ist. Felipe fehlt mir so sehr. Es nützt nichts, dass wir ganz oft skypen und uns SMS schicken. Es ist nicht dasselbe.«
Kim legte tröstend die Hand auf Franzis Arm. »Tut mir leid. Wir schwärmen dir hier von unseren Dates vor und denken nicht daran, dass Felipe in Mexiko ist. Wie lange dauert denn sein Museumspraktikum noch?«
»Das hängt von verschiedenen Dingen ab, er kann es noch nicht genau sagen«, seufzte Franzi. »Es gefällt ihm total gut in seiner Heimat. Er genießt das Land, die Kultur und dass er sich in seiner Muttersprache unterhalten kann. Das verstehe ich natürlich, aber Deutschland ist doch auch schön! Wenn er wenigstens zwischendurch mal herkommen könnte, aber die Flüge sind leider viel zu teuer.«
Jetzt wurde Marie noch mehr bewusst, wie gut sie es hatte. Holger lebte mittlerweile in der Stadt und nicht mehr in Billershausen. Sie konnte ihn jederzeit sehen, wenn sie wollte. Franzi dagegen musste täglich diese schreckliche Sehnsucht aushalten.
»Hey, du bist nicht allein!«, versuchte Marie ihre Freundin aufzumuntern. »Du hast uns, zum Reden und zum Umarmen, vergiss das nicht.«
Franzi lächelte tapfer. »Ich weiß. Es passieren ja auch viele

schöne Dinge in meinem Leben. Ich habe übrigens noch eine Überraschung für euch, bevor wir uns mit der Detektivausrüstung beschäftigen.«
»Du auch?«, rutschte es Marie heraus.
Zum Glück hatten Kim und Franzi ihren Einwurf überhört. Kim hakte sofort nach: »Was ist es denn? Zeig es uns!«
»Gleich.« Franzi holte zwei gemusterte Schals aus dem Bürocontainer. »Ich möchte euch die Augen verbinden, damit ihr nicht merkt, wo ich euch hinführe.«
Marie stöhnte. »Du machst es aber echt spannend!« Ungeduldig ließ sie sich von Franzi einen Schal umbinden.
Kurz darauf war auch Kim fertig. »Seid ihr bereit? Es geht los«, sagte Franzi.
Marie spürte eine Hand auf ihrem Rücken, die sie sanft vorwärtsschob. Das Tor des Pferdeschuppens knarrte, ein kalter Luftzug erfasste ihren Körper und feine Regentropfen sprühten ihr ins Gesicht. Unter ihren Füßen knirschte Kies. Wohin ging es? Zum Stall, in dem Franzis Pony Tinka stand? Zur Tierarztpraxis von Dr. Winkler oder zum Wohnhaus? Marie hätte es nicht sagen können.
Irgendwann knarrte wieder eine Tür. Kim stolperte über die Schwelle. »Autsch, das war mein Zeh!«, beschwerte sie sich.
»Entschuldige«, kicherte Franzi. »Gleich sind wir da.« Sie lotste ihre Freundinnen eine Treppe hoch. Noch ein paar Schritte, dann blieb sie stehen und verkündete feierlich: »Ihr könnt eure Augenbinden abnehmen.«
Sofort riss sich Marie den Schal von den Augen und blinzelte in helles Licht. Sie waren im ersten Stock des Wohnhauses, vor Stefans Zimmer.

Franzi breitete stolz die Arme aus. »Tatatataaa! Das ist mein neues Reich!«
»Moment, noch mal zum Mitschreiben.« Kim rieb sich ungläubig die Augen. »Das bedeutet, Stefan ist in die WG gezogen und du musst dir nicht mehr mit Chrissie ein Zimmer teilen?«
Franzi grinste. »Die harten Zeiten sind vorbei. Jetzt haben wir alle endlich wieder genug Platz: Oma Lotti in meinem Zimmer, Chrissie in ihrem eigenen Chaos und ich hier. Aber worauf wartet ihr eigentlich? Kommt rein!«
Kim und Marie betraten den hellen, freundlichen Raum, der sogar noch größer als Franzis ehemaliges Zimmer war.
»Ist das schön!«, rief Marie begeistert und drehte sich einmal im Kreis.
Der Raum war in einem zarten Hellgrün gestrichen, das an eine Frühlingswiese erinnerte. An der rechten Längswand stand ein neues Hochbett. Unten gab es jede Menge Kissen, mit denen man es sich gemütlich machen konnte. Über eine schmale Leiter gelangte man auf das Bett. Gegenüber hatte Franzi ihren Schreibtisch platziert und ein Foto von Tinka aufgehängt. Auf dem selbst gemachten Schnappschuss schüttelte Tinka ihre schwarze Mähne und blitzte den Betrachter mit übermütigen Augen an.
»Hast du das etwa alles selber renoviert? Das muss ja Tage gedauert haben!« Kim konnte sich noch gut erinnern, wie das Zimmer früher ausgesehen hatte. Stefan hatte die Wände einfach weiß gelassen und ein paar praktische Holzregale reingestellt, das war's dann auch.
Franzi schwang sich auf ein Kletterseil, das in der Mitte des

Raums mit einem Karabinerhaken an der Decke befestigt war. Sie setzte sich auf den dicken Knoten am unteren Ende und schaukelte lässig hin und her. »Ich hatte zwei starke Helfer: Papa und Stefan haben mit angepackt. In zwei Tagen waren wir fertig.«

»Echt genial«, lobte Kim. »Das Zimmer passt perfekt zu dir.«

»Das finde ich auch«, sagte eine vertraute Stimme.

Alle Köpfe fuhren herum. In der Tür stand Oma Lotti, gestützt auf einen Rollator. Unter tausend kleinen Falten und Runzeln strahlten ihre hellwachen Augen.

»Oma!« Franzi lief auf sie zu und umarmte sie.

Marie warf Kim einen gerührten Blick zu. Oma Lotti und Franzi waren schon immer ein Herz und eine Seele gewesen, aber seit dem Schlaganfall ihrer Großmutter war Franzis Verhältnis zu ihr noch inniger geworden.

Oma Lotti lächelte. »Ich bin sehr stolz auf dich.«

»Danke«, nuschelte Franzi. Verstohlen wischte sie sich eine Träne aus den Augenwinkeln.

»Schön, euch zu sehen«, sagte Oma Lotti zu Kim und Marie. »Ihr bleibt doch zum Abendessen?« Sie schob ihren Gehwagen wieder hinaus in den Flur.

Eine Weile schwiegen die drei !!! und lauschten dem gleichmäßigen Geräusch der Gummiräder, das sich langsam entfernte. Dann holte Marie tief Luft. »Ich hab übrigens auch noch eine Überraschung für euch. Adrian hat mir gerade gesimst. Wir dürfen bei den Dreharbeiten zu seinem Kinofilm dabei sein – sooft wir Zeit und Lust haben! Und wir …«

Der Rest ihrer Worte ging in einem ohrenbetäubenden Kreischen unter.

Aufregung am Filmset

»Hallo, ich bin's!« Marie winkte dem Pförtner an der Schranke zu, die den Eingangsbereich der Filmstadt vor ungebetenen Besuchern abschirmte.

»Ach, hallo, Marie! Das ist ja nett. Deine Freundinnen hast du auch mitgebracht? Na dann, viel Spaß!« Der Pförtner drückte auf einen Knopf. Surrend fuhr die Schranke für Fußgänger in die Höhe.

»Den werden wir bestimmt haben.« Obwohl Marie schon öfter in der Filmstadt gewesen war und dort ihren Vater besucht hatte, kam sie sich jedes Mal wie ein Filmstar vor. Wer weiß, vielleicht würde sie es in gar nicht allzu ferner Zukunft ja tatsächlich sein?

»Wo müssen wir denn jetzt hin?« Franzi brachte Marie blitzschnell zurück in die Gegenwart.

Das Gelände der Filmstadt war riesig. Mehrere Betonbauten reihten sich aneinander. Dazwischen gab es Außenkulissen, die verschiedensten Fahrzeuge und sogar ein Motorflugzeug. Heute meinte es das Herbstwetter gut mit ihnen. Milde Sonnenstrahlen trafen schräg auf die flachen Dächer.

Marie zog einen Plan aus der Handtasche, den Adrian ihr gestern gemailt hatte. »Der Dreh ist in der neuen Halle 4.«

Am Freitagmittag war viel los in der Filmstadt. Schauspieler, Techniker und Mitarbeiter von diversen Filmteams strömten aus den Hallen, um sich eine Mittagspause im Freien zu gönnen. Andere waren mitten bei einem Außendreh und hantierten mit Kabelrollen und Scheinwerfern. Die Detek-

tivinnen wurden sofort von der betriebsamen, aufgekratzten Filmatmosphäre angesteckt.
Plötzlich rief jemand aus der Menge: »Seid ihr es wirklich: die berühmten drei !!!? Ja, ihr seid es, in voller Lebensgröße, was für eine Ehre!« Adrian verbeugte sich grinsend. Dann verteilte er Wangenküsschen an Kim, Franzi und Marie.
»Hi, Adrian!« Marie strahlte den Schauspieler an. Er sah umwerfend aus in seiner schwarzen Jeans, Rolli und Daunenweste. Ein paar Haarsträhnen fielen ihm fransig in die Stirn.
Adrian nahm die Mädchen in die Mitte. »Ihr kommt genau richtig, wir haben gerade eine kleine Pause. Da kann ich euch meine Kollegen vorstellen.«
Gemeinsam betraten sie Halle 4, die erst kürzlich für größere Kinoproduktionen errichtet worden war. Adrian führte sie zu einem Raum mit Kostümen. Zwei Männer und eine Frau standen neben einer fahrbaren Kleiderstange und unterhielten sich lebhaft. Marie fiel sofort ein junger Typ mit langen schwarzen Haaren und Designerbrille auf. Den hatte sie doch schon mal auf einem Foto gesehen.
»Hi, Luc! Hier sind deine größten Fans: Kim, Franzi und Marie«, sagte Adrian zu dem Mann.
Auf einmal machte es *Klick* bei Marie: Das war Regisseur Luc! Und das Foto klebte in einem Album ihres Vaters.
Luc schenkte den drei !!! ein gewinnendes Lächeln. »Fühlt euch wie zu Hause. Ich fürchte, ich werde wenig Zeit für euch haben, aber ihr kommt sicher alleine klar, oder?«
»Natürlich«, versicherte Franzi.
Der Regisseur wurde von seiner Assistentin angesprochen, verabschiedete sich hastig und verschwand.

»Das ist also Luc … das heißt, das *war* Luc.« Adrian lachte. Er legte den Arm um die junge Frau, eine zierliche Blondine. »Und das ist Sybille, die beste Kostümbildnerin der Welt.«
»Und die schönste Frau der Welt«, fügte der andere Mann hinzu. Er trug einen auffällig gemusterten Hosenanzug und gelbe Lederschuhe. Marie fiel auf, dass sein Gesicht tief gebräunt war.
»Lasst eure Komplimente stecken, Jungs!« Sybille zwinkerte Kim, Franzi und Marie zu. »Tristan wohnt auf Mykonos, müsst ihr wissen. Das Partyleben dort färbt ganz schön ab.«
»Überhaupt nicht«, behauptete Tristan. »Ich gehe so gut wie *nie* auf Partys.«
»Während unserer Drehzeit auf der Insel hast du also eine große Ausnahme gemacht, verstehe.« Adrian boxte spielerisch Tristans Oberarm.
Alle mussten lachen. Die drei !!! erfuhren, dass Tristan ein guter Freund des Produzenten war und nach Deutschland mitgereist war. Er kannte auf Mykonos viele Leute aus der Filmbranche und arbeitete als freier Berater.
Marie hatte zunächst amüsiert Tristans schrilles Outfit begutachtet. Da entdeckte sie ein pinkfarbenes Sommerkleid auf der Stange. »Das ist aber ein raffinierter Schnitt! Diese Volants und der Ballon-Abschluss am Saum …«
»Du kennst dich ja super aus«, sagte Sybille anerkennend. »Hast du Erfahrung in der Modebranche?«
Marie wollte nicht zu dick auftragen. »Ein wenig. Ich hab schon mal gemodelt und war bei einem Fernsehcasting dabei. Aber eigentlich interessiere ich mich mehr für Styling.«
»Das merkt man sofort. Die zarte Bluse, die du trägst, hast

du toll mit dem groben Wollmantel kombiniert.« Sybille sah Marie nachdenklich an. »Sag mal: Hättest du vielleicht Lust, am nächsten Montagnachmittag mit mir shoppen zu gehen?«

»Nächsten Montag?« Marie tat so, als würde sie ihre zahlreichen Termine für diesen Tag im Kopf überschlagen. »Doch, ich denke schon, dass ich da Zeit habe.«

»Prima«, freute sich Sybille. »Mir fehlen nämlich noch ein paar coole Outfits für unseren Film. Da könnte ich dich als Styling-Beraterin sehr gut gebrauchen.«

»Geht klar.« Marie machte innerlich einen Luftsprung, während sie mit der Kostümbildnerin Zeit und Treffpunkt vereinbarte.

»Also dann bleibt es dabei«, sagte Sybille. »Übrigens kannst du auch sonst jederzeit bei mir vorbeischauen und mir über die Schulter gucken. Ich zeige dir gerne ein paar Tricks, du könntest ja bei mir hospitieren.«

Für Marie ging ein heimlicher Traum in Erfüllung. »Ich wollte schon immer mal beim Kostümbild hospitieren«, gestand sie.

Tristan klatschte begeistert in die Hände. »Da haben sich ja zwei kreative Köpfe gefunden. Ihr seid wunderbar, Mädels! Natürlich stehe ich euch jederzeit zur Verfügung, wenn euch noch ein männlicher Berater fehlt.«

»Wahnsinnig lieb von dir, Tristan, aber das wird nicht nötig sein. Und jetzt sei mir bitte nicht böse, aber ich muss dringend weiterarbeiten.« Sybille wedelte hektisch mit der Hand, als würde sie eine Fliege verscheuchen.

»Bin schon weg!« Tristan drehte sich zu Adrian um. »Wir sind hier unerwünscht, Kumpel.«

»Ist das so?« Adrian grinste von einem Ohr zum anderen. Die beiden jungen Männer zogen ab.

Kim, Franzi und Marie wollten sich auch gerade verabschieden, als plötzlich eine junge Frau hereinschneite. Vor lauter Temperament warf sie beinahe die Kleiderstange um. »Sybille, so geht das nicht! Die Hose musst du noch mal ändern. Ich sehe ja aus wie eine Weißwurst in der Pelle!«

Um ein Haar hätte Franzi laut losgelacht. Die Frau war superschlank und die pastellfarbene Hose saß absolut perfekt.

Sybille runzelte die Stirn. »Meinst du wirklich, Sandra? Dreh dich doch mal vor dem Spiegel.«

»Bloß nicht!«, stöhnte Sandra. Sie strich über ihr seidiges schwarzes Haar, das einen aparten Kontrast zu ihrem Schneewittchen-Teint bildete. »Ich weiß auch so, wie schrecklich ich aussehe. Sybille, nur du kannst mich retten, ich brauche dich. Jetzt!«

Die Kostümbildnerin machte hinter Sandras Rücken heimlich Zeichen. Die drei !!! hatten verstanden. Diskret verließen sie den Raum. Als sie ein paar Meter entfernt waren, konnten sie endlich losprusten.

»Sybille, *so* geht das nicht!«, ahmte Franzi die junge Frau nach. »Oh Mann! Was war das denn für eine Oberzicke?«

Kim wischte sich eine Lachträne aus dem Augenwinkel. »Keine Ahnung. Die Frau ist doch höchstens 17. Bestimmt eine Statistin, die zum ersten Mal am Set ist und sich um jeden Preis wichtigmachen will.«

»Falsch geraten. Sandra ist 18, das hab ich in der *Sweet* gelesen. Und sie ist definitiv keine Statistin, sondern ein bekannter Star aus *Schlosshotel Romantik*, Oma Lottis Lieblingsserie.

Bald wird sie auch im Kino zu sehen sein.« Marie tippte auf eine Serie von Kinoplakaten, mit denen eine Außenwand der Halle gepflastert war. Der Film hieß *Die Flirtwette* und von allen Plakaten lächelte ein junges Liebespaar: die Hauptdarsteller Adrian und Sandra!

Franzi verzog gequält den Mund. »Deshalb könnte ich nie im Leben Schauspielerin werden. Die Stars sind die allerschlimmsten Zicken.«

Marie kicherte. »Da muss ich dir ausnahmsweise recht geben. Armer Adrian! Er leidet bestimmt total darunter, weil er wochenlang mit dieser doofen Sandra zusammenarbeiten muss. Aber er ist sicher professionell und lässt sich nichts anmerken.«

Eine halbe Stunde später konnten die drei !!! die Hauptdarsteller live erleben. Für die nächste Szene war zwischen zwei Stellwänden eine Bar aufgebaut worden. Kim, Franzi und Marie nahmen aufgeregt auf Klappstühlen am Rand Platz.

Adrian und Sandra kamen vertraut tuschelnd von der Maske zum Set. Sie schienen sich ausgesprochen gut zu verstehen. Beide trugen sommerliche Partykleidung und waren geschminkt.

Luc ging ihnen entgegen und nahm sie bei den Händen. »Ihr seht toll aus. Kirsten, Raffael: Heute wird es ernst. Ihr wisst, was auf euch zukommt?«

Sandra und Adrian wechselten einen Blick und fingen gleichzeitig an zu grinsen.

»Kuss-Szene!«, grölten der Kameramann und die Beleuchter. Die gesamte Crew bog sich vor Lachen, bis sie vom Regis-

seur durch einen strengen Blick wieder zur Ordnung gerufen wurde.
»Jetzt wird gearbeitet«, verlangte Luc. »Alle auf ihre Positionen, bitte. Das geht auch ein bisschen schneller, Leute!«
Sandra schwang ihre langen Beine auf einen Barhocker. Adrian stellte sich an die Eingangstür des Lokals, das mit bunten Partygirlanden geschmückt war. Schnell puderte ihm die Maskenbildnerin noch einmal die Nase.
Luc überprüfte, ob alles seinen Vorstellungen entsprach. Tristan und Produzent Sam, ein älterer Mann mit Wohlfühlbauch, standen neben dem Regisseur und sahen zu.
»Licht? Kamera? Und … Action!«, rief Luc.
Kirsten lächelte dem Barkeeper hinter der Styroportheke zu. »Ich hätte gerne einen Martini, geschüttelt, nicht gerührt.«
»Kommt sofort.«
Während der Barkeeper den Cocktailshaker füllte, setzte Raffael sich langsam in Richtung Bar in Bewegung. »Hallo, Kirsten! Darauf hab ich den ganzen Tag gewartet.«
»Worauf denn?«, fragte Kirsten neugierig.
Raffael rutschte auf den Barhocker neben sie. »Dich zu küssen.«
Kirsten sah ihn überrascht an. Dann wurde ihr Blick auf einmal sehnsüchtig. Raffael nahm behutsam ihr Kinn in seine Hände, hob es zu sich empor und küsste Kirsten sanft auf den Mund.
»Cut!«, rief Luc.
Adrian und Sandra küssten sich weiter. Wahrscheinlich wollten sie sichergehen, dass die Szene bis zum Schluss im Kasten war.

»Danke, das war perfekt.« Luc nickte anerkennend. »Super, gleich beim ersten Take hat alles geklappt.«
Adrian und Sandra küssten sich immer noch weiter.
»Ähem …«, machte die Regieassistentin.
Der Kameramann fuhr demonstrativ seine Kamera zurück und der Kabelträger klapperte mit seiner Kabeltrommel.
Adrian und Sandra küssten sich immer noch. Alle starrten gebannt auf die beiden Schauspieler, die auf einer unsichtbaren Insel zu sein schienen, wo sie in romantischer Abgeschiedenheit ihre Liebe füreinander entdeckten.
Marie wurde unruhig. Adrian musste es wirklich nicht übertreiben mit seiner Höflichkeit! Oder spielte er gar nicht? Hatte es bei ihm gefunkt? Entschlossen kramte Marie in ihrer Handtasche und knisterte extra laut mit einer Tüte.
»Fruchtgummi-Vampire, hm … danke dir«, sagte Kim.
Ihre Worte durchbrachen den Zauber. Adrian und Sandra kehrten von ihrer Insel zurück. Sie hörten auf, sich zu küssen, und sahen sich verlegen um. Sandra wurde rot, als sie merkte, dass sie im Mittelpunkt der Aufmerksamkeit stand. Ihre Kollegen tuschelten. Die Regieassistentin kicherte.
Sam beendete die peinliche Situation. »Bravo, bravo, das war großartig!«
Die anderen schlossen sich dem Beifall an. Adrian und Sandra lachten und verbeugten sich. Sie liefen an den Rand, weil die Kulisse umgebaut werden musste, und kamen dicht bei Marie vorbei.
»Darf ich dich heute Abend einladen?«, raunte Adrian Sandra zu. »Ein Dinner nur für uns zwei?«
Sandra war sofort Feuer und Flamme. »Ich freu mich!«

Außer Marie hatte keiner die kurze Unterhaltung mitgehört. Die Dreharbeiten wurden fortgesetzt, alle konzentrierten sich auf ihre Arbeit und dachten nicht mehr an den Vorfall. Alle bis auf eine: Marie.

Hastig stopfte sie sich einen Vampir in den Mund, kaute nur ganz kurz und schluckte. Das war keine gute Idee. Der Vampir schien in ihrer Brust festzustecken und saugte die gute Laune aus ihr heraus. Oder war der Vampir gar nicht schuld? War sie etwa eifersüchtig auf Sandra? Marie schüttelte den Gedanken schnell ab. Dazu gab es keinen Grund. Sie war nicht mehr in Adrian verliebt, schon lange nicht mehr. Marie beugte sich nach vorne und stützte die Ellbogen auf die Knie. Sie war wütend, das war es! Warum musste Adrian ausgerechnet mit dieser eingebildeten Sandra flirten? Er konnte tausend nettere Freundinnen haben.

Plötzlich spürte Marie eine Hand auf ihrem Arm. »Willst du hier die ganze Zeit sitzen bleiben?«, fragte Franzi ungeduldig.

Marie fuhr hoch. Vor lauter Grübeleien hatte sie nicht mitbekommen, dass Luc eine kurze Drehpause anberaumt hatte. »Nein, natürlich nicht«, sagte sie schnell. »Lasst uns ein bisschen in der Halle spazieren gehen.«

»Gute Idee«, fand Kim. »Die haben bestimmt außer der Bar noch mehr Innenräume aufgebaut.«

Kims Vermutung bestätigte sich. Für den Kinofilm waren sechs verschiedene Räume täuschend echt eingerichtet worden: Raffaels Ein-Zimmer-Appartement, seine Küche, ein Blumenladen, eine Bäckerei, Kirstens Büro und ein griechisches Restaurant mit drei kleinen Tischen. In Raffaels Wohnung ließ sich Marie aufs Sofa fallen. Sie schloss die Augen und probierte die neue Entspannungsübung aus, die sie im Yoga gelernt hatte. Es funktionierte. Ihr Puls beruhigte sich, ihr Atem wurde langsam und gleichmäßig …

»Einsatz!«, zischte plötzlich Kim.

Verärgert schlug Marie die Augen auf. »Wovon redest du?«

Kim hatte hochrote Wangen. »Franzi und ich haben dort drüben was entdeckt. Komm mit! Da wartet Arbeit auf uns.«

Schlagartig war Maries Neugier geweckt. Sie kannte den konzentrierten Ausdruck im Gesicht ihrer Freundin nur zu gut. Den hatte Kim immer, wenn die drei !!! in einen neuen Fall hineingerieten.

Kim und Franzi führten Marie in einen Gang neben der Wohnzimmer-Kulisse. Ein Zettel wies den Weg zu den Künstlergarderoben. Die erste Tür stand weit offen. Jetzt sah Marie es auch. Hier hatte sich jemand unerlaubt Zutritt verschafft! Dieser Jemand hatte ein Riesenchaos verursacht. Die Schubladen der Kommode waren aufgerissen und durchwühlt worden. Die Kleiderstange war umgestoßen. Klamotten lagen wild durcheinander auf dem Boden verstreut.

»Wem gehört die Garderobe?« Marie suchte an der Tür vergeblich nach einem Namensschild.

»Mir, wieso?« Hinter den Detektivinnen tauchte Adrian auf. Noch war er ahnungslos, doch dann erblickte er das Chaos. »Wer … war … das?«, brachte er mühsam hervor.

Ein rätselhafter Frosch

<u>Detektivtagebuch von Kim Jülich</u>
<u>Freitag, 21:05 Uhr</u>
Das war vielleicht ein Schock! Völlig unerwartet sind wir in einen neuen Fall hineingeraten, zu einem Zeitpunkt, wo wir am allerwenigsten damit gerechnet hatten. Aber so ist das Leben: Immer wenn man anfängt, sich zu langweilen, kommt wieder ein Knaller.
Aber alles der Reihe nach:
Ein noch unbekannter Täter hat Adrians Garderobe durchsucht. Er hatte es offenbar eilig oder wurde gestört und musste schnell abhauen.
Die zwei großen Fragen lauten: War es ein Dieb? Und was hat er gesucht?
Natürlich haben wir Adrian sofort gefragt, ob er etwas vermisst. Er hat nachgesehen und festgestellt, dass sein T-Shirt und sein Bademantel geklaut wurden. Erst mal war er total erleichtert, denn er hatte auch seine neue, teure Kamera offen in der Garderobe liegen lassen. Die hat der Dieb merkwürdigerweise nicht mitgenommen. Dafür hat er das Namensschild an der Tür entfernt. An den anderen Türen stehen nämlich überall Namen auf Zetteln.
Wozu in aller Welt stiehlt jemand diese wertlosen Dinge? Adrians schwarzes T-Shirt war schon x-mal gewaschen worden und ziemlich ausgebleicht. Der Bademantel ist auch nichts Besonderes. Jeder Schauspieler und jede Schauspielerin am Set hat zu Beginn der Dreharbeiten so einen weißen Bademantel bekom-

men. Es muss ein Motiv dahinterstecken, das uns jetzt noch nicht klar ist. Möglicherweise ein Racheakt eines Konkurrenten von Adrian? Wer weiß …

Wir müssen der Sache unbedingt nachgehen. Erst wollte Adrian nicht, dass wir uns einschalten, weil ja nichts Wertvolles weggekommen ist. Er meinte, dass vielleicht eine ungeschickte Putzfrau das Chaos verursacht hat. Wir haben nachgefragt: Die Putzfrau kommt immer erst abends, der Diebstahl hat aber zwischen 12:30 Uhr und 14:50 Uhr stattgefunden. Und so wie es aussieht, könnte der Dieb ein zweites Mal kommen, um seine unterbrochene Arbeit zu Ende zu bringen. Dieses Argument hat Adrian schließlich überzeugt. Er hat uns gebeten, Augen und Ohren offen zu halten, was wir selbstverständlich tun werden.

Morgen werden wir zunächst Adrians Garderobe gründlich durchsuchen. Vielleicht finden wir ja eine Spur, die uns weiterhilft. Ich hoffe es sehr.

<u>*Geheimes Tagebuch von Kim Jülich*</u>

<u>*Freitag, 21:46 Uhr*</u>

Big sister is watching you, *Ben und Lukas! Ich habe in meinem Zimmer eine versteckte Kamera installiert. Die filmt jede Person, die heimlich hereinkommt und sich an meinem geheimen Tagebuch vergreifen will. Hinterher leugnen ist zwecklos!*

Zurzeit ist ganz schön viel los bei mir. Vorgestern hab ich mich mit Michi und seinem Bruder Frank im Café Wassermann *getroffen. Das Treffen ist ganz gut gelaufen. Wir haben uns nett unterhalten. Trotzdem musste ich immer wieder daran denken, dass Frank bei unserem ersten Fall die drei !!! bedroht hat und im Gefängnis war. Das werde ich wohl nie vergessen. Aber Frank ist eben auch Michis Bruder. Deshalb möchte ich ihm, soweit es geht, ohne Vorurteile begegnen. Michi kümmert sich total rührend um Frank. Er hilft ihm bei der Suche nach einem neuen Job, schreibt mit ihm Bewerbungen und so weiter. Michi hat so ein großes Herz. Er ist einfach wunderbar. Nach dem Treffen hat er sich dreimal bei mir bedankt, dass ich freundlich zu Frank war, das würde seinem Bruder sehr guttun. Damit hat er natürlich recht. Frank braucht jetzt Menschen, die ihm vertrauen.*

Apropos Vertrauen: Meine Mutter hat schon seit einer Woche meine Hausaufgaben nicht mehr kontrolliert. So eine lange Pause kam noch nie vor, aber eigentlich ist es kein Wunder. Sie hat tausend andere Dinge im Kopf. Was sie alles organisieren muss, falls sie den Posten der Schuldirektorin bekommt. Obwohl es noch gar nicht so weit ist, läuft sie heute schon wie ein nervöses Huhn im Haus herum und räumt überall auf. Ihre Hektik macht mich ganz nervös. Ich brauche nämlich gerade viel Ruhe zum Schreiben. Es läuft gut mit der neuen Krimi-Kurzgeschichte. Die wird richtig spannend!

Ben und Lukas nerven auch gerade wieder. Sie haben zwar endlich ihre James-Bond-Sonnenbrillen abgelegt, aber danach haben sie sich sofort was Neues ausgedacht. Sie wünschen sich einen Hund! Mama und Papa sind dagegen, aber die beiden lassen nicht locker. Bei jedem Essen betteln sie und versprechen, dass sie sich ganz toll um den Hund kümmern würden. Mama hätte gar keine zusätzliche Arbeit. Von wegen! So, wie ich Ben und Lukas kenne, wird der Hund höchstens eine Woche interessant für sie sein. Danach werden sie wieder von früh bis spät

Fußball spielen und den armen Hund verhungern lassen. Eins hab ich ihnen jetzt schon klargemacht: Ich habe keine Zeit für einen Hund! Mein Detektivclub nimmt mich voll und ganz in Anspruch. Aber ich fürchte, das Thema Hund ist noch lange nicht vom Tisch. Fortsetzung folgt!

»Na, ausgeschlafen?«, begrüßte Franzi am nächsten Morgen ihre Detektivkolleginnen. Sie holte einen grünen Apfel aus ihrem Rucksack und biss herzhaft hinein. Als der Pförtner die Schranke öffnete, spazierte sie gut gelaunt aufs Gelände der Filmstadt.

Marie zeigte auf die Außenlampen, die es kaum schafften, Dunkelheit und Morgennebel zu vertreiben. »Soll das ein Witz sein? Es ist halb sieben. Am Samstag stehe ich sonst nie vor neun auf.«

»Dann solltest du aber deinen Berufswunsch noch mal überdenken«, warf Kim ein. »Schauspieler müssen oft schon im Morgengrauen am Set sein. Drehtage können lang sein.«

Marie seufzte. »Ich weiß.« Während die Detektivinnen fröstelnd zu Halle 4 hinübergingen, kramte sie in ihrem Schminktäschchen und legte schnell noch Lippenstift auf. Heute Morgen hatte sie viel zu wenig Zeit für ihr gewohntes Styling gehabt.

»Jetzt reiß dich mal ein bisschen zusammen«, sagte Franzi ungerührt. »Schließlich war es deine Idee, dass wir uns in Adrians Garderobe in Ruhe umsehen, bevor das Filmteam anrückt.«

»Das stimmt.« Marie verpasste Franzi einen kleinen Rippenstoß. Dann machte sie einen Ausfallschritt nach vorne und

dehnte ihre Wade. Nach dem Stretch fühlte sie sich schon viel frischer.
Kim gähnte. »Ich glaube, das ist genau der richtige Zeitpunkt für unseren Power-Spruch.«
»Gute Idee«, sagte Marie sofort. Sie liebte dieses Ritual der drei !!!. Immer wenn die Detektivinnen einen neuen Fall an Land gezogen hatten oder besonders viel Energie bei den Ermittlungen brauchten, stärkten sie sich gegenseitig mit dem Power-Spruch.
Feierlich stellten sich die drei !!! vor Halle 4 im Kreis auf und legten die Hände übereinander. Kim sagte: »Eins!«, Franzi »Zwei!« und Marie »Drei!«. Am Schluss warfen sie gleichzeitig die Hände in die Luft und riefen laut: »Power!!!«
Adrian hatte den drei !!! einen Schlüssel zu seiner Garderobe gegeben. Er würde eine Stunde später dazustoßen. Kim verteilte an alle dünne Gummihandschuhe, Pinzetten und Lupen. Sie teilten den Raum auf und machten sich konzentriert an die Arbeit.
Franzi nahm sich als Erstes die Kommode vor. Vorsichtig verteilte sie mit dem Marderhaarpinsel Rußpulver und beobachtete gespannt, ob Fingerabdrücke auftauchten. Leider waren es viel zu viele Abdrücke, die sich gegenseitig überlagerten – also keine Chance, einen Fingerabdruck zu isolieren.
»Das wär auch zu schön gewesen«, murmelte Franzi enttäuscht. Sie prüfte die Schubladen der Kommode, nahm Kleidungsstück für Kleidungsstück heraus und untersuchte die Böden. Bei den oberen beiden konnte sie keine verdächtigen Spuren entdecken, aber bei der untersten Schublade

wurde sie fündig. Merkwürdige schwarze Krümel waren quer über den Boden verteilt.

»Was ist das denn?« Franzi griff zur Lupe. »Kommt mal her und seht euch das an!«

Neugierig kamen Kim und Marie herüber. Marie beugte sich über die Krümel. »Das könnten die Reste eines Schokokekses sein.«

Schokoexpertin Kim ging mit der Nase näher heran. »Ich kann leider nichts riechen. Es könnte auch was ganz anderes sein. Merkwürdig.«

»Wir sollten die Krümel sichern und zu Michi ins Labor schicken«, schlug Franzi vor.

Michi machte eine Ausbildung zum chemisch-technischen Assistenten und hatte für die drei !!! schon öfter Proben analysiert.

Marie beförderte die Krümel in ein Plastiktütchen und verschloss es sorgfältig. Sie gab das Tütchen Kim, die es in ihrem Rucksack verstaute. »Immerhin, ein paar Krümel sind besser als nichts.«

Die Detektivinnen setzten schweigend ihre Arbeit fort. Eine halbe Stunde später trat Marie vom Garderobenschrank zurück. Dort hatte sie leider nichts gefunden, aber so schnell gab sie nicht auf. Sie ging auf die Knie und spähte unter den Schrank. Erst sah sie nur Staubwolken, doch in der linken Ecke glitzerte etwas. Marie sprang noch mal auf, holte sich einen Kamm und stocherte damit unter dem Schrank herum. Schließlich beförderte sie einen kleinen Gegenstand ans Tageslicht: einen grünen Knackfrosch mit silbernen Streifen. Ratlos betrachteten die drei !!! den Frosch. »Ein Spielzeug?

Oder vielleicht ist es ein Requisit«, vermutete Kim. »Am besten fragen wir Adrian, ob es ihm bekannt vorkommt.«
»Was wollt ihr mich fragen?« In dem Moment kam Adrian herein. »Den Frosch hab ich noch nie gesehen. In unserem Kinofilm spielt er keine Rolle. Es kann natürlich sein, dass ihn jemand von einem anderen Filmteam hier vergessen hat.«
»Schade.« Marie hatte so gehofft, endlich auf ein aussagekräftiges Beweisstück gestoßen zu sein. Zur Sicherheit steckte sie auch den Knackfrosch in ein Plastiktütchen. Man konnte nie wissen, wozu er noch gut sein würde.
Adrian zog seine Daunenweste aus. »Danke, dass ihr schon so früh hier seid und mir helft. Ihr seid super. Ich hab übrigens noch mal nachgedacht: Ich kann mir irgendwie nicht vorstellen, dass jemand mich absichtlich bestohlen hat. Vielleicht haben die Kulissenhelfer hier aus Versehen einiges durcheinandergebracht. Am Set geht es oft sehr hektisch zu, wisst ihr.«
Die drei !!! sahen sich zweifelnd an. Marie beneidete Adrian ein wenig. Er glaubte so selbstverständlich an das Gute im Menschen. Marie hatte im Laufe ihrer Detektivarbeit leider eine andere Erfahrung machen müssen.
»Danke für den Hinweis.« Marie schob eine Haarsträhne hinters Ohr, die sich bei der Spurensuche gelöst hatte. »Wir werden uns heute noch bei den Kulissenhelfern umhören.«
»Prima.« Adrian sank auf seinen Stuhl. Er sah müde aus und hatte dunkle Ringe unter den Augen.
»Geht's dir nicht gut? Hast du schlecht geschlafen?«, erkundigte sich Marie besorgt.

Adrian trommelte mit den Fingern auf dem Tisch. »Ich war die halbe Nacht auf und hab versucht, den Text für die heutige Szene in meinen Kopf zu kriegen. Es hat nicht geklappt. So was ist mir noch nie passiert!«

»Das wird schon«, tröstete Kim. »Sobald die Szene anfängt, fällt dir bestimmt wieder alles ein.«

Adrian verzog den Mund. »Ich fürchte nicht. Ich hab einen totalen Blackout.«

Wenn Franzi in der Schule einen Blackout hatte, half manchmal Traubenzucker, den sie immer in der Hosentasche hatte. »Hier, möchtest du?«, fragte sie.

»Lieb von dir, danke«, lehnte Adrian ab, »aber ich mag keinen Traubenzucker.«

Endlich hatte Marie eine Idee. »Wie viel Zeit hast du noch, bevor du in die Maske musst? – Zwanzig Minuten? Das dürfte reichen. Ich hör dir deinen Text ab.«

»Das würdest du wirklich tun?« Adrians Gesicht hellte sich auf. »Du bist meine Rettung!«

»Viel Glück!«, wünschte Kim. »Wir gehen inzwischen rüber ins Café und frühstücken. Holst du uns dort ab?«

Marie nickte. »Mach ich. Bis gleich.« Entschlossen rückte sie einen Hocker heran und ließ sich von Adrian das Drehbuch geben. »Also, wo steht dein erster Satz?«

»Hier«, sagte Adrian. »Er heißt: ›Es ist alles ganz anders, als es jetzt aussieht.‹«

Marie musste grinsen. Der Satz war ein echter Klassiker in Beziehungskomödien. Wenn die männliche Hauptfigur diese Worte verwendete, hatte sie ein richtig großes Problem. In diesem Fall sollte Raffael Kirsten erklären, wie es zu der Flirtwette gekommen war. Kirsten vertraute ihm nicht mehr, und Raffael redete sich den Mund fusselig, ohne seine große Liebe am Ende der Szene überzeugen zu können.

»Ich hab keine Lust auf deine Ausreden«, las Marie Sandras Part vor.

»Bitte bleib! Ich kann dir alles erklären. Die Sache ist die … äh …« Adrian geriet ins Stocken.

Marie half ihm auf die Sprünge: »Meine Freunde und ich …«

»… hatten einen lustigen Abend«, sagte Adrian. »Wir haben getrunken und gelacht … Mist! Jetzt hab ich schon wieder den Faden verloren.«

Marie ermutigte ihn. »Keine Panik. Das kriegen wir hin.« Geduldig gab sie Adrian immer wieder die Stichworte.

Am Anfang hatte er noch öfter Gedächtnislücken oder verhaspelte sich, aber nach einer Weile wurde es besser. Schließlich platzte der Knoten und Adrian trug seinen Part einmal fehlerfrei vor. Er war so froh darüber, dass er Marie spontan umarmte. »Ich weiß gar nicht, wie ich dir danken soll.«

»Nicht doch. Das hab ich gern gemacht.« Marie lachte. Sie erwiderte Adrians Umarmung und freute sich riesig für ihn. Plötzlich hörte sie hinter sich ein Geräusch. Was war das? Lauschte da jemand an der Tür? Sofort löste sich Marie aus Adrians Armen, sprang auf und lief zur Tür. Der Flur war leer. Hatte sie sich getäuscht? Nachdenklich kehrte Marie in die Garderobe zurück. Sie hätte schwören können, dass sie gerade einen Lauscher oder sogar den Dieb von gestern verpasst hatte!

Der Spezialauftrag

Marie starrte betrübt in ihre Tasse. Unansehnliche Kakaoklümpchen schwammen auf der Oberfläche einer viel zu heiß aufgekochten Milch. »Wir sollten dem Filmstadt-Café unauffällig unser Rezept vom *Kakao Spezial* zuschieben. Dieses Getränk hier schmeckt nicht.«
Franzi lachte. »Ich würde sogar behaupten, es ist ungenießbar. Aber wir sind ja auch zum Arbeiten hier und nicht zum Vergnügen.«
»Richtig«, stimmte Kim zu. Sie legte ihre Papierserviette auf den Frühstücksteller und holte ihr Detektivtagebuch aus dem Rucksack. »Franzi und ich haben schon mal ein paar Fragen an die Kulissenhelfer aufgeschrieben. Sie sind so geschickt formuliert, dass die Männer gar nicht merken werden, dass wir sie einem kleinen Verhör unterziehen.«
Kims Diplomatie war legendär. Mit ihrer höflichen, netten Art hatte sie schon oft verdächtige Personen in Sicherheit gewiegt, die dann, ohne es zu wollen, die tollsten Geheimnisse ausplauderten.
Marie zog Kims Heft zu sich her, um sich die Fragen durchzulesen. Plötzlich fiel ein Schatten auf die Seite. Marie hob den Kopf und blickte in Sybilles Gesicht.
Die Kostümbildnerin hatte ein Maßband um den Hals geschlungen und nestelte nervös daran herum. »Adrian hat mir verraten, dass ihr hier seid. Hättest du zufällig ein Stündchen Zeit für mich, Marie? Ich bräuchte deine Hilfe.«
Marie zögerte. Es gab ein ungeschriebenes Gesetz bei den

drei !!!. Die Ermittlungen hatten immer Vorrang, egal wie verlockend andere Angebote auch sein mochten.

»Geh ruhig«, sagte Kim zu Maries Verblüffung. »Wir kommen schon zu zweit zurecht. Du lernst bestimmt spannende neue Dinge kennen.«

»Davon bin ich überzeugt.« Marie hatte den Wink verstanden. Sie sollte Augen und Ohren offen halten. Schließlich war der Raum mit den Kostümen in der Nähe von Adrians Garderobe. Schnell stand sie auf und verabschiedete sich von Kim und Franzi.

Sybille eilte mit großen Schritten voraus. »Das ist echt supernett von dir. Heute wollen alle Leute gleichzeitig was von mir. Ich muss drei dringende Änderungen machen und komme nicht zu meiner eigentlichen Arbeit.«

Die eigentliche Arbeit entpuppte sich als Stylingaufgabe, die Marie mit links lösen konnte. Sie durfte zu einem schicken Anzug, den Adrian alias Raffael im Restaurant tragen würde, die passende Sonnenbrille aussuchen. Unter zwölf Modellen hatte sie rasch das richtige Modell gewählt: eine Brille mit einem kantigen Gestell, die Raffaels männlichen Charme betonte.

»Perfekt«, lobte Sybille. »Ach, und wärst du so lieb und holst mir einen Ballen weißen Tüll aus der Requisite? Ich brauche noch Stoff für den Schleier von Kirstens Hochzeitskleid.«

»Natürlich.« Marie ließ sich den Weg zur Requisitenkammer beschreiben.

Auf dem Weg spürte sie plötzlich wieder den fiesen Vampir in ihrer Brust. Kirsten und Raffael heirateten also am Ende des Kinofilms. Hoffentlich kam Adrian dadurch nicht auf die verrückte Idee, Sandra auch im echten Leben einen Heiratsantrag zu machen! Sollte sie ihn vielleicht doch vor ihr warnen? Marie hatte große Lust dazu.

Missmutig lief sie durch die Halle. Als sie um die Ecke bog, sah sie am anderen Ende des Gangs einen Jungen, der scheinbar ziellos herumschlenderte. Er hatte die Hände in den Hosentaschen und schien nach etwas zu suchen. Marie kniff die Augen zusammen. Den kannte sie doch … Auf der Schulter des Jungen bewegte sich etwas. Ein dunkler, struppiger Schatten.

»Die Ratte!«, entfuhr es Marie.

Cinderella, die wie alle Ratten über ein sehr gutes Gehör verfügte, fiepte ängstlich. Abrupt drehte der Junge sich um, starrte zu Marie hinüber und beschleunigte seine Schritte.

»Warte, ich muss mit dir reden!«, rief Marie.

Doch der Junge wollte nicht reden. Er haute einfach ab. Marie spurtete hinterher. Sie hastete den Gang entlang und holte auf. Doch dann verzweigten sich die Gänge. Und sie hatte nicht gesehen, welche Abzweigung der Junge genommen hatte.

»Mist!«, fluchte sie vor sich hin. Das war ja hier das reinste Labyrinth in Halle 4! Auf gut Glück lief sie in einen Gang hinein, musste aber bald frustriert feststellen, dass der Junge sie abgehängt hatte. Womöglich war er der Dieb! Sie musste unbedingt herausfinden, was er auf dem Gelände der Filmstadt überhaupt zu suchen hatte.

Marie kehrte um, da hörte sie plötzlich aus der Ferne ein leises Knacken. Was war das denn für ein seltsames Geräusch? Marie lauschte. Da war es wieder.

Knack, knack.
Auf Zehenspitzen folgte sie der Quelle des Geräuschs.
Knack, knack.
Es kam offenbar aus Richtung der Teeküche. Marie stoppte. Vor ihr auf dem Boden lag ein grüner Knackfrosch. Er sah genauso aus wie der andere, den die drei !!! in Adrians Garderobe gefunden hatten. Ein grüner Frosch mit silbernen Streifen an den Froschschenkeln. Sehr seltsam! Hatte jemand vom Filmteam sein Kind zum Set mitgebracht? Marie hatte früher auch eine Phase gehabt, in der sie diese Frösche heiß geliebt hatte. Oder gab es hier einen Erwachsenen, der Knackfrösche sammelte wie andere Leute Briefmarken? Marie musste an Tristans gestreiften Hosenanzug denken. Das schrille Grün der Knackfrösche würde gut zu seinem ausgefallenen Stil passen. Marie bückte sich und steckte den Frosch in ihre Hosentasche. Jetzt musste sie sich aber beeilen. Sybille wartete sicher schon auf sie.
Marie orientierte sich kurz und machte sich auf den Weg zur Requisitenkammer. Die Tür war offen. Als Erstes sah Marie Regalwände bis zur Decke, vollgestopft mit Stoffen, Hüten, Gebrauchsgegenständen unterschiedlichster Art und kleineren Kulissenteilen. Als Nächstes sah sie einen Mann, der in einer Nähschatulle kramte. Er drehte ihr den Rücken zu und hatte sie noch nicht bemerkt.
Marie räusperte sich. »Hallo, Tristan.«
»Puh! Hast du mich jetzt aber erschreckt.« Der Freund des Produzenten fuhr herum. »Kannst du nicht anklopfen?«
»Tut mir leid, ich hatte nicht erwartet, dass jemand hier drin sein würde.«

Auf Tristans Stirn bildete sich eine ärgerliche Falte. Kurz darauf lächelte er jedoch schon wieder. »Macht ja nichts. Kann ich dir irgendwie helfen, Stylingqueen?«
Marie nickte. »Ja, ich suche weißen Tüll. Hast du eine Ahnung, wo der sein könnte?«
»Mal sehen«, murmelte Tristan. Langsam wanderte er die Regale ab. »Ha, hier ist er!«
Marie war beeindruckt. »Danke dir. Du hast einen guten Blick für Stoffe. Warst du früher in der Modebranche?«
Tristan grinste. »Ich? Nein, nein … Mode ist, wie soll ich sagen, eher ein privates Hobby von mir.« Er strich eine Falte seines Cordblazers glatt, den er zu einer fliederfarbenen Krawatte kombiniert hatte.
Marie nahm den Tüllballen aus dem Regal und legte ihn sich auf die Schulter. »Also noch mal danke. Mach's gut.«
»Du auch.« Tristan war bereits wieder in seine Nähschatulle vertieft.
An der Türschwelle fiel Marie noch etwas ein. Sie stellte den Stoffballen kurz ab und holte den Knackfrosch aus ihrer Hosentasche. »Eine Frage: Gehört dieser Frosch zufällig dir?«
Tristan blähte seine Wangen auf und verstellte seine Stimme: »Quak! Nein, ich bin kein Frosch und hab auch keinen Frosch!«
Marie kicherte. »Alles klar so weit.«

»Das war ja wohl ein Reinfall«, sagte Kim hundert Meter weiter zur selben Zeit. Sie lief mit Franzi über das Außengelände der Filmstadt und kickte mit dem Schuh eine Kastanie aus dem Weg.

Franzi versuchte das Positive zu sehen. »Zumindest wissen wir jetzt, dass die Kulissenschieber gestern ganz woanders zu tun hatten. Sie waren definitiv nicht in der Nähe von Adrians Garderobe.«
»Aber wie soll es weitergehen? In der Filmstadt sind täglich so viele Leute. Wir können ja schlecht mit dem Megafon herumgehen und rufen: ›Hallo, Dieb! Bitte melde dich bei uns.‹«
Franzi lachte. »Das wär mal eine ganz neue Ermittlungsmethode. Gefällt mir.«
Kim war nicht nach Lachen zumute. Dieser Fall lief unglaublich zäh an. Für heute hatte sie genug. Kim zückte ihr Handy und wollte Marie anrufen. Da hörte sie ein Grunzen.
»Franzi, lass das!«, stöhnte sie. »Das ist total albern.«
Franzi schüttelte den Kopf. »Das war ich nicht. Ich glaub, ich hab Halluzinationen. Da kommt ein Schwein auf uns zu!«
»Wie bitte?« Vor Schreck wäre Kim beinahe das Handy aus der Hand gerutscht. Als sie aufsah, konnte sie es genauso wenig fassen wie Franzi. Aber es stimmte: Ein braunes Hängebauchschwein spazierte ihnen fröhlich grunzend entgegen.
Kim wurde nervös. Hoffentlich war es kein Wildschwein! Die konnten ziemlich unberechenbar sein.
Franzi als Tierarzttochter hatte kein Problem mit der ungewöhnlichen Situation. »Na, du?«, sagte sie leise und streckte die Hand aus. »Wer bist denn du? Bist du aus einem Stall ausgebüxt?«
Das Schwein kam neugierig näher. Es schnüffelte an Franzis Hand und rieb dann seinen Kopf an ihrem Bein. Es sah aus

wie ein ganz normales Schwein, bis auf die Tatsache, dass es ein Halsband trug.

»Es stinkt.« Kim hielt sich die Nase zu. Tatsächlich verbreitete das Schwein einen durchdringenden, süßlichen Geruch.

Franzi lachte nur. »Stell dich nicht so an. Hey, kleines Schwein, wenn ich nur wüsste, wem du gehörst.«

»Sie gehört mir.« Die Tür von Halle 3 war aufgegangen und ein Mann im grünen Overall kam heraus. »Paula, du darfst doch nicht einfach weglaufen!« Der Mann befestigte einen Strick am Halsband des Schweins. »Hallo, ich bin Michael, der Tiertrainer am Set. Falls ihr euch wundert: Paula gehört zu den dressierten Tieren, die hier in Fernseh- und Kinoproduktionen auftreten. Unsere Agentur vermittelt die Tiere und begleitet sie, damit es ihnen gut geht.«

Franzi nickte. »Das ist ja spannend! Davon hab ich schon mal gehört. Ich bin Franzi, und das ist meine Freundin Kim.«

»Wo tritt Paula denn auf?«, wollte Kim wissen.

Der Tiertrainer tätschelte den Rücken des Schweins. »Sie ist der heimliche Star im Film *Die Flirtwette.*«

»Nein!«, rief Franzi. »Bei dem Film dürfen wir bei den Dreharbeiten zusehen.«

Michael schmunzelte. »Prima. Da könnt ihr euch auf ein echtes Highlight kurz vor dem Happy End freuen. Aber mehr verrate ich nicht.«

Paula grunzte vergnügt, als hätte sie jedes Wort verstanden. Michael war richtig nett. Er nahm Kim und Franzi mit zur Tierstation, wo sie einen Schimpansen und einen Pudel streicheln durften. Der Schimpanse verliebte sich auf den ersten Blick in Franzi und hing wie eine Klette an ihr.

Auf einmal stutzte Michael. »Seid ihr nicht die drei !!!? Ich hab neulich in der Zeitung von euch gelesen. Ihr habt einen sehr erfolgreichen Detektivclub, nicht wahr?«
»Hmm … ja, das sind wir.« Kim wurde bei Lob immer leicht verlegen. »Marie ist die dritte Detektivin. Sie hilft Sybille bei den Kostümen.«
Der Tiertrainer nickte. »Sybille kenne ich gut. Mensch, da fällt mir was ein: Sybille hat mir erzählt, dass Adrians Garderobe durchwühlt wurde. Wäre das nicht ein Fall für euch?«
»Ehrlich gesagt, sind wir an der Sache schon dran. Nein, nicht!« Franzi wehrte den Schimpansen ab, der ihr gerade die Haare völlig verwuschelte.
»Sie können uns gerne kontaktieren, wenn Ihnen was Verdächtiges auffällt.« Kim gab Michael die Visitenkarte der drei !!!.

Paula machte einen Satz nach vorne und wollte die Karte fressen. Michael verhinderte es im letzten Moment. »Nein, Paula, die gehört mir! Klar helfe ich euch, wenn ich kann.

Jetzt muss ich leider los. Mein Praktikant wartet auf mich.«
Der Tiertrainer seufzte. »Vielleicht habt ihr Flo schon gesehen? Er trägt seine Ratte Cinderella immer auf der Schulter mit sich herum.«
»Hihihi!«, machte der Schimpanse und schleckte Franzis Gesicht mit seiner rauen Zunge ab.

Lästeralarm

Sybille trat aus einer Boutique hinaus auf die Straße und überflog ihre Einkaufsliste. »Ich glaube, das dürfte reichen. Wir haben alles.«
»Super.« Verstohlen rieb Marie sich die schmerzende Schulter. Sie hatte extra ihren XXL-Shopper mitgenommen, um für alle Fälle gerüstet zu sein, und der war jetzt randvoll mit Kleidern, Schals, Schuhen und Gürteln.
Sybille war auch schwer bepackt mit ihrem großen Rucksack, den sie zum Einkaufen fürs Filmteam benutzte. »Soll ich uns ein Taxi spendieren? Es sieht schon wieder nach Regen aus.« Die Kostümbildnerin hielt auf der belebten Straße Ausschau nach einem Taxistand.
Plötzlich ließ Marie einen spitzen Schrei los. »Da!«
Sybille drehte sich erschrocken um. »Ist dir nicht gut? Was hast du?«
»Sieh nur, diese Ohrringe!« Marie lief zum Schaufenster eines Schmuckladens und zeigte auf ein Paar Ohrhänger mit weißen und türkisfarbenen Süßwasserperlen.
Sybille seufzte. »Die sind wunderschön. Eigentlich ist mein Budget schon aufgebraucht, aber was soll's. Die müssen wir noch haben, oder?«
»Unbedingt«, fand Marie. Es fühlte sich toll an, wenn Sybille das Wort »wir« benutzte. Als ob sie seit ewigen Zeiten zum Filmteam gehören würde. Sybille hatte von Anfang an ihre Meinung respektiert und heute bei ganz vielen Vorschlägen sofort zugestimmt.

Zehn Minuten später verließen sie den Schmuckladen mit einem federleichten türkisfarbenen Beutel. Marie schwenkte ihn wie eine Trophäe.
»Ich sehe die Ohrringe schon vor mir«, schwärmte Sybille. »Die passen perfekt zu Sandras hellem Teint und ihren meerblauen Augen.«
»Sandra?« Marie bremste den Schwung des Beutels ab. Jetzt hing er wie ein Stein an ihrem Handgelenk. »Die Ohrringe soll Sandra tragen?«
Sybille lächelte. »Natürlich. Dadurch wirkt das Brautkleid noch jünger und verspielter. Außerdem erinnert der Schmuck an Sommer, Sonne und Inselurlaub.«
Marie konnte die Argumente der Kostümbildnerin absolut nachvollziehen. Trotzdem wurmte es sie, dass das schönste Schnäppchen des Tages ausgerechnet für Sandra bestimmt sein sollte. Jeder anderen Schauspielerin hätte sie die Ohrringe tausendmal mehr gegönnt.
»Komm, wir nehmen ein Taxi«, sagte Sybille. »Es fängt an zu regnen und du siehst müde aus.«
Marie ließ sie in dem Glauben, ging mit und genoss die wohlige Wärme des Taxis. Auf dem Rücksitz bürstete sie sich den zerzausten Pony und frischte ihr Lipgloss auf. Von Sandra würde sie sich garantiert nicht die Laune verderben lassen!
Zurück in der Filmstadt, leerte Marie ihren XXL-Shopper aus und betrachtete zufrieden den ansehnlichen Kleiderberg.
»Wollen wir alles sortieren, auf die Stange hängen und mit den Accessoires kombinieren?«
Sybille sah auf ihre Armbanduhr. »Am liebsten schon, aber

ich hab gleich ein wichtiges Meeting. Wir sehen uns morgen wieder, ja? Tausend Dank noch mal und tschüss!« Die Kostümbildnerin eilte davon.

Leicht verärgert blieb Marie zurück. Wenn sie das gewusst hätte, wäre sie gar nicht erst hergefahren, sondern in der Stadt geblieben. In zwei Stunden hatte sie sich mit Kim und Franzi im *Café Lomo* verabredet. Na gut. Vielleicht war das ja die Gelegenheit, um zwanglos mit dem Produzenten ins Gespräch zu kommen. Marie wusste von Sam bisher nur, dass er viele lustige Anekdoten aus der Filmbranche auf Lager hatte.

»Hast du Sam irgendwo gesehen?«, fragte sie den Kameramann, der gerade vorbeilief.

Der schüttelte unwirsch den Kopf. »Musst ihn schon selber suchen.«

»Oh … danke, sehr freundlich.« Marie zog die Stirn kraus. Der war aber heute schlecht drauf! Sie ging zu den Kulissen und traf Luc, der mit seiner Regieassistentin die nächste Szene besprach. Die zwei konnten Marie auch nicht weiterhelfen und waren seltsam kurz angebunden. Merkwürdig. Als Marie weiterging, sahen die beiden Beleuchter zu ihr rüber und fingen an zu tuscheln. Für ein Gespräch mit ihr hatten sie aber keine Zeit. Was war denn heute nur los? Das sonst so fröhliche, aufgeschlossene Filmteam wirkte wie ausgewechselt. Hatten alle schlecht geschlafen und waren maulfaul, oder wollte aus irgendeinem unerfindlichen Grund bloß keiner mit *ihr* reden? Normalerweise hätte Marie jetzt Kim und Franzi gefragt, aber die waren ja leider nicht da.

Als Marie endlich auf Sam stieß und der nette Produzent ihr

demonstrativ den Rücken zukehrte, wurde es Marie langsam unheimlich. Sie wickelte eine Haarsträhne um ihren Finger und grübelte. Die Sache ließ ihr keine Ruhe. Sie musste herausfinden, was hier los war. Hatten sich alle gegen sie verschworen? Im Film- und Showbiz kam so was leider häufig vor. Marie musste ans Modelhaus denken und den Zickenkrieg unter den Mädchen dort. Sie hatte so gehofft, dass es hier am Set anders war.

»Okay, Leute«, murmelte Marie entschlossen. Ihr war eingefallen, wo sie am besten Nachforschungen anstellen konnte: in der Teeküche. Die war für gewöhnlich der Mittelpunkt von Klatsch und Tratsch.

Die Teeküche war leer. Marie versteckte sich hinter einem Vorhang und wartete. Kurz darauf kamen zwei Nebendarstellerinnen herein, um sich einen Kräutertee zu kochen.

»Sag mal, Olivia, wie findest du eigentlich diese Marie Grevenbroich?«, fragte die eine, während sie einen Teebeutel aus der Dose holte.

»Geht so.« Olivia befüllte den Wasserkocher. »Die macht sich dauernd wichtig, obwohl sie doch nur zuschaut bei den Dreharbeiten. Luc ist auch schon genervt von ihrer Fragerei. Und was hältst du von ihr, Cleo?«

»Puh!« Cleo hängte zwei Teebeutel in die Kanne. »Also, ich will ja nicht ablästern, aber sie ist schon total eingebildet und hält sich für was Besseres. Jedem, der ihr über den Weg läuft, erzählt sie, dass sie die Tochter des berühmten Schauspielers Helmut Grevenbroich ist. Als ob das jemanden interessieren würde.«

Olivia verdrehte die Augen. »Ganz genau. Ich frage mich

wirklich, was sie überhaupt hier verloren hat. Ihre zwei Freundinnen schleppt sie auch noch dauernd mit.«

Das Wasser kochte. Cleo goss es in die Teekanne. »Tja. Solange Luc nicht ein Machtwort spricht, wird sie uns wohl erhalten bleiben. Eine unangenehme Person, da muss ich Sandra wirklich recht geben. Aber jetzt komm, wir nehmen die Kanne und unsere Tassen mit in die Maske. Ich will Gabrielle nicht warten lassen.«

Die Schauspielerinnen verließen die Teeküche. Wütend trat Marie hinter dem Vorhang hervor. Was für ungerechte, gemeine Gerüchte wurden hier über sie verbreitet? Die waren völlig aus der Luft gegriffen! Von wegen, sie würde Luc mit ihren Fragen nerven, sie hatte bisher kaum ein Wort mit ihm gesprochen. Und mit ihrem Vater hatte sie auch nicht geprahlt, so was würde ihr nicht mal im Traum einfallen.

Es war ganz klar, wem sie diese Intrige zu verdanken hatte: Sandra! Die Schauspielerin musste das Gerücht überall am Set verbreitet und die anderen gegen Marie aufgehetzt haben. Aber warum machte sie so was Fieses? Marie hatte ihr doch nichts getan. Oder gab es etwas, das sie vielleicht nicht mitbekommen hatte? Plötzlich fiel Marie Adrian ein. Falls die beiden inzwischen ein Paar waren, wovon sie fast ausging, konnte er ihr vielleicht den Grund nennen.

Marie fand Adrian in seiner Garderobe. Er saß auf einer Yogamatte am Boden und machte seine Aufwärmübungen.

»Hallo«, sagte Marie. »Entschuldige, dass ich dich störe, aber es ist dringend.«

Adrian seufzte. »Wo brennt's denn?«

Marie holte tief Luft, bevor sie die ungeheuerlichen Dinge

loswerden konnte, die ihr gerade widerfahren waren. Adrian hörte widerstrebend zu und unterbrach sie: »Stopp! Das kann nicht sein. Sandra würde das niemals machen, dazu kenne ich sie zu gut.«
»Sie hat es aber getan!« Dass Adrian ihr nicht glaubte, machte Marie noch wütender. »Olivia und Cleo haben ganz offen darüber gesprochen.«
Adrian rollte seinen Kopf langsam von links nach rechts und wieder zurück. »Das mag ja sein, aber das beweist noch nichts. Was sollte sie denn für ein Motiv haben, um gegen dich zu intrigieren?«
»Dasselbe wollte ich dich gerade fragen«, gab Marie zurück.
Adrian wich ihrem Blick aus. Das machte er sonst nicht. Er war ein durch und durch ehrlicher Mensch.
»Marie, lass uns das später diskutieren, der Dreh fängt gleich an.« Adrian dehnte seinen Oberkörper, stand auf und rollte seine Yogamatte zusammen.
»Ich dachte, du bist ein Freund und würdest mir helfen«, sagte Marie leise. Es tat weh, dass Adrian sich so distanziert verhielt. Wo war der Adrian von früher, der ihr beigestanden hatte, wenn es ihr nicht gut ging?
Adrian verschränkte die Arme vor der Brust. »Bitte geh jetzt. Ich muss mich vor der nächsten Szene noch gedanklich sammeln.«
»Viel Glück dabei.« Marie rauschte aus der Garderobe.
Adrian schickte sie weg wie ein kleines Kind. Was bildete er sich eigentlich ein? Er hatte ihr etwas verheimlicht, das war offensichtlich. Doch früher oder später würde die clevere Detektivin Marie Grevenbroich die Wahrheit herausfinden.

Vorsicht, Racheengel!

Als Marie eine halbe Stunde später beim Rathaus aus dem Bus stieg, war sie immer noch total geladen. Deutlich schneller als sonst lief sie durch die Straßen zum *Café Lomo*. Prompt bekam sie Seitenstechen und musste ihr Tempo herunterschrauben. Da hatte sie plötzlich ein merkwürdiges Gefühl im Nacken. Waren die Schritte hinter ihr nicht auch unvermittelt langsamer geworden?

Unauffällig drehte Marie sich um. Nein, da war niemand. So ruhig wie möglich ging Marie weiter, aber das merkwürdige Gefühl blieb. Sie fühlte sich beobachtet. Wurde sie von jemandem verfolgt? Marie musste an Emma denken und bekam eine Gänsehaut. War etwa die Jungs-Clique hinter ihr her, um sich an ihr zu rächen? Marie drehte sich ein zweites Mal um. Da hinter der Laterne war doch jemand! Keine Clique, aber eine dunkle Gestalt, die sich sehr schnell bewegt hatte und dann auf einmal verschwunden war. Eine Gestalt in einem wehenden Mantel. Marie rieb sich die Augen. Hatte sie die Person wirklich gesehen oder sich nur eingebildet? Mit weichen Knien setzte sie ihren Weg fort und tastete nach dem Smartphone in ihrer Tasche. Sollte sie Holger anrufen? Nein, lieber nicht. Es ging ihr gut. Sie wollte Holger nicht unnötig beunruhigen. Und vielleicht hatte sie sich ja getäuscht.

Marie ging wieder schneller. Zum *Lomo* waren es zum Glück nur noch fünfzig Meter. Sie kamen ihr heute endlos lang vor. Marie wagte sich nicht mehr umzudrehen. Abgehetzt

erreichte sie endlich das Ziel. Hastig riss sie die Eingangstür des *Café Lomo* auf und sah sich suchend um. Kim saß bereits auf dem Stammplatz der drei !!!. Ihr Gesicht leuchtete hell im Schein des Kürbis-Teelichts auf dem Tisch.
Marie lief auf ihre Freundin zu und umarmte sie. »Hallo, ist das schön, dich zu sehen!«
»Nanu?«, wunderte sich Kim. »Du bist doch sonst nicht so stürmisch. Ist irgendwas passiert?«
»Zum Glück nicht.« Marie ließ sich auf einen grasgrünen Sitzsack plumpsen und musste erst mal verschnaufen. Ihr Herz schlug wild gegen die Brust. Erst als es sich einigermaßen beruhigt hatte, konnte sie Kim von ihrem Verdacht erzählen.
»Hört sich gruselig an«, fand Kim. »Bestimmt hat dich dein Gefühl nicht getäuscht. Aber vielleicht war es auch bloß irgendein verkleideter Vampir, der dich auf dem Weg zu einer Halloweenparty erschrecken wollte.«
Marie wärmte ihre kalten Hände am Teelicht. Hier im Café kam ihr die Angst von gerade eben auf einmal übertrieben vor. »Ja, das kann sein. So, und jetzt brauche ich dringend einen *Kakao Spezial*!«
Das Lieblingsgetränk der drei !!! wurde serviert und duftete heute besonders gut nach Vanille. Genießerisch löffelte Marie den Milchschaum ab. Dann stutzte sie, weil der Platz neben ihr immer noch frei war. »Wo bleibt eigentlich Franzi?«
Kim zeigte zur Tür. »Da kommt sie.«
Franzi schneite herein. Sie trug eine knallrote Steppjacke und hatte ihre Inliner lässig über die Schulter gehängt. Neben ihr betrat Leonhard das Café, Franzis Skaterkumpel.

»Was will denn der hier?«, wunderte sich Marie. »Unser Clubtreffen ist doch streng vertraulich.«
Das schien Franzi im letzten Moment auch aufzufallen. Sie klopfte Leonhard auf die Schulter und verabschiedete sich von ihm. Die beiden lachten, Leonhard musste unbedingt noch was loswerden, Franzi hörte geduldig zu, lachte wieder übertrieben laut und so ging das ein paar Minuten weiter, bis sich die beiden endlich voneinander trennen konnten.
Kim und Marie wechselten einen irritierten Blick. Als Franzi sich mit geröteten Wangen zu ihnen setzte, konnte Kim sich eine Bemerkung nicht verkneifen: »Es geht mich natürlich nichts an, aber flirtest du etwa mit Leonhard?«
Franzi sah ihre Freundinnen entrüstet an. »Seid ihr verrückt? Wir haben uns doch bloß ganz harmlos zum Skaten getroffen. Ist es jetzt etwa verboten, mit anderen Jungs Spaß zu haben und zu lachen?«
»Nein«, sagte Marie ruhig. »Aber deine Augen glänzen sonst nur so, wenn du mit Felipe zusammen bist.«
Franzis Wangen wurden noch röter. »So ein Quatsch! Ich liebe Felipe und Leonhard weiß das. Ich hab ihm beim Skaten viel von Felipe erzählt. Er hat mir zugehört, ganz neutral.«
»Entschuldige.« Kim bereute, dass sie das heikle Thema angesprochen hatte. »Ich wollte dich nicht kränken.«
Marie lenkte ebenfalls ein, weil sie keinen Streit mit Franzi anfangen wollte. Trotzdem ging ihr das letzte Wort ihrer Freundin nicht aus dem Kopf: »neutral«. Franzi hatte es ein bisschen zu deutlich betont.
»Hast du schon Ergebnisse von Michi?« Franzi bestellte bei

der Bedienung eine Apfelschorle und bemühte sich, wieder einen lockeren Ton anzuschlagen.
»Ja«, sagte Kim und zog Notizblock und Bleistift aus ihrer Tasche. »Er hat die merkwürdigen schwarzen Krümel untersucht. Stellt euch vor, es ist kein Schokoladenkeks, sondern Tierkot.«
Marie schüttelte sich. »Igitt!«
Franzi beugte sich nach vorne und stützte ihre Ellbogen auf der Glasplatte des Couchtischs ab. »Hat Michi auch eine Vermutung, von welchem Tier der Kot stammt?«
»Er ist sich nicht ganz sicher«, berichtete Kim. »Vögel und Affen kann er ausschließen. Vermutlich haben wir es mit einem kleineren Nagetier zu tun, einem Meerschweinchen oder einem Hamster.«
Sabrina brachte die Apfelschorle, aber Franzi rührte sie nicht an. »Könnte es sein, dass wieder eins von Michaels Tieren ausgebüxt ist und sich in Adrians Garderobe verirrt hat?«
»Gut möglich«, sagte Marie. »Wir sollten den Tiertrainer bei nächster Gelegenheit danach fragen, ob er gerade ein Nagetier in der Filmstadt betreut.«
Kim klopfte mit dem Bleistiftende auf den Notizblock. »Gute Idee. Das steht auch schon auf meiner Liste. Übrigens habe ich noch mal nachgefragt: Adrians T-Shirt und der Bademantel sind nach wie vor spurlos verschwunden. Lucs Regieassistentin hat ein neues Namensschild an Adrians Garderobentür anbringen lassen.«
»Wir haben immer noch keinen blassen Schimmer, wer der Dieb gewesen sein könnte. Das ärgert mich.« Franzi trank ein paar große Schlucke von ihrer Apfelschorle.

»Vielleicht sollten wir ein Täterprofil erstellen, um den Personenkreis etwas einzugrenzen«, schlug Marie vor. Damit hatten die Detektivinnen in der Vergangenheit gute Erfahrungen gemacht.

Kim wollte darauf antworten, kam aber nicht mehr dazu. Ein Windstoß fegte durchs *Café Lomo*. Sandra stürmte herein. Ihre lange, offene Winterjacke wehte wie eine Unheil verkündende schwarze Fahne hinter ihr her. Sandra blickte sich um und steuerte zielstrebig auf Marie zu.

»Nur damit du Bescheid weißt: Du redest ab sofort kein einziges Wort mehr mit Adrian, hast du verstanden? Er braucht Ruhe während der Dreharbeiten, du tust ihm nicht gut, und außerdem gehört er zu mir!«

Die Gäste an den Nebentischen verstummten und sahen neugierig herüber. Marie hatte Sandras Redeschwall zunächst verblüfft und dann zunehmend wütend zugehört. Äußerlich blieb sie jedoch völlig gelassen. »So läuft das leider nicht. Ich lasse mir von niemandem vorschreiben, mit wem ich rede oder nicht. Das gilt auch für dich.«

Sandra blitzte Marie herausfordernd an. »Ich wiederhole es jetzt ein letztes Mal: Du wirst mit Adrian nicht mehr sprechen, Ende der Durchsage!« Die Schauspielerin drehte sich um und verließ wie eine Furie das Café.

»War das nicht Sandra«, murmelte ein Mädchen am Nebentisch, »die tolle Schauspielerin aus *Schlosshotel Romantik*?«

Ihre Freundin nickte. »Ja, sie war es. Wahnsinn! Wir hätten sie um ein Autogramm bitten sollen. Zu schade, dass sie so schnell wegmusste.«

Marie spürte die interessierten Blicke der Gäste, tat aber so,

als wäre nichts passiert. Bald ließ die Neugier zum Glück nach und die Gäste kümmerten sich wieder um ihre eigenen Angelegenheiten.
»Was war das denn für ein Auftritt?«, wollte Franzi wissen. »Hat Sandra eine Szene aus dem Kinofilm geprobt und uns als Statistinnen eingebaut?«
Marie lachte trocken. »Schön wär's. Nein, ich fürchte, sie hat es vollkommen ernst gemeint.«
»Sandra ist rasend eifersüchtig auf Marie«, brachte Kim es mit ihrem Scharfblick auf den Punkt. »Ich frage mich, wieso. Marie ist doch nur eine gute Freundin von Adrian, das weiß jeder am Set. Sandra hat Adrian im Sturm erobert, sie müsste sich seiner Liebe sicher sein.«
Marie meldete sich mit einem tiefen Stoßseufzer zu Wort. »Anscheinend ist sie es nicht. Sonst würde sie nicht am Set über mich ablästern.«
»Was?«, rief Franzi empört. »Wie kommst du darauf? Warum sollte sie das machen?«
Marie zuckte mit den Achseln. Sandras Seelenleben war für sie ein Buch mit sieben Siegeln. »Ich glaube, ich muss euch auf den neuesten Stand bringen.« In knappen Worten berichtete Marie ihren Freundinnen von der fiesen Intrige und von Adrians abweisendem Verhalten.
Am Ende sahen sich die drei !!! ratlos an.
»Was ist da eigentlich los?« Kim zerbrach sich den Kopf, ohne eine Lösung zu finden. »Ich weiß nicht, wie es euch geht, aber ich brauche jetzt dringend Nervennahrung.«
Marie grinste. »Kein Problem. Ich gebe eine Runde Schokomuffins aus.«

Ein Sturz mit Folgen

»Hallo, bin von der Schule zurück!« Marie warf den Schlüsselbund in die Schale auf der Kommode. Ihr Ruf hallte laut durch die Eingangshalle der Villa, aber niemand antwortete. »Wo seid ihr denn alle?«

Es war verdächtig still. Irgendetwas stimmte hier nicht. Unruhig ging Marie hinüber zum Wohnzimmer. Dort saßen am Dienstagnachmittag immer Tessas Freundinnen aus dem Geburtsvorbereitungskurs. Ihr Plaudern und Lachen war sonst unüberhörbar. Heute lachte niemand und kein einziger kugelrunder Bauch besetzte das weiße Ledersofa.

»Das Baby!«, murmelte Marie.

Hatte sie was verpasst? War ihr Vater etwa schon mit Tessa in die Klinik gefahren? Marie hetzte vom offenen Wohnbereich hinüber zur Küche. Dort stand die Kühlschranktür offen. Dahinter ertönte verdächtiges Rumpeln.

»Tessa?«, rief Marie besorgt.

Der Kopf ihrer Stiefmutter tauchte hinter der Tür auf. »Ach, du bist es! Ich hab dich gar nicht kommen hören.«

»Alles klar bei dir?«

Tessa nickte. In der einen Hand hielt sie eine Familienpackung Erdbeereis, in der anderen Hand eine riesige Schinkenkeule, die man problemlos als Tatwerkzeug hätte benutzen können. »Ja, alles klar. Ich hab meinen Freundinnen abgesagt. Mir war heute nicht nach gemeinsamem Hecheln in der Gruppe. Stattdessen habe ich ganz viele Lebensmittel online bestellt und uns ins Haus liefern lassen. Du, das ist superpraktisch. Auf die Idee hätte ich schon viel früher kommen können.«

Marie lehnte sich gegen den frei stehenden Küchenblock. »Aha.« Mehr fiel ihr dazu erst mal nicht ein. Was war nur mit Tessa los? Die Freundinnen aus dem Geburtsvorbereitungskurs hatte sie bisher gar nicht oft genug sehen können. Und Tiefkühlkost hatte sie immer kategorisch abgelehnt. Tessa liebte es, auf den Markt zu gehen, um dort frische Lebensmittel einzukaufen.

»Hast du Hunger?«, fragte Tessa, während sie beim Einräumen vor sich hin summte. »Ich könnte uns ein paar Chickenwings in die Pfanne werfen. Lina ist heute in der Kletter-AG und kommt erst später.«

Marie hatte nicht vor, Tessa an ihre gesunden Ernährungsprinzipien zu erinnern. »Chickenwings, warum nicht?« Nachdem sie ihren anfänglichen Schrecken überwunden hatte, erkannte sie die Vorteile der neuen Situation. »Hast du nach dem Mittagessen Zeit? Wir könnten zusammen mein Halloweenkostüm nähen.«

Tessa schlug schwungvoll die Kühlschranktür zu. »Eine super Idee. Genau darauf hab ich heute total Lust.«

Marie setzte sich an den Esstisch. In den letzten neun Monaten war es nicht immer leicht gewesen, mit den Stimmungsschwankungen ihrer Stiefmutter klarzukommen. Heute fand sie es einfach wunderbar, dass Tessas Hormone wieder mal verrücktspielten.

»Stopp!«, rief Marie drei Stunden später. »Ich werde keinen Schritt weitergehen.«

Kim und Franzi sahen ihre Freundin verständnislos an. »Was ist denn?«, erkundigte sich Franzi. »Hast du plötzlich Angst vor den Ermittlungen?«
Die drei !!! hatten sich am späten Nachmittag in der Filmstadt verabredet, um der Sache mit Sandra und Adrian auf den Grund zu gehen.
Marie schüttelte den Kopf. »Im Gegenteil. Aber die Dinger hier sind … ächz! … die reinste Hölle.« Sie stützte sich an der Außenwand von Halle 4 ab und streifte stöhnend einen grünen Wildlederstiefel vom Fuß. Es waren zurzeit ihre absoluten Lieblingsschuhe, sie hatten aber leider viel zu hohe Absätze und waren teuflisch eng.
»Die sehen echt super aus«, bemerkte Kim, »super unbequem.«
Plumps! Der zweite Stiefel landete auf dem Boden. Marie nahm das Stiefelpaar und stellte es ordentlich hinter der Tür ab. Der schmerzvolle Ausdruck in ihrem Gesicht wich einem befreiten Lächeln. »Spar dir die Kommentare. Es gibt viel zu tun.«
Die drei !!! machten sich auf den Weg zum Set. Das Filmteam hatte sich in Raffaels Ein-Zimmer-Appartement versammelt, wo die nächste Szene gedreht werden sollte. Die Schauspieler waren noch in der Maske, aber alle anderen arbeiteten auf Hochtouren, rollten Kabel aus und legten letzte Hand an die Deko. Tristan half einem Beleuchter dabei, eine zusätzliche LED-Leuchte zu installieren.
Die drei !!! warteten, bis er damit fertig war. Dann sprach Kim ihn höflich an: »Könnten wir Sie kurz sprechen?«
Tristan zog eine Augenbraue hoch. »Okay. Wenn es nicht zu lange dauert.« Er warf Marie einen nicht gerade freundlichen

Blick zu. Offenbar hatte Sandras Intrige auch bei ihm volle Wirkung entfaltet.

Sie zogen sich in eine ruhige Ecke zurück. Marie gab sich einen Ruck und legte die Karten offen auf den Tisch. »Es geht um ein übles Gerücht, das gerade hier im Umlauf ist. Sandra redet hinter meinem Rücken schlecht über mich. Sie behauptet lauter Sachen, die absolut nicht wahr sind. Das ist ziemlich schrecklich für mich.«

»Oh … diese dumme Geschichte …« Tristan kratzte sichtlich verlegen seinen Dreitagebart. »Bei Filmproduktionen wird viel zu viel gequatscht. Tut mir echt leid, dass es dich so mitnimmt. Ich finde dich übrigens sehr sympathisch.«

Marie rang sich ein freundliches Lächeln ab. »Danke. Meine Freundinnen und ich hassen Gerüchte und Intrigen. Wir wollen die Sache aus der Welt schaffen, ohne Streit und Auseinandersetzungen, ganz nüchtern wie erwachsene Menschen.«

»Sehr schön, sehr schön«, sagte Tristan lahm.

Jetzt war Kim an der Reihe. »Wir haben die Vermutung, dass es Sandra vielleicht nicht gut geht und sie deshalb zu solchen Maßnahmen gegriffen hat. Wir können uns nur nicht vorstellen, warum. Sie ist doch glücklich mit Adrian, oder?« Kims Frage sollte absichtlich harmlos wirken.

»Äh … ja … nein.« Tristan wand sich wie eine Schlange. Kim hatte anscheinend genau ins Schwarze getroffen.

Franzi hakte sofort nach: »Die beiden sind kein Paar mehr? Aber es war doch Liebe auf den ersten Blick – oder besser gesagt auf den ersten Kuss. Wenn ich nur an dieses romantische Candle-Light-Dinner am selben Abend denke …«

»Hmm .... ja, der Abend muss wirklich sehr romantisch gewesen sein«, rückte Tristan zögernd heraus. »Aber mehr war es dann auch nicht. Ein kleiner, harmloser Flirt. Adrian ist viel zu professionell, um Beruf und Privatleben zu vermischen. Vielleicht hat Sandra da was falsch verstanden.«

Marie starrte Tristan ungläubig an. Seine Worte drangen nicht bis zu ihrem Gehirn durch.

Franzi hatte die Botschaft sofort verstanden. Marie merkte, wie sie nur mühsam ihre Empörung verbergen konnte. »Offensichtlich hat Sandra da was falsch verstanden. Jetzt wird uns einiges klar. Vielen Dank für die Info. Die hat uns sehr geholfen.«

»Das Gespräch bleibt aber unter uns, ja?« Tristan sah sich ängstlich nach seinen Freunden und Kollegen um.

Kim lächelte gewinnend. »Selbstverständlich. Wir haben nie darüber gesprochen.« Sie hakte sich bei Marie unter und zog sie in Richtung Damentoiletten.

Vor dem Waschtisch blickte Marie in ihr blasses Spiegelbild. Sie war immer noch wie betäubt. Adrians Verhalten erinnerte sie fatal an das seiner Rolle des Raffael. Trotzdem wollte sie es einfach nicht wahrhaben.

»Das ist ja ein starkes Stück!« Franzi ließ ihren Gefühlen freien Lauf. »Adrian hat erst mit Sandra geflirtet, sie eingeladen und schon am nächsten Morgen Schluss gemacht?«

»Sieht ganz so aus«, sagte Kim. »Wenn Tristan uns die Wahrheit erzählt hat, finde ich es nicht fair, wie Adrian sich verhalten hat. Er hätte Sandra erst gar nicht zum Candle-Light-Dinner einladen dürfen, wenn er nicht wirklich an ihr interessiert war.«

Franzi drehte sich zu Marie um. »Wie siehst du das denn?«
»Ähnlich«, nuschelte Marie. Sie konnte nicht abstreiten, dass ihre Freundinnen recht hatten. Für einen Moment hatte sie sogar Mitleid mit Sandra, aber der Moment dauerte nicht lange. »Trotzdem verstehe ich nicht, warum Sandra dann ausgerechnet auf mir herumhackt.«
Kim legte ihr tröstend die Hand auf den Arm. »Sie hat wahrscheinlich einen Sündenbock gesucht. Adrian und du, ihr kennt euch schon lange, seid sehr vertraut miteinander. Das hat sie wütend gemacht und sie wollte sich rächen.«
»Na toll!«, sagte Marie. »Ich bin also das Opfer eines Zufalls. Wisst ihr was? Jetzt stellen wir Sandra zur Rede. Ich hole nur schnell meine Stiefel, dann kann's losgehen.«
Kim und Franzi begleiteten sie zur Eingangstür der Halle. Marie setzte sich auf den Boden und zog eilig die engen Stiefel an. Diesmal spürte sie keinen Schmerz. Mit diesen hochhackigen Schuhen würde sie Sandra stark und selbstbewusst entgegentreten. Die Intrigantin würde sich noch wundern. Marie stand auf und lief grimmig los. Beim zweiten Schritt knickte sie plötzlich mit dem rechten Stiefel um.
»Hilfe!« Die Fallhöhe war zu groß. Marie konnte ihr Gleichgewicht nicht halten. Sie schwankte und stürzte zu Boden.
Kim und Franzi knieten sich neben ihre Freundin. »Hast du dich verletzt?«, fragte Kim beunruhigt.
»Kannst du den Knöchel bewegen?« Franzi zog vorsichtig den Stiefel von Maries rechtem Fuß und betastete den Knöchel. Das hatte sie von ihrem Vater gelernt.
Marie antwortete nicht. Sie starrte auf den Stiefel, der schlaff neben ihrem Bein auf dem Boden lag.

»Oh nein, fall jetzt bitte nicht in Ohnmacht!«, rief Kim ängstlich. »Soll ich dir ein Glas Wasser bringen?«
»Brauchst du einen Arzt?«, fragte Franzi.
Marie konnte immer noch nicht sprechen. Stumm zeigte sie auf das untere Ende ihres Stiefels. Der Absatz hing völlig schief am Schaft. Ein Teil war noch mit dem Stiefel verbunden, der andere baumelte frei in der Luft. Jetzt sahen Kim und Franzi es auch.
»Da … hat jemand deinen Absatz angesägt«, brachte Kim tonlos hervor. »Das ist ein sauberer Schnitt, vermutlich mit einer kleinen Handsäge durchgeführt.«
Marie nickte. »Dreimal darfst du raten, wer das war.« Vorsichtig drehte sie ihren Knöchel hin und her. Er tat kaum weh. Sie hatte ein Riesenglück gehabt. Mühsam rappelte Marie sich hoch und stand auf.
»Sandra.« Franzi ballte die Fäuste. »Die kann was erleben! Das ist ein klarer Fall von versuchter Körperverletzung.«
Kim und Franzi nahmen Marie in die Mitte. Marie ließ ihren linken Stiefel an und humpelte demonstrativ. Die drei !!! machten sich auf die Suche nach Sandra und fanden sie in der Teeküche, wo sie allein am Tisch saß und Kaffee trank.
Marie warf den Stiefel mit dem angesägten Absatz auf den Tisch. »Ich hätte mir das Genick brechen können. Bist du völlig verrückt geworden?«
»Wovon redest du?« Sandra spielte die Ahnungslose.
»Davon, dass du den rechten Absatz meiner Schuhe angesägt hast, und von deiner fiesen Lästerattacke. Außerdem hast du mich verfolgt, als ich gestern zum *Café Lomo* gegangen bin. Das warst doch du, stimmt's?«

Sandra blieb so kühl wie ihre wasserblauen Augen. »Was fällt dir ein, mir das alles an den Kopf zu werfen? Nichts davon ist wahr. Ich hab nichts getan und es gibt keine Beweise für deine Lügengeschichten.«

»Das sind keine Lügengeschichten«, mischte Franzi sich ein. »Wir haben herausbekommen, dass Adrian dich abserviert hat. Und Marie weiß aus sicherer Quelle, dass du üble Gerüchte über sie in die Welt gesetzt hast.«

»Hahaha!« Sandra lachte gekünstelt. »Aus sicherer Quelle, das ist ja süß!« Plötzlich stand sie auf und näherte sich bis auf wenige Zentimeter Maries Gesicht. »Hör mir gut zu, denn das sage ich jetzt zum allerletzten Mal: Du wirst ab sofort kein Wort mehr mit Adrian reden. Wenn du auch nur versuchst, in seine Nähe zu kommen, garantiere ich für nichts. Ein Filmset ist ein gefährlicher Ort. Da kann einem ganz schnell etwas zustoßen. Wenn zum Beispiel ein Kulissenteil nicht fest verankert ist, passiert leicht ein tragischer Unfall …«

Marie wurde schwindelig. Sie wollte etwas sagen, brachte aber keinen Ton heraus. Da spürte sie, wie Kim sie sanft zur Seite schob.

»Wir sind Zeugen, dass du unsere Freundin gerade massiv bedroht hast.« Sie fixierte Sandra scharf.

»Das wird Konsequenzen haben«, fügte Franzi hinzu. »Äußerst unangenehme Konsequenzen, darauf kannst du dich verlassen.«

Sandra setzte sich wieder hin und nahm seelenruhig einen Schluck Kaffee. »Ich bin beeindruckt, Kinder.«

Marie hatte keine Angst mehr, sie war nur noch wütend und hätte sich am liebsten auf Sandra gestürzt, aber den Gefallen tat sie ihr bestimmt nicht. Gewalt war keine Lösung. Sie mussten Sandra auf andere Weise überführen. »Du hörst von uns«, zischte sie, schnappte sich ihren kaputten Stiefel und verließ humpelnd, aber hoch erhobenen Hauptes die Teeküche. Kim und Franzi folgten ihr. Für heute hatten die Detektivinnen genug gesehen und gehört.

Die drei !!! hatten das Filmstadt-Gelände schon wieder verlassen, da musste Marie plötzlich weinen. »Ich hasse sie!«, schluchzte sie. »Warum ist sie so gemein zu mir?«

»Weil sie total bescheuert ist«, regte Franzi sich auf. »Sie denkt, du bist der Grund, weswegen sich Adrian so gemein verhält.«

Kim legte Marie den Arm um die Schulter. »Lass dich von der blöden Kuh nicht fertigmachen. Der wird das Lachen schon noch vergehen.«

»Meinst du?« Marie tupfte sich mit einem Papiertaschentuch die Wimperntusche von den Wangen. Da klingelte ihr Smartphone. Marie zog es aus der Tasche. Holger lachte ihr entgegen. Sofort kamen Marie wieder die Tränen. »Hallo?«, meldete sie sich mit erstickter Stimme.

»Hi, Marie! Du klingst komisch. Ist alles in Ordnung?«, erkundigte sich Holger.

Marie schniefte. »Es geht schon. Wir haben nur gerade Stress mit unserem Fall.« So schwer es Marie auch fiel, sie durfte Holger keine Details der Ermittlungen verraten.

»Das tut mir leid«, sagte Holger. »Kann ich dir irgendwas Gutes tun?«

Marie presste das Handy ans Ohr. Es war so schön, Holgers liebe Stimme zu hören. »Ich weiß nicht …«

»Was hältst du davon, wenn wir den Tag im Schwimmbad ausklingen lassen? Heute gibt es ein tolles Abendprogramm. Es heißt Südseezauber.«

Marie lächelte die letzte Träne weg. »Eine prima Idee. Ich fahr nur schnell heim und hole meine Schwimmsachen.«

»Sehr gut.« Holger machte eine kurze Pause. »Und vergiss nicht: Jemand hat dich lieb. Sehr sogar.«

Tierisch komisch

»Die Luft ist rein!«, flüsterte Kim.
Franzi und Marie kamen hinter einem kitschigen Sonnenuntergang am Meer hervor. Das Kulissenteil stand ein wenig verloren im Flur vor den Künstlergarderoben und wartete auf seinen nächsten Einsatz. Geduckt huschten die drei !!! zur Tür und schlüpften unbemerkt in Sandras Garderobe.
»Bist du wirklich sicher, dass sie in der nächsten halben Stunde nicht auftauchen wird?« Marie sah besorgt zur Tür und dann zu Franzi.
»Hundertprozentig sicher«, bestätigte Franzi. »Ich hab den Drehplan gecheckt und extra bei der Regieassistentin nachgefragt. Sandra muss eine besonders aufwendige Szene im Außenbereich vor den Hallen drehen. Kirsten soll im Regen auf Raffael warten. Weil es heute nicht regnet, wird sie von Gießkannen nass gespritzt.«
Die Vorstellung, dass Sandra bei fünf Grad Celsius im Regen stand, gefiel Marie ausgesprochen gut. Sie entspannte sich und freute sich darauf, in Sandras Sachen herumzustöbern. Seit Sandras Attacke in der Teeküche waren zwei Tage vergangen. Es wurde höchste Zeit, dass die drei !!! nach Beweismaterial suchten.
Wie gewohnt teilten sie den Raum in drei Bereiche auf. Es gab viel zu tun, Sandra hatte nämlich ihre Garderobe mit tausend Sachen vollgestopft. Neben einem Schrank gab es zwei Kommoden, einen Rollcontainer und ein Wandregal. Marie nahm sich als Erstes den Rollcontainer vor. Kaum

hatte sie mit der obersten Schublade angefangen, hörte sie hinter sich Kim aufgeregt rufen: »Ich hab was im Schrank gefunden!«

Marie schnappte nach Luft. »Adrians T-Shirt und seinen Bademantel. Das gibt's nicht! Sandra hat die Sachen gestohlen.«

»Irgendwie überrascht mich das gar nicht. Wetten, wir finden hier noch mehr?«, vermutete Franzi.

Marie machte sich mit Feuereifer an die Arbeit. In der dritten Schublade von oben entdeckte sie eine kleine Schmuckschatulle aus Perlmutt. Gespannt öffnete Marie den Deckel. Die Schatulle quoll über vor Modeschmuck in knalligen Farben. »Geschmacklose Teile.« Marie ließ die Ketten, Ringe und Armbänder durch ihre Hände gleiten. Vorsichtig hob sie den Schmuck heraus und spürte auf einmal ein knisterndes Stück Papier zwischen den Fingern. Es war ein bisschen zerknittert. Die zwei Worte darauf konnte man aber noch gut lesen: *Adrian Kühne.* Die schwarze Schrift war nachträglich mit lauter kleinen roten Herzen verschönert worden. Marie hielt das Papier triumphierend in die Höhe. »Ich hab Adrians Namensschild gefunden. Sandra hat es mit Herzchen bemalt.«

Kim verzog spöttisch den Mund. »Ach, und uns nennt sie ›Kinder‹!«

»Sandra verhält sich mindestens genauso kindisch«, stellte Franzi fest, die den Inhalt des Wandregals untersuchte. Gerade holte sie einen Aktenordner heraus und blätterte darin. »Schon wieder ein Volltreffer! Seht euch das an.«

Kim und Marie setzten sich zu Franzi auf den Boden und

beugten sich über den Aktenordner. Er enthielt eine Sammlung von Fotos und Zeitungsartikeln, die über Adrian in der Presse erschienen waren, angefangen von seiner Zeit in der Schauspielschule über den großen Theatererfolg mit Sartres Stück *Geschlossene Gesellschaft* bis hin zu seinem aktuellen Kinofilm. Ergänzt wurde das Ganze durch sämtliche Eintragungen, die Adrian auf seine Homepage gestellt hatte.
Marie erinnerte der Ordner an einen früheren Fall. Damals hatten die drei !!! eine Stalkerin gestoppt. Sie war fanatischer Fan eines Popstars gewesen und hatte am Schluss sogar den Sänger auf offener Bühne bedroht. »Sandra ist total verrückt nach Adrian«, murmelte Marie. »Sie hat sich eindeutig nicht erst bei den Dreharbeiten in ihn verknallt.«
»Ist das schräg!« Kim zog einen Zettel aus einer Klarsichthülle. Darauf hatte Sandra mit einem rosafarbenen Glitzerstift geschrieben: *Adrian & Sandra – das Schicksal hat uns zusammengeführt.*
Franzi klopfte auf den Deckel des Aktenordners. »Langsam ergibt das Ganze einen Sinn. Sandra hat sich in die fixe Idee hineingesteigert, dass Adrian und sie zusammengehören, weil sie auch im Kinofilm ein Liebespaar spielen. Sie muss im siebten Himmel gewesen sein, als Adrian sie zum Candle-Light-Dinner eingeladen hat.«
»Den Sturz aus diesem siebten Himmel hat sie dann anscheinend nicht verkraftet.« Marie betrachtete das Chaos in Sandras Zimmer. »Ihre Liebe ist in Hass umgeschlagen, Hass gegen den Menschen, dem Adrian statt ihr seine Aufmerksamkeit geschenkt hat – mich.« Sie konnte Sandras Motiv nun nachvollziehen, war aber immer noch stinksauer auf sie.

Der Liebeskummer gab Sandra nicht das Recht, sie zu bedrohen.
»Wir sollten lieber abhauen«, mahnte Kim. »Am besten mischen wir uns unauffällig unter das Filmteam, damit Sandra hinterher keinen Verdacht schöpft.«
»Okay.« Franzi sammelte die Beweisstücke ein und verstaute sie in ihrem Rucksack.
Diesmal ging Marie vor und prüfte, ob die Luft rein war. Genauso unbemerkt, wie sie gekommen waren, verließen die drei !!! Sandras Garderobe.
Vor Halle 4 gab es dann allerdings eine böse Überraschung. Das Filmteam drehte gar nicht draußen! Sie mussten mehrere Leute fragen, bis sie endlich erfuhren, was los war. Luc hatte den Drehplan kurzfristig geändert und eine Szene im griechischen Restaurant vorgezogen. Schnell liefen sie zurück in die Halle und setzten sich leise auf Klappstühle am Rand des Sets.
»Szene 19, vierte Einstellung!«, rief Luc.
Raffael und Kirsten saßen beim Essen. Die Kamera kreiste im Uhrzeigersinn langsam um ihren Tisch. Noch ahnte Kirsten nichts von Raffaels Flirtwette, noch wusste sie nicht, dass sie an einen raffinierten Macho geraten war. Sie aß gefüllte Weinblätter und lauschte Raffaels Urlaubsbericht.
»Natürlich war es toll auf Mykonos«, erzählte er. »Kein Dauerregen wie in Deutschland, jeden Tag super Wetter. Du triffst lauter braun gebrannte, gut gelaunte Menschen.«
Kirsten ließ ihre Gabel sinken. »Auch Frauen?« Ein Hauch Eifersucht schwang in ihrer Stimme mit.
»Ja, auch Frauen«, antwortete Raffael. Er griff nach seinem

Rotweinglas und sah Kirsten über den Rand hinweg tief in die Augen. »Ich fand viele von ihnen nett, aber gefunkt hat es bei keiner. Weißt du, ich bin nicht der Typ für schnelle Flirts. Ich warte lieber, bis eines Tages die Richtige kommt.«
Kirsten zweifelte keine Sekunde an seiner Ehrlichkeit. »Und? Hast du die Richtige schon getroffen?« Sie schob sich wieder ein Stück Weinblatt in den Mund und blinzelte verlegen.
»Ja, hab ich.«
Ein Schatten glitt über Kirstens Gesicht. Sie griff nach der Serviette und schien sich daran festzuhalten.
Raffael legte zärtlich seine Hand auf ihre. »*Du* bist die Richtige.«
»Aaaah!«, schrie Kirsten und sprang auf, als ob gerade ein Zombie sie berührt hätte. Polternd ging hinter ihr der Stuhl zu Boden.
Luc fuchtelte zornig mit den Händen. »Cut, Kamera aus! Sandra, bist du von allen guten Geistern verlassen? Im Drehbuch steht nicht, dass du schreien sollst. Du sollst Raffael ungläubig ansehen und dann vor Liebe dahinschmelzen.«
»Da, da!«, kreischte Sandra. Sie zeigte mit zitterndem Zeigefinger auf eine Ecke des Restaurants, in der dekorativ ein Fischernetz ausgebreitet war.
Adrian sah seine Kollegin verwirrt an. »Was meinst du mit ›da‹? Könntest du bitte ein bisschen konkreter werden?«
»Sie sieht so eklig aus!«, schrie Sandra.
»Wer?«
Plötzlich bewegte sich das Fischernetz. Ein kleiner, dunkler Körper kletterte heraus und flitzte im Zickzackkurs am Drehort herum.

»Eine Ratte!«, riefen mehrere Leute gleichzeitig. Frauen und Männer sprangen zur Seite und versuchten, dem Nagetier auszuweichen.

Kim, Franzi und Marie schossen in die Höhe. Das musste Cinderella sein, Flos Ratte.

Sandra zitterte am ganzen Körper. »Sie läuft direkt auf mich zu. Nein, nicht!«

Cinderella fiepte ängstlich. Der Lärm war zu viel für die arme Ratte. Hektisch rannte sie zu Sandra und kletterte an ihrem Bein hoch.

Die Schauspielerin erstarrte vor Panik. »Adrian!«, quiekte sie. »Nimm die Ratte da weg, sofort!«

Adrian verscheuchte Cinderella von Sandras Bein. Die Ratte flitzte weiter und versteckte sich hinter dem künstlichen Efeu.

Sobald sie verschwunden war, warf sich Sandra an Adrians Brust. »Bitte fang mich auf, ich kann nicht mehr stehen.« Sie schlang ihre Arme um Adrians Hals und klammerte sich regelrecht an ihn.

»Ich kriege keine Luft mehr«, ächzte Adrian. Er versuchte sich aus Sandras Klammergriff zu befreien, was ihm schließlich auch gelang. »Das war doch bloß eine Ratte. Musst du gleich ein Drama draus machen?«

Sandras Augen füllten sich mit Tränen. »Es war so schrecklich. Wenn die Ratte dein Bein hochgeklettert wäre, würdest du so was nicht sagen.« Stöhnend legte sie sich die Hand auf die Stirn.

Das Filmteam umringte die Hauptdarstellerin. »Setz dich doch erst mal.« – »Ich wäre auch furchtbar erschrocken.« –

»Geht's wieder?« Alle kümmerten sich um ihre Kollegin. Nur Adrian blieb abseits und beobachtete Sandra mit einem halb besorgten, halb genervten Zug um die Mundwinkel.
»Was ist denn hier los?« Plötzlich tauchte Tristan auf. »Dreht ihr gerade eine Mordszene, von der ich noch nichts weiß?«
Der Produzent lächelte. »Nein, wir hatten nur unfreiwilligen Besuch von einer Ratte.«
»Eine Ratte am Set?«, regte Tristan sich auf. »Das geht gar nicht. Wo ist sie jetzt? Wir müssen sofort alles desinfizieren!«
Sam schüttelte den Kopf. »Das halte ich ehrlich gesagt für unnötig und übertrieben. Luc, wie siehst du das?«
»Ganz genauso.« Der Regisseur wandte sich ans Team: »Der Vorfall ist kein Grund zur Panik. Wir machen eine kurze Pause, fangen die Ratte ein, und danach geht es weiter wie geplant. Wir dürfen uns keine Verzögerungen erlauben. Ihr wisst ja, der Drehplan ist sehr eng.«
»Pause? Das klingt gut. Ich brauche jetzt einen extra starken Kaffee.« Sandra warf Adrian einen hoffnungsvollen Blick zu. Als er nicht reagierte, zog sie sich mit Leidensmiene vom Drehort zurück.

Detektivtagebuch von Kim Jülich
Donnerstag, 20:54 Uhr
Die Ereignisse in unserem Fall überschlagen sich. Ich muss dringend festhalten, was alles passiert ist, und mir einen Überblick verschaffen.
1. Franzi ist unsere Heldin des Tages. Sie hat die Ratte eingefangen. Wir haben dann mit ihr das verängstigte Tier zu Michael gebracht. Dort hatte Marie eine äußerst unangenehme

Begegnung. Michael stand mit seinem Praktikanten Flo zusammen. Flo ist einer der unverschämten Typen, die Emma angemacht haben. Er hat Marie angegrinst, weil er sich so gefreut hat, seine Ratte wiederzuhaben. Total stolz hat er uns gezeigt, was Cinderella alles für Kunststücke beherrscht. Jetzt kommt das Beste: Er hat einen grünen Frosch aus der Tasche geholt und damit geknackt. Der Frosch sah genauso aus wie die beiden Beweisstücke, die wir gefunden haben und die übrigens auch Flo gehören. Cinderella hat die Ohren gespitzt, sich auf die Hinterbeine gestellt und sich ihre Belohnung abgeholt, ein kleines Stück Keks. Flo hat uns erklärt, wie das sogenannte Clickertraining funktioniert, das Michael ihm beigebracht hat. Man konditioniert damit z. B. Katzen oder Ratten (Letztere sind übrigens sehr klug und besitzen ein hervorragendes Orientierungsvermögen), dass nach einem erwünschten Verhalten eine Belohnung folgt. Die Belohnung wird mit dem Knacken, dem »Clicker«, angekündigt. Echt cool!
Jetzt wissen wir also, woher der Tierkot in Adrians Schublade stammt. Cinderella hat sich wohl in seine Garderobe verirrt. Vielleicht weil Adrian in der Schublade Kekse aufbewahrt hatte? Das sollten wir nachprüfen.
Marie hat am Schluss Flo noch darauf angesprochen, warum er das Mädchen auf der Straße angepöbelt hat. Flo hat sich glatt entschuldigt. Das sei die blöde Idee seiner Kumpels gewesen, er hätte da nicht mitmachen sollen. Damit hatte Marie nicht gerechnet.
2. Während wir uns unterhalten haben, ist plötzlich Tristan aufgetaucht. Er war ziemlich unfreundlich und hat gefragt, warum wir immer noch in der Filmstadt sind. Wir würden uns

hier so breitmachen, das würde den Ablauf der Dreharbeiten stören. Natürlich haben wir uns gewehrt. Wir stören niemanden am Set und außerdem haben wir die ausdrückliche Erlaubnis von Luc. Tristan hat sich schließlich grummelnd verzogen. Marie hat sich wieder geärgert. Tristan glaubt also doch Sandras Gerüchten. Echt schade. Eigentlich ist er ein netter Typ, nett, aber leider auch schwach. Er lässt sich viel zu sehr von Sandra beeinflussen.

3. Nach der Aufregung mit der Ratte war Marie noch kurz bei Sybille und hat festgestellt, dass die Kostüme auf Adrians Kleiderstange vertauscht wurden. Steckt da auch Sandra dahinter? Es sieht ganz danach aus. Vielleicht wollte sie sich wieder ein Kleidungsstück klauen, um es als Fanartikel in ihrer Sammlung aufzunehmen. Wir konnten Sandra leider nicht mehr zur Rede stellen, weil sie plötzlich verschwunden war.

Geheimes Tagebuch von Kim Jülich
Donnerstag, 21:36 Uhr

Wer hier weiterliest, den verwandle ich in eine Ratte. Ihr habt richtig gehört. In einem Halloweenbuch steht ein Zaubertrick, der einwandfrei funktioniert. Von erfahrenen Zauberern wärmstens empfohlen.

Ben und Lukas machen mich wahnsinnig. Nachdem sie bei Mama und Papa auf Granit gebissen haben, belagern sie jetzt mich. Ich soll unsere Eltern davon überzeugen, dass sie sich garantiert um den Hund kümmern werden. Als Belohnung haben sie mir ihr Fußball-Stickeralbum angeboten. Ich weiß, wie sehr sie das zerfledderte Album lieben, aber ich kann beim besten Willen nichts damit anfangen. Irgendwie ist es fast rührend.

Aber ich hab meinen Brüdern klargemacht, dass ich für sie leider nichts tun kann, selbst wenn ich wollte. Mir fehlt die Zeit. Der Fall hält mich von morgens bis abends in Atem. Da sind sie ausgerastet und haben mich wieder als »Planschkuh« beschimpft. Keine gute Idee. Jetzt haben sie es sich endgültig mit mir verscherzt.
Michi dagegen hat mich gestern total positiv überrascht. Er kam zu mir nach Hause und hat mit seiner neuen Kamera Porträts von mir gemacht. Erst wollte ich nicht, weil ich nicht gern fotografiert werde. Dann hab ich mich doch überreden lassen, Michi zuliebe. Es hat sich gelohnt. Die Fotos sind super geworden. Ich wirke ganz natürlich und finde mich richtig hübsch. Michi hat gesagt, wenn er die Fotos sehen und mich noch nicht kennen würde, würde er sich auf den ersten Blick in mich verlieben. Für dieses süße Kompliment hat er einen extra dicken Kuss von mir bekommen.
PS: Meine Kurzgeschichte ist fast fertig. Vielleicht kann ich sie bei einem Schreibwettbewerb für Schüler einreichen. Muss mal schauen, ob gerade ein Wettbewerb ausgeschrieben ist. Wenn ja, könnte ich eins von Michis Fotos gleich als Autorenfoto verwenden. Copyright: Michi Millbrandt!
PPS: Franzi hat mich gerade angerufen. Sie haben für Oma Lottis Haus einen Käufer gefunden! Irgendwann musste es ja so kommen. Franzi war total traurig. Sie hat so viele schöne Stunden in Billershausen verbracht. Jetzt bleiben ihr nur die Erinnerungen.

Gruselige Geheimnisse

Die Kirchturmuhr schlug dreimal zur vollen Stunde, als Marie am Sonntagnachmittag den Jakobipark betrat. Der Nordwind brachte klirrend kalte Luft mit sich und Marie hatte sich ausgerüstet wie für eine Südpolexpedition. Unter ihrer dicken Daunenjacke trug sie zwei Kaschmirpullis und eine Thermohose, ihre Füße steckten in Wollsocken und gefütterten Winterstiefeln.
Normalerweise verirrte sich kaum jemand bei so einem ungemütlichen Wetter in den Park, doch heute hatte Lucs Filmteam ihn voll in Beschlag genommen. Geschäftig lief die Crew auf den Kieswegen hin und her, um alles für den Außendreh vorzubereiten. Die Schauspieler würden erst später eintreffen. Am Ententeich warteten Kim und Franzi. Sie stampften mit den Füßen auf und versuchten auf diese Weise einigermaßen warm zu bleiben.
»Da bist du ja endlich«, sagte Franzi vorwurfsvoll. »Zehn Minuten zu spät, diesmal musst du aber was in die Clubkasse einzahlen.«
Marie nahm es gelassen. »Geht in Ordnung. Heute ist echt nicht mein Tag. Die Mumienfinger sind mir angebrannt und die grünen Spinnen kann ich in den Müll kippen.«
»Wie bitte?« Kim riss erschrocken die Augen auf. »Du hast Leichen zu Hause im Keller?«
»Nicht wirklich.« Marie grinste von einem Ohr zum anderen. »Morgen steigt doch meine Halloweenparty, da wollte ich heute schon zwei Sachen vorbereiten. Die Mumienfinger

sind Wiener Würstchen im Schlafrock und die grünen Spinnen bestehen aus Marzipan und Lakritzbeinen.«
Kim fuhr sich mit der Zunge über die Oberlippe. »Wirf die angebrannten Mumienfinger bloß nicht weg. Die schmecken bestimmt toll.«
»Wenn du meinst.« Marie rieb sich die Hände, die trotz Handschuhen langsam auskühlten, und ließ die letzten drei Tage noch mal vor ihrem inneren Auge ablaufen. Die Detektivinnen hatten unbedingt mit Sandra sprechen wollen, aber die Schauspielerin war ihnen immer wieder geschickt ausgewichen. Wenigstens mit Adrian hatten sie ein vernünftiges Gespräch führen können. Er war entsetzt gewesen, als die drei !!! ihm von Sandras Drohung und dem angesägten Stiefel erzählt hatten. Schließlich hatte er zugegeben, dass Sandra die Realität nicht wahrhaben und einfach nicht akzeptieren wollte, dass er und sie im richtigen Leben kein Liebespaar waren. Adrian hatte versprochen, Sandra ins Gewissen zu reden, damit sie Marie ab sofort in Ruhe ließ. Ob das helfen würde? Marie bezweifelte es.
»Kim, Franzi, Marie?« Von der Kirche winkte ihnen Anke, eine Kollegin von Sybille, zu. »Habt ihr Lust, mir bei der Deko zu helfen?«
»Klar«, riefen die drei Freundinnen. Bei der Kälte war es eindeutig besser, sich zu bewegen, als nur herumzustehen.
Anke erklärte ihnen, was es zu tun gab. »Wir müssen heute mal wieder zaubern. Weil der Kinofilm im Sommer spielt, werden wir ein paar Büsche mit echten Rosen schmücken und jede Menge Blumentöpfe aufstellen.«
»Toller Trick«, fand Kim.

Auf den Kirchenstufen standen die Blumentöpfe schon bereit. Daneben waren Kisten mit Picknickzubehör und Kinderspielzeug für Wiese und Sandkasten. Kim und Marie verteilten die Sachen locker auf der Rasenfläche, die später für das Setting benutzt werden würde. Ein paar starke Männer schleppten die Blumentöpfe. Franzi stellte noch zwei Buggys dazu. Jetzt fiel das Herbstlaub auf den Bäumen gar nicht mehr groß auf. Später würde es am Computer sowieso geschickt bearbeitet werden.

Die Rosen holten sie erst am Schluss aus den Kartons, damit sie so kurz wie möglich der Kälte ausgesetzt sein würden. Nach einer halben Stunde war der Jakobipark nicht wiederzuerkennen. Marie musste blinzeln, weil es so ein verrücktes Bild ergab. Mitten im grauen Spätherbst hatten sie den Schwarz-Weiß-Film vor ihren Augen durch einen Farbfilm ersetzt. Plötzlich fror Marie nicht mehr. Sie hätte nicht sagen können, ob es an der anstrengenden Arbeit oder dem Farbenrausch lag.

Die Vorbereitungen waren so gut wie fertig, als die Schauspieler eintrafen. Adrian sprang als Erster aus dem Bus. Er begrüßte das Team nur flüchtig und kam dann eilig zu den drei !!! herüber.

»Habt ihr kurz Zeit? Ich muss was mit euch besprechen.« Er wirkte sehr nervös und unterstrich seine Worte mit fahrigen Gesten.

Kim nickte. »Am besten gehen wir kurz vor zur Straße.«

Ein paar Schritte vor dem Park blieben sie auf dem Gehsteig stehen. Adrian zog einen DIN-A4-Umschlag aus der Innentasche seiner Winterjacke. »Den hab ich gestern Abend in meinem Briefkasten gefunden, ohne Briefmarke, Adresse und Absender.«

»Was ist drin?«, fragte Marie gespannt. Es handelte sich um einen wattierten Umschlag, der von außen relativ dünn wirkte.

Adrian raunte den Detektivinnen zu: »Ein Bündel Geldscheine und ein Zettel. Ich will das Geld hier auf offener Straße nicht rausholen. Den Zettel kann ich euch gerne zeigen.« Er griff in den Umschlag und faltete ein Stück Karopapier auf. Jemand hatte Buchstaben aus der Zeitung ausgeschnitten und draufgeklebt. Die knappe Botschaft lautete: »Es gibt noch viel mehr davon. Ich melde mich wieder.«

»Selbstverständlich ist auch auf dem Zettel kein Absender«, bemerkte Franzi. »Hast du eine Vermutung, wer dir den Brief geschickt haben könnte?«

Adrian seufzte. »Ich fürchte, es war Sandra. Wahrscheinlich will sie mich jetzt mit Geld davon überzeugen, dass ich sie liebe und wir wieder zusammenkommen.«

»Das kann ich mir bei ihr sogar vorstellen«, sagte Kim. »Sandra ist so verrückt nach dir, dass sie sämtliche Grenzen überschreitet.«

Adrian steckte hastig den Zettel zurück in den Umschlag. »Bitte nehmt ihn. Ich will das Geld nicht haben. Ihr müsst mir helfen, Sandra zur Vernunft zu bringen. Ich schaff das nicht alleine.«

Marie hatte Adrian noch nie so verzweifelt erlebt. »Natürlich helfen wir dir«, beruhigte sie ihn. »Wir klären die Sache so schnell wie möglich auf.«

»Wenn das jemand hinkriegt, dann ihr.«

Es lag so viel Hoffnung in Adrians Blick, dass Marie ihn nicht enttäuschen wollte. »Du kannst dich auf uns verlassen«, versicherte sie.

Wenn sie doch nur selbst daran hätte glauben können! Tief in Marie nagten Zweifel. Ging es hier wirklich nur um Sandra und ihre enttäuschte Liebe? Oder tat sich gerade ein viel größerer, gefährlicherer Fall auf, den sie bisher übersehen hatten?

»Ich danke euch.« Adrian wirkte sichtlich erleichtert. »Übrigens hab ich mit ein paar Leuten von unserem Team über Sandras Lästereien gesprochen und die Sache geradegerückt. Du wirst keine Probleme mehr haben, Marie. Den meisten war das Ganze ziemlich peinlich. Sie haben nichts gegen dich.«

Marie fiel ein Stein vom Herzen. »Lieb von dir. Das freut mich zu hören.«

»Oh, jetzt muss ich aber zum Set!«, rief Adrian. »Ihr bleibt doch und seht zu? Hinterher gibt es übrigens noch eine kleine Halloween-Feier.«

Kim, Franzi und Marie wollten bei den Dreharbeiten sowieso dabei sein. Bei der Gelegenheit konnten sie Sandra beobachten und schauen, ob ihnen sonst noch etwas Verdächtiges auffiel.

Kurz darauf ging es los. Raffael und Kirsten mussten sich aus ihren warmen Mänteln schälen und in luftigen Sommersachen durch den Park spazieren. Sie hielten ziemlich großen Abstand voneinander. Noch hatte Kirsten dem Flirtweltmeister nicht verziehen.

»Was für ein wunderschöner Tag!«, schwärmte Raffael. »Mit dir wird er noch schöner.«

Kirsten blieb unbeeindruckt. »Du wolltest mit mir reden? Ich dachte, wir hätten alles besprochen.«
»Eben nicht.« Raffael sah seine große Liebe traurig an. »Ich wollte mich noch mal bei dir entschuldigen und dir sagen, wie wahnsinnig leid es mir tut.«
»Die Entschuldigung ist angekommen«, murmelte Kirsten. Jetzt wirkte sie nicht mehr ganz so abweisend.
Raffael fasste neuen Mut. Er pflückte eine rote Rose von einem Strauch und kniete sich vor Kirsten auf den kalten Boden. »Kirsten! Ich war der größte Idiot, den es gibt. Dieser Idiot bereut aus tiefstem Herzen, was er getan hat. Er kann sich nicht vorstellen, auch nur einen Tag ohne dich zu sein. Er liebt dich. Könntest du dir vorstellen, mit diesem Idioten den Rest deines Lebens zu verbringen?«
Kirsten nahm die Rose, drehte sie zwischen ihren Fingern und schwieg.
»Bitte, sag doch was!«, bat Raffael inständig. Plötzlich hörte er ein Grunzen. Irritiert blickte er Kirsten an. War sie das gewesen?
Da raschelte es hinter einem Busch. Ein braunes Hängebauchschwein trabte heraus, blieb grunzend stehen und betrachtete neugierig das Paar.
Kirsten musste lachen. »Raffael, hast du das Schwein bestellt?«
»Nein, das war ich nicht, ehrlich!«, beteuerte Raffael. »Das ist ein Zufall.«
Kirsten nahm seine Hände und half ihm wieder auf die Beine. »Ja, ich will. Das Glücksschwein hat mich überzeugt, dass du der Richtige bist.«

Kirsten und Raffael fielen sich in die Arme und küssten sich. Das Schwein kam näher. Es schnappte sich die heruntergefallene Rose und fraß sie auf. Zufrieden schmatzend verschwand es wieder hinter seinem Busch.
»Cut!«, rief der Regisseur. »Das war schon sehr gut. Wir machen zur Sicherheit noch zwei Takes, und dann haben wir die erste Szene im Kasten.«

Bei Einbruch der Dunkelheit beendete Luc den Drehtag. »Danke, Leute! Ihr habt tolle Arbeit geleistet. Jetzt haben wir uns alle eine Belohnung verdient. Halloween ist zwar erst morgen, aber wir lassen es heute schon krachen. Viel Spaß!«
Eine Cateringfirma hatte Fackeln angezündet und einen Klapptisch mit Kürbissuppe und schimmligem Brot aufgebaut. Die heiße Suppe fand reißenden Absatz. Dazu wurde blutroter Früchtepunsch gereicht.
Kim nippte genießerisch an dem dampfenden Getränk, das nach Johannisbeeren und Zimt schmeckte. »Tut das gut! Wenn ich noch eine Minute länger auf dem Klappstuhl gesessen hätte, wäre ich glatt festgefroren.«
Franzi grinste. »Keine Sorge, wir hätten dich schon wieder losgeeist.«
Auf der anderen Seite des Tisches stellte Sandra achtlos ihr leeres Glas ab und drehte sich wieder zu ihren Kollegen um, die gerade mit Michael über den gelungenen Auftritt des Schweins redeten.
»Operation Nagellackfläschchen«, sagte Marie leise.
Kim und Franzi hatten sofort verstanden. Marie holte ihr Nagellackfläschchen aus der Handtasche, bei dem es sich um

ein getarntes Fingerabdruckset handelte. Franzi zog sich dünne Gummihandschuhe über, schlenderte betont gelangweilt um den Tisch herum und ließ Sandras Glas mitgehen. Zusammen mit Kim stellte sie sich vor Marie und gab ihr Sichtschutz. Marie pinselte Rußpulver auf das Glas, machte Sandras Fingerabdrücke sichtbar und zog sie mit Spezialfolie ab. Sie klebte die Folie auf ein Stück Karton und verstaute anschließend alle Utensilien in ihrer Handtasche. Keine der anwesenden Personen hatte etwas gemerkt.

»Möchtet ihr auch noch ein Glas Punsch?«, fragte Kim in die Runde.

Marie und Franzi nickten. Kim bestellte bei der Cateringfrau die Getränke und gab lächelnd Sandras gebrauchtes Glas zurück.

»Sind wir nicht genial?«, sagte Marie zu Kim, als ihre Freundin mit drei randvollen Gläsern zurückkam. »Darauf müssen wir anstoßen.«

»Auf deinen tollen Nagellack!« Franzi prostete Marie zu, die ihre Fingernägel heute in der gleichen Farbe lackiert hatte, mit der das Fingerabdruckset getarnt war.

»Auf uns!«, rief Kim.

Klirrend stießen drei Gläser aneinander. Sie tranken und sahen amüsiert dabei zu, wie das Filmteam immer ausgelassener wurde. Sam erzählte mal wieder eine seiner berüchtigten Anekdoten. Alle lachten schallend.

Marie wollte zu der Gruppe hinübergehen, als plötzlich Anke ihre Schulter berührte. »Ich glaube, Sybille braucht dich kurz. Sie ist dort hinten im Park, beim Nordausgang.«

»Wieso das denn?«, fragte Marie verwundert, aber Anke war

schon wieder weg. »Ich dachte eigentlich, die Arbeit wäre für heute beendet.« Marie seufzte. »Na ja, vielleicht muss Sybille noch ein paar Kleider im Bus verstauen. Bin gleich wieder zurück.«

Marie ging weg vom warmen Schein der Fackeln, hinein in die Dunkelheit. Im hinteren Teil des Parks standen keine farbenfrohen Blumentöpfe. Drohend streckten die Bäume ihre Äste dem nachtschwarzen Himmel entgegen. Weit und breit war kein Mensch zu sehen.

»Sybille?«, rief Marie. »Wo bist du denn?«

Nur der Wind antwortete ihr. Heulend fuhr er durch die alten Buchen und brachte sie zum Schwanken.

»Sybille?«, rief Marie ein zweites Mal. Sie merkte, dass ihre Stimme zitterte. Langsam ging sie zum Nordausgang. Nebelschwaden strömten durch den Torbogen, der von wildem Efeu umrankt war. Alles sah in dieser Nacht so anders aus. Und wenn das Tor nun ins Reich der Toten hinüberführte? Schaudernd blieb Marie stehen.

Plötzlich knisterte es hinter einem Busch. Die Zweige teilten sich und ein grünes Licht flackerte unruhig in Bodennähe. Marie zuckte zusammen.

»Halloooo!«, rief eine hohle Stimme. Eine schwarze Gestalt richtete sich langsam auf, ein Geist mit einem weißen Totenschädel.

Maries Kehle war wie zugeschnürt. Sie brachte keinen Ton heraus.

»Willst du mich begleiten?«, fragte der Geist. »Ich habe ein schönes Grab. Komm, steig mit mir hinab.« Das grüne flackernde Licht traf Maries Augen.

»Nein«, presste Marie hervor. Dann schaffte sie es doch noch zu schreien. »Aaaah! Hau ab, verschwinde!«
Der Geist kicherte. »Aber warum denn so unfreundlich?«
Marie schrie noch lauter: »Hau ab!«
Jetzt hörte sie von hinten trampelnde Schritte. Kim und Franzi kamen angerannt. Franzi hechtete nach vorne. »Komm bloß her!« Sie boxte auf die schwarze Gestalt ein und verpasste ihr mit dem Fuß einen gezielten Tritt.
»Aua!«, beschwerte sich der Geist. »Hör auf damit.« Er riss sich die Totenkopfmaske vom Kopf. Sandras Schneewittchenhaare quollen hervor. »Kleiner Halloweenspaß! Ihr seid reingefallen, hahaha!« Sandra schwenkte ihre Taschenlampe, die mit einem neongrünen LED-Licht ausgestattet war.
»Du … du … das ist kein Spaß!«, stammelte Marie.
»Du hast Marie zu Tode erschreckt«, sagte Kim scharf. »Jetzt reicht es endgültig.«
Franzi machte einen Schritt auf Sandra zu. »Wenn du nicht sofort aufhörst, Marie zu quälen, gehen wir zu Luc und Sam und erzählen ihnen alles.«
»Was denn?«, fragte Sandra unschuldig.
Kim zählte ruhig auf: »Mehrfache massive Bedrohung und versuchte Körperverletzung. Wir haben deine Fingerabdrücke gesichert. Sie stimmen mit den Abdrücken auf Maries Wildlederstiefel überein.«
Das war zwar nur eine Behauptung, weil sie den Abgleich noch gar nicht durchgeführt hatten, aber Sandra glaubte Kim und wurde zum ersten Mal unsicher. »Das können wir doch alles untereinander regeln. Ich hab den Bogen überspannt, das tut mir leid.«

»Ach ja?« Marie nahm Sandra die Reue nicht ab. Sie spielte nur, und das ziemlich schlecht.
Sandra schaltete ihre Taschenlampe aus. »Okay, der Sieg geht an euch. Ich gebe mich geschlagen. Seid ihr jetzt zufrieden?«
»Vorerst schon«, schränkte Franzi ein.
Die drei !!! verabschiedeten sich wortlos von Sandra, die alleine am Torbogen zurückblieb. Marie wünschte sich inständig, dass der dichter werdende Nebel sie verschlucken und für immer verschwinden lassen würde.

Auf der Überholspur

»Heut sind alle Geister wach, alle Hexen auf dem Dach, Monster schleichen um das Haus, komm nur rein zum großen Schmaus!« Marie öffnete die Eingangstür der Villa für den nächsten Gast.

Ein Werwolf stand ihr gegenüber. Das Gesicht war eingerahmt von braunen Zotteln, und eine stark behaarte Hand streckte sich ihr entgegen.

Marie erwiderte zögernd den festen Händedruck. »Holger?«, fragte sie.

Der Werwolf nahm sie in den Arm. »Woran hast du mich erkannt?«

»Ich bin heute Magierin. Ich weiß alles.« Marie tippte ihrem Freund mit dem Zauberstab zärtlich auf die Schnauze. »Komm rein, die anderen sind alle schon da.«

Sie hakte sich bei Holger unter und führte ihn in den offenen Wohnbereich. Dort war die Halloweenparty bereits in vollem Gange. Die Gäste bedienten sich am Buffet oder unterhielten sich in kleinen Gruppen miteinander. Einige hatten sogar schon die Tanzfläche erobert. Lina und Helmut Grevenbroich hüpften als Gespensterduo im Kreis herum.

Franzi machte als totes Schulmädchen zuckende Bewegungen zum gruseligen Soundtrack der *Rocky Horror Picture Show*. »Hallo, Holger!«, begrüßte sie winkend Maries Freund.

Der winkte zurück. »Hi, Franzi! Unglaublich, sie hat mich auch gleich erkannt.«

Marie lotste Holger weiter zum Buffet. »Wahrscheinlich hat

Franzi auch hellseherische Fähigkeiten. Also, worauf hast du Lust? Es gibt Monsteraugensuppe, Kürbismuffins, Mumienfinger und Wackelpudding mit Spinnen. Vor den Mumienfingern muss ich dich warnen, die sind mir leider verbrannt.«
Holger lachte. »Alles klar. Dann nehme ich gleich zwei davon.« Er belud seinen Teller mit einer Auswahl an gruselig-leckeren Köstlichkeiten. »Sag bloß, du hast das alles selbst gemacht?«
Marie schüttelte den Kopf. Der Schleier ihres bodenlangen Kostüms knisterte. »Tessa und Lina haben mir geholfen, und die Plastikspinnen im Wackelpudding haben Ben und Lukas spendiert, Kims Zwillingsbrüder.«
»Mensch, Holger, du siehst ja super aus!« Ein Zombie mit blutunterlaufenen Augen stieß zu ihnen.
Holger versuchte zu raten: »Moment mal … du bist … oh Mann, ich erkenne dich leider nicht.«
»Kein Problem, noch bin ich nicht berühmt«, scherzte der Zombie, »aber bald wirst du mich auf der Leinwand sehen.«
»Adrian, ist das cool!« Holger schlug mit seiner Werwolfpranke dem Zombie auf die Schulter. »Erzähl mir von den Dreharbeiten.«
Die beiden Jungs setzten sich auf bunte Sitzkissen, die Marie an der großen Fensterfront ausgebreitet hatte. Marie freute sich, dass sich die beiden so gut verstanden, und ging auf einen Sprung in die Küche, um nachzusehen, ob die Glubschaugenbowle schon fertig war.
Vor dem Küchenblock standen eine zierliche Fledermaus und ein kugelrunder Kürbis. »Kim, Tessa, na, wie steht's bei euch?«

»Wir sind gleich fertig«, sagte Kim, die gerade zwei Flaschen Zitronenlimonade in eine bauchige Glasschüssel schüttete.
Tessa rührte mit dem Suppenlöffel um. In der Schüssel schwammen weiße Litschis, die sich über Nacht mit Kirschsaft vollgesogen hatten. Marie war froh, dass sie die Party nicht abgesagt hatte. Gestern nach Sandras Horroraktion war sie kurz davor gewesen. Aber dann hatte sie sich gedacht: Jetzt erst recht! Sie würde sich von Sandra doch ihr geliebtes Halloween nicht verderben lassen.
»Darf ich?« Marie nahm sich einen Kaffeelöffel aus der Besteckschublade und tauchte ihn in die Flüssigkeit. »Schmeckt toll fruchtig – vielleicht eine Spur zu sauer. Was meint ihr?«
»Ich probier auch mal«, bot Tessa an. Sie kostete und verzog das Gesicht.
Kim griff nach der Zuckerdose. »Noch ein bisschen Zucker?«
»Nein«, ächzte Tessa und stützte sich auf dem Küchenblock ab.
Marie wunderte sich. »Also was jetzt? Zucker oder kein Zucker? Soll ich meine magische Zauberkugel befragen?«
Ihre Stiefmutter atmete schwer. »E…gal!«, stöhnte sie.
»Ist Ihnen von der Bowle schlecht geworden?«, fragte Kim besorgt. »Aber wir haben doch alles ganz genau nach Rezept gemacht. Das verstehe ich nicht …«
Auf Tessas Stirn bildeten sich Schweißperlen. »Es ist so weit«, sagte sie und rang sich ein Lächeln ab.
Kim und Marie sahen sich ratlos an. Was meinte sie bloß? Dass sie die Bowle hinaus zu den Gästen tragen konnten? Tessa legte stöhnend die Hand auf ihren Bauch.
»Oh nein! Sind das die Wehen?«, rief Marie.

Tessa atmete tief aus und ein. »Ich glaube schon. Bitte … hol deinen Vater.«
»Bin schon unterwegs.« Marie raste ins Wohnzimmer und stürzte auf die Tanzfläche. »Das Baby!«, rief sie laut. »Das Baby kommt!«
Helmut Grevenbroich riss sich das Bettlaken vom Leib. »Wir müssen ins Krankenhaus fahren, sofort!«
Die Nachricht versetzte die Gäste in helle Aufregung. Alle unterbrachen ihre Gespräche und starrten auf die Tanzfläche. Franzi riss erschrocken die Augen auf. Nur die Musik spielte weiter, als ob nichts passiert wäre.
Marie ging zur Stereoanlage und drückte den Ausschaltknopf. »Tut mir leid, Leute, die Party ist vorbei. Ich hoffe, ihr seid nicht sauer.«
»Natürlich nicht.« – »Viel Glück!« – »Wir drücken Tessa die Daumen.« Von allen Seiten kamen gute Wünsche.
Lina zerrte an der Hand ihres Stiefvaters. »Worauf wartest du denn noch? Wir müssen los.«
»Ja, ja, natürlich!« Helmut Grevenbroich durchwühlte seine Hosentaschen. »Verflixt, wo ist mein Autoschlüssel? Ich kann meinen Autoschlüssel nicht finden.«
»Wir rufen ein Taxi«, beschloss Marie und suchte ihr Smartphone, das sie immer dabeihatte. Nein, ausgerechnet heute nicht! Ihr Magierinnenkostüm hatte ja keine Tasche. Da sah sie, dass Holger bereits sein Handy am Ohr hatte.
»Hallo? Wir brauchen ein Taxi.« Er nannte die Adresse. »Beeilen Sie sich! Die Stiefmutter meiner Freundin bekommt ein Baby.«
Marie warf Holger eine Kusshand zu. »Danke!«

Dann blieb keine Zeit mehr für Höflichkeiten. Marie, Lina und Helmut Grevenbroich rannten in die Küche zu Tessa. Kim holte Tessas Koffer und Franzi half Maries Stiefmutter beim Anziehen.

Fünf Minuten später saß die ganze Familie im Taxi. Der Fahrer, ein junger Student, lächelte Tessa zu. »Wir schaffen das. Haltet euch bitte fest.« Er drückte das Gaspedal durch und raste los.

Marie wurde in den Vordersitz gepresst. Angespannt sah sie aus dem Fenster. Häuser und Straßenzüge flogen an ihr vorbei wie zuckende Schatten aus der Geisterbahn.

Hinter sich hörte sie Tessa leise stöhnen und ihren Vater beruhigend auf sie einreden. »Alles wird gut, Schatz, alles wird gut«, wiederholte er immer wieder.

Auf einmal spürte Marie eine kleine Hand, die sich schüchtern zu ihr vortastete. Lina. Noch nie war sie so froh gewesen, eine Schwester zu haben. Marie drückte Linas Hand und ließ sie nicht mehr los, bis das Taxi mit quietschenden Bremsen vor dem Krankenhaus hielt. Herr Grevenbroich überließ Marie seinen Geldbeutel, um den Taxifahrer zu bezahlen, und half Tessa aus dem Auto.

Was dann passierte, lief wie ein Film im viel zu schnellen Vorlauf ab. Marie bekam nur die Hälfte davon mit. Helmut wollte bei der Geburt dabei sein. Marie und Lina verabschiedeten sich hastig, wünschten Tessa und ihm alles Gute und wurden von einer Krankenschwester in ein Wartezimmer gebracht. Jarka machte gerade ihr freiwilliges soziales Jahr und war sehr nett.

»Ihr müsst nicht die ganze Zeit hierbleiben«, sagte sie. »Eine

Geburt kann ziemlich lange dauern. Soll ich euch nicht doch lieber zu Tessas Eltern bringen?«
Marie schüttelte den Kopf. »Ich will hier warten.«
»Ich auch«, sagte Lina fest entschlossen, obwohl sie vor Müdigkeit schon ganz kleine Augen hatte.
Jarka lächelte. »Alles klar. Dann hole ich uns aber jetzt heißen Kakao aus dem Automaten.« Sie verschwand und kehrte mit drei Plastikbechern zurück.
Schweigend tranken sie den Kakao. Um sich abzulenken, spielten sie »Ich sehe was, was du nicht siehst« und erzählten sich Witze. Als ihnen keine Witze mehr einfielen, lasen sie sich gegenseitig aus den Zeitschriften vor, die auf einem Tisch lagen. So verging eine Stunde und noch eine Stunde.
Linas Kopf sank langsam auf die Schulter ihrer Schwester, während Marie den neuesten Klatsch aus dem englischen Königshaus weitergab.
Plötzlich ging die Tür auf. Eine Hebamme steckte den Kopf herein. »Marie, Lina? Ihr dürft mit mir mitkommen.«
»Jetzt schon?« Lina sprang auf. »Wie geht es Mama? Ist alles in Ordnung?«
»Deiner Mutter geht es sehr gut und dem Baby auch«, erzählte die Hebamme.
Marie ließ die Zeitschrift fallen. »Das Baby ist da!«
Lina und Marie fielen sich erleichtert um den Hals. Jarka freute sich mit ihnen und umarmte sie zum Abschied. Aufgeregt folgten sie der Hebamme den Flur entlang. Marie konnte es kaum noch erwarten. Beim letzten Zimmer auf der linken Seite klopfte die Hebamme und zog sich dann diskret zurück.

Diesmal tastete Marie nach Linas Hand. Gleich würde sie ihre kleine Schwester zum ersten Mal sehen! Mit klopfendem Herzen ging sie hinein.
Tessa lag in einem Bett am Fenster. Sie war blass, aber ihre Augen strahlten wie Sterne. Ganz nah neben ihr saß Maries Vater. Er hielt ein winziges Wesen im Arm, eingewickelt in eine hellblaue Decke. »Schau mal, Kleiner! Das sind deine Schwestern.«
Lina machte einen Luftsprung. »Ich hab einen Bruder, ich hab einen Bruder!«
Ein Junge? Marie wusste nicht, was sie sagen sollte. Das Baby war gar kein Mädchen! Aber sie hatte es doch vorher so genau gespürt, das konnte nicht sein.
Tessa lächelte. »Kommt ruhig näher!« Ein neuer, weicher Ton schwang in ihrer Stimme mit.
Marie und Lina traten zögernd ans Bett. Maries Vater gab Tessa einen zärtlichen Kuss auf die Wange. Dann zeigte er ihnen das Baby. Es hatte schwarze Haare, eine Stupsnase und ein zerknautschtes, rosiges Gesicht. Zwei winzige Hände kamen aus der Decke heraus. Sie zuckten und schienen nach etwas zu suchen.
Marie streckte ihren kleinen Finger aus. Das Baby packte ihn und umschloss ihn fest mit seiner warmen Faust. Das war so unglaublich schön, dass Marie lachen musste. Die Überraschung war dem Kleinen wirklich geglückt. »Na, du Süßer?«, sagte Marie gerührt.
Lina stellte sich auf die Zehenspitzen. »Wie soll unser Bruder jetzt eigentlich heißen?«
»Finn«, sagten Tessa und Helmut.

Das Baby öffnete seine Faust und machte einen zufriedenen Eindruck.
»Der Name scheint ihm zu gefallen«, stellte Marie fest.
Eine feierliche Stille erfüllte das Zimmer. Marie sah von ihrem Vater zu Tessa, dann zu Lina und Finn. Da war auf einmal ein Band zwischen ihnen. Ein neues, vollkommenes Band der Liebe und des Glücks.
»Hallo, Finn, herzlich willkommen in unserer Familie«, flüsterte Marie.

Geheimes Tagebuch und Detektivtagebuch von Kim Jülich
Montag, 23:53 Uhr
Halloween ist keine gute Zeit, um fremde Tagebücher zu lesen. Die Geister dieser Nacht sind auf meiner Seite. Legt euch bloß nicht mit ihnen an, sonst gibt es Saures!
Marie hat einen kleinen Bruder bekommen! Er heißt Finn und ist sooo süß! Vor einer Stunde hat Marie Franzi und mir das Babyfoto aufs Handy geschickt. Ich muss es mir dauernd anschauen, weil ich es immer noch nicht richtig glauben kann. Ein neuer Mensch ist in unsere Welt gekommen, ein neuer Erdenbürger. Was für ein Glück, was für ein Wunder! Ich freu mich so für Marie. Hoffentlich dürfen wir Finn ganz bald sehen!
Franzi und ich waren nach der abgebrochenen Party total aufgedreht. Wir wussten, dass wir sowieso nicht schlafen können. Also sind wir zu mir gefahren und haben uns in die Detektivarbeit gestürzt. Zuerst haben wir den Umschlag mit dem Geld auf Fingerabdrücke untersucht. Leider sind Sandras Fingerabdrücke nicht drauf, dafür die von Adrian (wir haben ihn in unserer Kartei) und weitere unbekannte Fingerabdrücke.

Danach haben wir uns das Geld vorgenommen. Die Scheine sehen neu aus, ich würde sogar behaupten, sie sind druckfrisch. Natürlich kann es sein, dass sie ganz legal aus einem Geldautomaten gezogen wurden. Oder hat Sandra etwa eine Bank ausgeraubt? Das trauen wir ihr dann doch nicht zu. Steckt vielleicht ein anderer Täter hinter den Banknoten? Oder hat Sandra einen Verbrecher als Komplizen? Geht es hier um verbotene Geldgeschäfte? Wir tappen leider noch völlig im Dunkeln. Übermorgen sind wir wieder in der Filmstadt. Dann werden wir zusammen mit Marie weiter nachforschen und verdächtige Personen unter die Lupe nehmen. Flo steht ganz oben auf unserer Liste!

PS: Franzis Flirt mit Leonhard scheint übrigens doch nicht so ernst zu sein. Vorhin hat sie mir erzählt, dass Felipe der wichtigste Mensch in ihrem Leben ist. Gleich danach kommen Marie, ich und Oma Lotti!

Gefährliche Entdeckung

»Seid ihr wirklich sicher, dass ihr alleine klarkommt?« Marie blieb unschlüssig vor dem Kostümraum stehen.
»Jahaaa!«, antwortete Franzi leicht genervt. »Geh du nur zu Sybille. Sie braucht dich als Stylistin.«
Kim nickte. »Wir reden mit Flo und holen dich in einer Stunde wieder hier ab, in Ordnung?«
»In Ordnung.« Marie grinste. »Gebt Cinderella ein Küsschen von mir.«
Das war natürlich nicht ernst gemeint, aber Franzi ging zum Scherz darauf ein: »Kein Problem, machen wir.«
Kim und Franzi verabschiedeten sich lachend und bogen um die Ecke.
Marie atmete auf. Sie war im Grunde heilfroh, dass Sybille sie kurzfristig angerufen hatte. Auf diese Weise ersparte sie sich die unangenehme Begegnung mit Flo und seiner ekligen Ratte.
»Hallo, da bin ich!«, rief sie fröhlich. »Was gibt es zu tun?«
Sybille drehte sich zu ihr um. »Du kommst genau im richtigen Augenblick. Ich kriege diesen verflixten Reißverschluss einfach nicht zu.« Die Kostümbildnerin trat einen Schritt zur Seite.
Hinter ihr stand eine bildschöne Frau im weißen Hochzeitskleid. Der schulterfreie Schalkragen betonte ihren schlanken Oberkörper. Die Ohrhänger mit weißen und türkisfarbenen Süßwasserperlen schimmerten, wenn Sandra den Kopf leicht bewegte.

Maries Fröhlichkeit verflog schlagartig. »Hallo, Sandra«, sagte sie eisig.
»Hi, Marie! Toll, dass du da bist.« Sandra tat so, als wären sie die allerbesten Freundinnen.
Marie beschloss, die Schauspielerin einfach zu ignorieren. »Dann wollen wir mal«, sagte sie zu Sybille und beugte sich über den Reißverschluss. Er hatte sich im Stoff verhakt, ließ sich aber leicht wieder lösen. Mit einem nicht gerade sanften Ruck zog Marie den Reißverschluss bis oben zu.
»Du bist ein Schatz«, bedankte sich Sybille. Sie holte den Schleier und befestigte ihn vorsichtig mit einer Nadel in Sandras kunstvoller Hochsteckfrisur. »Hier kommt die wunderschöne Braut.«
Sandra betrachtete sich kritisch im Spiegel. Diesmal schien sie ausnahmsweise zufrieden mit ihrem Äußeren zu sein. »Ja, Raffael, ich will!«, hauchte sie. »Ich freu mich schon so auf die letzte Szene des Films!«
»Vorher brauchst du aber noch ein Braut-Make-up. Ich begleite dich und trage dir die Schleppe.« Sybille raffte den Seidentaft und bat Marie, die Tür zu öffnen. »Ich werde zehn Minuten weg sein. Könntest du in der Zwischenzeit hier ein bisschen Ordnung in die Kostüme bringen? Das wär super.«
»Klar, kann ich machen.« Marie war zunächst erleichtert. Hauptsache, sie musste sich nicht länger mit Sandra in einem Raum aufhalten. Doch als sie sich im Kostümraum umsah, seufzte sie. Auf der fahrbaren Kleiderstange waren etliche Klamotten von den Bügeln gerutscht und auf den Boden gefallen. Es würde ewig dauern, sie wieder mit sämtlichen Accessoires richtig zusammenzustellen.

Marie machte sich an die Arbeit. Eine kurze, hellblau gestreifte Sommerhose erinnerte sie sofort an Finn. Jetzt war ihr kleiner Bruder schon einen Tag und sechzehn Stunden alt! Morgen durfte Tessa aus dem Krankenhaus nach Hause. Marie hatte zusammen mit Lina eine Girlande gebastelt. Die wollte ihr Vater in der Eingangshalle der Villa aufhängen.
Marie summte ein Kinderlied, während sie die Kleider auf die Bügel schob. Einige Outfits gefielen ihr sehr gut. Dieser lachsfarbene Sommermantel zum Beispiel war toll. Er war schwerer, als er aussah. Ob der ihr wohl stehen würde? Marie strich über den seidigen Stoff. Plötzlich knisterte es. Unter ihren Fingern spürte sie einen Widerstand, etwas Weiches, das aber gleichzeitig ziemlich dick war. Merkwürdig. Marie nahm den Mantel genauer unter die Lupe. Auf einmal wurde ihr klar, warum das Kleidungsstück so schwer war: Irgendetwas verbarg sich im Innenfutter!
Marie griff nach der Schere. Die Entdeckung ließ ihr keine Ruhe, sie musste nachsehen, was es war. Geschickt öffnete sie ein kleines Stück der Seitennaht. Es knisterte stärker. Die Ecke eines bunten Papiers wurde sichtbar. Marie zog es heraus. Es war ein Geldschein. Aber nicht nur einer, Marie ertastete mehrere Bündel von Geldscheinen. Der Mantel war von oben bis unten voll davon!
Marie musste sich erst mal setzen. Sie legte den Mantel auf den Tisch. In ihrem Kopf wirbelten die Gedanken durcheinander: Was hatte das zu bedeuten? Hatte da jemand absichtlich Geldscheine in den Mantel eingenäht? Es sah ganz danach aus. Plötzlich hatte sie ein Bild vor Augen: Tristan mit seinen schrillen Klamotten! Konnte er es gewesen sein?

Klar, warum nicht? Er hatte ein Händchen für Mode, und in der Requisite hatte sie ihn mit einem Nähkästchen gesehen. Vielleicht hatte er ja auch neulich die Kostüme auf dem Kleiderständer vertauscht. Wollte er den Mantel holen, als Sandra das ganze Studio wegen der Ratte zusammengeschrien hatte?

Noch eine Sache fiel ihr ein: Tristan war wenig erfreut gewesen, als sie ihm in der Requisite begegnet war. Und später hatte er die drei !!! gefragt, was sie eigentlich immer noch in der Filmstadt suchten. Es passte ihm nicht, dass sie sich so genau umsahen. Er wollte sie loswerden, weil er etwas zu verbergen hatte. Geldwäsche oder ein anderes Verbrechen? Ging es um Betrug? Um Falschgeld?

Marie murmelte: »Das muss ich Kim und Franzi erzählen. Wir sollten die Polizei einschalten.« Sie tastete nach dem Handy in ihrer Strickjacke, als sie plötzlich ein Geräusch wahrnahm. Ein eigenartiges Scharren. Schlagartig wusste Marie, dass sie nicht allein im Raum war. In der Ecke stand ein großer Kleiderkarton. Der Karton bewegte sich, jetzt wurde er umgeworfen!

Tristan schoss hinter dem Karton hervor. »Du wirst gar nichts tun«, knurrte er, stürzte auf Marie zu und packte sie bei den Handgelenken.

»Lassen Sie mich los!«, rief Marie laut.

Tristan griff noch fester zu. Er riss Maries Arme nach hinten und fesselte ihre Hände blitzschnell mit einem Strick. Marie trat mit den Füßen gegen seine pinkfarbene Jeans, aber Tristan lachte nur. »Streng dich nicht an, du hast sowieso keine Chance gegen mich.«

»Von wegen!«, widersprach Marie. Wütend boxte sie weiter. Tristan machte wieder eine schnelle Bewegung und auf einmal sah Marie nichts mehr. Vor ihren Augen wurde es schwarz wie die Nacht.
»Was soll das?« Marie zerrte an dem Tuch, mit dem Tristan ihr die Augen verbunden hatte. »Das können Sie nicht machen!«
»Oh doch, das kann ich.« Tristan lachte hämisch. »Du wirst jetzt schön den Mund halten, sonst stopfe ich dir einen Knebel zwischen die Zähne.«
Tristan meinte es ernst. Hilfe! Was hatte er mit ihr vor?
»Solange du tust, was ich dir sage, und keinen Mucks von dir gibst, passiert dir nichts. Hast du mich verstanden?«, drohte er.
Marie zog erschrocken den Kopf ein. »Ja«, sagte sie eingeschüchtert.
»Sehr gut. Dann machen wir jetzt einen netten kleinen Ausflug. Komm mit!« Tristan schob sie mit der Hand unsanft vorwärts.
Genauso hatte es Franzi gemacht, als sie Kim und Marie zu ihrem neuen Zimmer geführt hatte. Das war lustig gewesen, Marie hatte ein aufgeregtes Kribbeln gespürt. Jetzt hatte sie Angst, große Angst.
Marie hörte, wie die Tür des Kostümraums aufging. Sie spürte einen Luftzug und zögerte kurz.
»Los, weiter!«, zischte Tristan.
Marie stolperte. Ihre Hände suchten nach einem Halt und scheuerten an der Wand entlang. Das tat weh, aber Marie biss die Zähne zusammen und unterdrückte einen Schmer-

zenslaut. Tristan führte sie einen Gang entlang, bog rechts ab, dann zweimal links und wieder rechts. Marie versuchte verzweifelt, sich den Weg zu merken, aber sie konnte sich nicht richtig konzentrieren. Das Tuch war so eng, es drückte auf ihre Schläfen. Ihr Gehirn fühlte sich an, als ob jemand Watte hineingestopft hätte.

Irgendwann gab Marie es auf und lief einfach mechanisch weiter. Ihre Füße gehorchten seltsamerweise, aber sie waren weit weg, als ob sie nicht mehr zu ihr gehörten.

Tristan lotste sie absichtlich kreuz und quer durch die Halle, um sie zu verwirren und müde zu machen, das war klar. Marie verlor das Zeitgefühl. Waren sie zehn Minuten unterwegs oder eine Stunde? Sie hätte es nicht sagen können. Endlich blieb Tristan stehen. Ein Schlüssel drehte sich knirschend im Schloss, eine Tür klappte.

»Da sind wir«, flüsterte Tristan. Er stieß sie in einen Raum hinein.

Marie taumelte und fiel hart auf den kalten Boden.

»Tut mir leid, Flo ist heute nicht gekommen.« Michael sperrte die Schweinebox auf und kippte einen Eimer mit roten Rüben aus. »Mahlzeit, Paula!« Der Tiertrainer sperrte die Box wieder zu und stellte den leeren Eimer in ein Regal. Die anderen Tiere hatten auch gerade ihr Fressen bekommen. Alle schmatzten zufrieden. Michael wandte sich wieder an die Detektivinnen: »Keine Ahnung, wo Flo steckt. Er hat sich nicht entschuldigt, aber das kam schon mal vor.«

Kim und Franzi wechselten einen kurzen Blick. Hatte Flo geahnt, dass sie ihn heute befragen wollten?

»Ist nicht so schlimm«, behauptete Franzi. »Wir wollten auch mit Ihnen kurz reden. Ist Ihnen in den letzten Tagen irgendwas Verdächtiges aufgefallen?«
Michael wusch sich die Hände am Waschbecken der Tierstation. »Allerdings. Ich wollte euch schon anrufen, hatte aber leider keine Zeit. Dieser komische Freund von Sam ist vor drei Tagen hier herumgeschlichen. Wie heißt der noch?«
»Tristan«, half Kim dem Tiertrainer auf die Sprünge. »Wollte er was Bestimmtes von Ihnen?«
Michael trocknete sich die Hände ab. »Er hat mir seltsame Fragen gestellt. Wie viel ich denn als Tiertrainer so verdienen würde und ob ich sonst noch regelmäßige Einkünfte hätte. Ich hab ihm geantwortet, dass ihn das nichts angeht. Da war er beleidigt und ist wieder abgedampft.«
Kim kritzelte schnell ein paar Stichworte auf ihren Notizblock. »Sehr interessant. Sonst noch was?«
»Ja. Ein paar Minuten später war Sandra bei mir und hat Tristan gesucht. Aber das Beste kommt noch.« Michael ging zum Schreibtisch und gab ihnen einen Umschlag. »Den hat Flo mir gestern gebracht. Da sind zwei Geldscheine drin. Ein Zettel war auch dabei. Da stand drauf …«
»Es gibt noch viel mehr davon. Ich melde mich wieder«, sagte Franzi, während sie beobachtete, wie der Schimpanse in seiner Box geschickt eine Banane schälte.
Michael schluckte. »Woher weißt du das?«
»Wir sind im Besitz eines ganz ähnlichen Umschlags«, berichtete Kim. »Mehr können wir Ihnen momentan nicht verraten. Dürfen wir Ihren Umschlag behalten? Wir würden ihn gerne auf Fingerabdrücke untersuchen.«

Der Tiertrainer nickte. »Natürlich. Das Geld will ich nicht haben. Wer weiß, woher es stammt.«
»Das Geld ist nicht von Flo?«, hakte Franzi sofort nach. Der Schimpanse hatte mittlerweile die Hälfte der Banane aufgefuttert und streckte ihr durch das Gitter die andere Hälfte zu. Franzi wehrte lachend ab. »Ich hab keinen Hunger.«
Michael schüttelte den Kopf. »Das kann ich mir nicht vorstellen. Flos Eltern sind beide arbeitslos. Und außerdem hat Flo mir erzählt, dass ihm der Umschlag zugesteckt wurde, angeblich von einem Boten auf dem Filmgelände.«
Kim verstaute das Beweisstück vorsichtig in einer Plastiktüte. »Vielen Dank, Sie haben uns sehr geholfen. Jetzt müssen wir leider weiter. Bis bald!«
Franzi schüttelte zum Abschied die Hand des Schimpansen. Der Affe bleckte die Zähne und grinste sie an.
»Tschüss, viel Glück!«, wünschte ihnen Michael.
Kim und Franzi verließen eilig die Tierstation. »Ich glaub's nicht!«, sagte Kim, als sie übers Außengelände gingen. Es wehte ein kühler Wind, aber ansonsten war es trocken und sonnig. »Wetten, dass beide Umschläge von Tristan sind? Der Typ verteilt Geldscheine, als ob er der Weihnachtsmann höchstpersönlich wäre. Da ist doch was faul.«
Franzi drehte sich vorsichtshalber um, ob ihnen keiner zuhörte. »Du meinst, das könnte Falschgeld sein?«
»Allerdings. Das müssen wir Marie erzählen. Die wartet bestimmt schon auf uns.«
Kim und Franzi hasteten zum Treffpunkt, aber im Kostümraum war nur Sybille und bügelte gerade eine zerknitterte Bluse.

»Wo ist Marie?«, fragte Kim atemlos.
Sybille stellte das Bügeleisen ab. »Keine Ahnung. Ich musste kurz weg, und als ich zurückkam, war Marie plötzlich verschwunden. Sie hat ihre Arbeit einfach liegen lassen.«
»Das sieht ihr gar nicht ähnlich«, wunderte sich Franzi.
Kim zeigte aufgeregt auf einen Stuhl. »Sie hat ihre Handtasche vergessen. Die nimmt sie sonst immer mit.«
Franzi bekam ein komisches Gefühl im Magen. Marie besaß mehrere Handtaschen, die sie meist von ihrem Vater geschenkt bekam, und hütete sie wie Goldschätze. »Eine Nachricht hat sie auch nicht hinterlassen oder eine SMS?«
»Nein.« Sybille versuchte die Detektivinnen zu beruhigen. »Vielleicht wollte sie sich das Happy End nicht entgehen lassen. Drüben wird bald die Hochzeitsszene gedreht.«
»Danke für den Tipp.« Franzi wählte im Rausgehen Maries Handynummer. »Los, melde dich!« Nach drei Freizeichen startete eine automatische Ansage: »Dieser Anschluss ist vorübergehend nicht erreichbar.« Franzi ließ ihr Smartphone sinken. »Ich erreiche sie nicht, das Handy scheint nicht zu funktionieren.«
Kim wurde blass. »Hoffentlich ist ihr nichts passiert.« Sie lehnte sich gegen die Wand neben dem Kostümraum. Plötzlich sah sie aus den Augenwinkeln etwas: eine rote Spur an der Wand. »Ist das … B…Blut?«, stammelte sie.
Franzi überwand sich und berührte mit dem Finger den schmalen roten Streifen. Er war feucht. »Die Spur ist frisch!« Auf einmal hatte sie einen schrecklichen Verdacht. »Marie wurde verletzt. Jemand muss sie gewaltsam aus dem Kostümraum geschleift haben.«

»Tristan«, sagte Kim tonlos. »Meinst du, er hat das allein geschafft, oder hat Sandra ihm geholfen? Womöglich stecken die beiden unter einer Decke.«
»Jetzt sind sie dran!« Franzis Augen blitzten wild entschlossen. »Zuerst knöpfen wir uns Sandra vor.«
Sie fanden die Schauspielerin in der Maske. Die Stylistin legte gerade letzte Hand an das Braut-Make-up.
»Wo ist Marie?«, platzte Franzi heraus.
Sandra fächelte mit ihren frisch manikürten Händen in der Luft, um den Trockenvorgang zu beschleunigen. »Meine Güte, woher soll ich denn das wissen? Ich sitze hier schon seit einer halben Stunde.«
Kim sah die Schauspielerin prüfend an. »Und wo warst du davor?«
»Bei Sybille. Sie hat mir beim Anziehen meines Brautkleids geholfen.« Sandra unterbrach ihr Fächeln. »Was soll das hier eigentlich werden? Ein Verhör oder so was Ähnliches?«
»Ganz genau«, bestätigte Franzi. Sandra hatte also ein Alibi. Sie konnte Marie nicht entführt haben. »Wir sprechen uns noch«, sagte Franzi grimmig, bevor sie mit Kim weiterrannte. Sie mussten Tristan finden, bevor es zu spät war.

Ein Bote auf vier Pfoten

Tristan riss Marie das schwarze Tuch herunter. Das grelle Licht der Deckenlampe traf sie mit voller Wucht. Sie blinzelte, bis sie sich an die plötzliche Helligkeit gewöhnt hatte.
Wo war sie? Der Raum hatte maximal zehn Quadratmeter. An den Wänden standen verstaubte Holzregale mit Farbkübeln und eingetrockneten Pinseln. Es roch muffig. Tristan hatte sie in eine Abstellkammer gebracht, die offensichtlich kaum benutzt wurde.
Marie richtete sich mühsam auf. Ihre Knie taten höllisch weh. Sie musste sie sich beim Sturz aufgeschürft haben. Auch die rechte Hand schmerzte, aber das war ihr völlig egal.
»Mich einzusperren, hat überhaupt keinen Sinn!«, legte Marie los. »Ich weiß alles über Sie. Ich hab den Mantel gesehen und die vielen Scheine darin. Das ist Falschgeld, stimmt's?« Sie sagte ihm ihre Vermutung auf den Kopf zu.
Tristan grinste anerkennend. »Clever kombiniert, kleine Detektivin! Ein raffinierter Trick, nicht wahr? Keiner vom Filmteam hat gemerkt, dass ich auf Mykonos die Blüten in den Mantel eingenäht habe. Beim Zoll am Flughafen wurden wir auch nicht kontrolliert. Der Schmuggel hat reibungslos geklappt. Weißt du, was ich jetzt machen werde?«
»Nein.« Marie rieb verstohlen ihre Handgelenke gegeneinander, um sich von der Fessel zu befreien, doch der Strick bohrte sich nur noch fester ins Fleisch. Stöhnend gab sie es auf und starrte den Täter verächtlich an. »Aber Sie werden es mir sicher verraten.«

»Ich werde das Falschgeld gleich gegen sehr viel echtes Geld eintauschen. Zu schade, dass du nicht dabei sein kannst. Ein ausgesprochen lukratives Geschäft. Ich hätte Adrian und diesen Tiertrainer gerne an meinem kleinen Deal beteiligt, aber die zwei sind furchtbar feige. Selber schuld, jetzt gehen sie leer aus und ich kassiere alles ab.«

»Damit kommen Sie nie durch«, prophezeite Marie. »Meine Detektivkolleginnen sind schon unterwegs. Sie werden mich befreien und Ihnen eine Falle stellen.«

Tristan schlug sich vergnügt auf die Oberschenkel. »Träum weiter, Kleine.« Er wurde ernst und streckte seine Hand aus. »Wo ist dein Handy?«

»Wieso wollen Sie das wissen?« Marie spielte auf Zeit.

»Ich diskutiere nicht. Du gibst mir jetzt dein Handy.« Da war er wieder, der drohende Unterton in seiner Stimme.

Marie wollte Tristan lieber nicht reizen. »In meiner rechten Jackentasche. Wenn Sie meine Fessel abmachen, gebe ich es Ihnen gerne.«

Tristan grunzte. »Das würde dir so passen.« Er griff in Maries Jacke und zog das Smartphone heraus. »Schau mal, was ich jetzt mache.« Er öffnete die winzige Schublade auf der Rückseite und entfernte den Akku. »Cooles Modell übrigens. Da hast du es wieder.« Er warf ihr das wertlose Handy in den Schoß. »Könnte ein bisschen langweilig werden, wenn ich dich jetzt allein lasse, aber dir fällt sicher was ein, womit du dir die Zeit vertreiben kannst. Staubwolken und Spinnweben zählen zum Beispiel.«

»Stopp! Wo gehen Sie hin?« Marie versuchte aufzustehen, was ihr mit den gefesselten Händen nicht sofort gelang.

Tristan legte den Zeigefinger auf seinen Mund. »Wir wollen es doch nicht verderben, Kleine. Das bleibt mein süßes Geheimnis.« Vor der Tür drehte er sich noch einmal um. »Ach übrigens, Schreien hat keinen Zweck, die Abstellkammer ist weit weg von den anderen Räumen. Falls dich doch jemand finden sollte, wird er einem kleinen Mädchen wie dir so eine verrückte Geschichte nie glauben.« Tristan ging raus und sperrte von außen zweimal ab.

Marie sank auf die Knie zurück. »Nein!«, stöhnte sie. Die Verzweiflung war so groß, dass sie sich am liebsten auf dem Boden eingerollt und die Augen zugemacht hätte. Nichts sehen, nichts hören, nichts spüren, sondern einfach nur schlafen. Aber das ging nicht. Marie kämpfte gegen die Verzweiflung an.

Die drei !!! waren schon so oft eingesperrt gewesen und hatten sich bis jetzt jedes Mal irgendwie befreien können, manchmal allein und manchmal mit fremder Hilfe. Sie durfte nicht aufgeben. Marie schaffte es im dritten Anlauf, vom Boden hochzukommen. Keuchend lehnte sie sich mit dem Oberkörper gegen das Regal und sah sich um. Tristan hatte das Licht brennen lassen. Der Raum hatte kein Fenster, eine zweite Tür gab es auch nicht. Marie ging langsam den Boden ab und tastete mit den Schuhen nach Unebenheiten. Fehlanzeige. Da war keine verborgene Schachtabdeckung. Marie stiegen Tränen in die Augen. Nein, sie durfte jetzt nicht weinen!

Sie machte einen zweiten Rundgang und inspizierte alles noch mal ganz genau. Bei der Gelegenheit fiel ihr ein rostiger langer Nagel auf, der aus einer Wand herausragte. Marie

stellte sich mit dem Rücken davor und rieb so lange, bis der Nagel den Strick aufgescheuert hatte und sie ihre Fessel abstreifen konnte. »Endlich!«, stöhnte sie erleichtert.
Marie fasste neuen Mut. Kurz darauf entdeckte sie neben der Tür eine kleine Luke. Marie öffnete die Klappe. Ihre Hand passte gerade so durch. Durch den Schlitz strömte frische Luft herein.
»Moment mal«, murmelte Marie. Hektisch durchwühlte sie sämtliche Taschen ihrer Strickjacke und der Jeans. Sonst hatte sie immer ein Dietrichset für Notfälle dabei, aber das war in der Handtasche, die bei Sybille auf dem Stuhl lag. Mist!
Okay, was gab es noch? Nacheinander förderte Marie einen Kaugummi, ein Haargummi, einen Lippenstift und einen Traubenzucker aus der Apotheke zutage. Plötzlich knackte es in der hinteren Hosentasche. Marie erschrak.
Mit zitternden Fingern zog sie einen glänzenden Metallgegenstand heraus. »Ach, du bist es nur, kleiner Frosch!«
Ratlos betrachtete sie den Frosch und musste an Flo denken. »Clickertraining, was es alles gibt …« Da schoss ihr eine völlig verrückte Idee durch den Kopf. »Mit dem Frosch könnte ich doch … Ja, das mache ich! Es ist meine letzte Chance, ich hab nichts zu verlieren.«
Marie legte ihren Lippenstift mit geöffneter Kappe bereit. Danach öffnete sie die Luke, steckte ihre Hand mit dem Frosch durch und drückte auf seinen Rücken.
Knack!, machte es. Nach ein paar Sekunden wiederholte Marie das Signal. *Knack!*
Jetzt konnte sie nur noch warten. Warten, dass ein Wunder

geschah. Marie verfolgte den Sekundenzeiger ihrer Armbanduhr. Die Sekunden schlichen im Schneckentempo dahin. Endlich waren 60 Sekunden vorbei. 61, 62, 63, 64 … Da hörte sie etwas. Ein Kratzen oder vielmehr ein Scharren. War das schon das Trippeln von Pfoten? Marie starrte angestrengt durch die Luke. Plötzlich sah sie zwei winzige rosa Ohren und silbrige Schnurrhaare, die aufgeregt zitterten. Flos Ratte betrachtete sie neugierig mit ihren dunklen Knopfaugen.

»Cinderella! Du bist wirklich gekommen.« Marie ließ den Frosch noch einmal knacken. »Jetzt bekommst du deine Belohnung.« Sie warf der Ratte den Traubenzucker hin.

Cinderella nahm sich den Leckerbissen und knabberte begeistert daran herum. Marie atmete tief durch. Dann überwand sie ihren Ekel und schnappte sich mit einer Hand die Ratte.

Quiek, quiek! Cinderella strampelte wild mit allen vier Beinchen.

Marie zog die Ratte in die Abstellkammer herein. Schnell umfasste sie mit der zweiten Hand den kleinen Tierkörper. »Tut mir leid, ich wollte dich nicht erschrecken, aber ich brauche dich als Boten.« Marie strich der Ratte sanft über das Köpfchen. Das Fell fühlte sich weich an, fast wie bei einer Katze.

Langsam beruhigte sich Cinderella. Marie konnte die eine Hand wieder wegnehmen und nach ihrem Lippenstift greifen. Konzentriert malte sie drei Ausrufezeichen auf den Rücken der Ratte. Cinderella ließ die Prozedur geduldig über sich ergehen.

»Braves Mädchen!«, sagte Marie. »Und jetzt geh zu Kim und Franzi. Hörst du? Such Kim und Franzi!«
Die Ratte spitzte die Ohren und legte ihren Kopf schräg. Als Marie die Luke öffnete und sie hineinsetzte, zögerte sie kurz, doch dann sauste sie davon.
»Bis bald!«, rief Marie ihr nach. »Zeig mir, was du kannst.«
Natürlich wusste sie, dass die Ratte ihre Worte nicht verstehen konnte, obwohl es gerade den Anschein gehabt hatte. So klug war sie dann leider doch nicht. Aber Marie hoffte inständig auf ein zweites Wunder: dass Kim und Franzi die Ratte zufällig fanden!

Kirchenglocken läuteten. Raffael reichte Kirsten die Hand. »Heute beginnt unser gemeinsamer Weg ins Glück.«
»Ich gehe mit dir bis ans Ende der Welt.« Kirsten schmiegte sich an ihren Bräutigam, der einen schwarzen Frack mit weißer Fliege trug. Die Glocken verklangen. Orgelmusik brauste los.
»Cut, aus, Ende, Happy End!«, rief Luc. »Das war großartig, Leute! Kurze Pause, und dann drehen wir das Ganze noch mal.«
Der Tontechniker stoppte die Hochzeitsmusik. Adrian ließ sofort Sandras Hand los und kam zu Kim und Franzi herüber, die am Rand auf ihn warteten. »Ich brauche dringend frische Luft. Begleitet ihr mich, bevor Sandra wieder an mir klebt?«
»Klar«, sagte Kim und Franzi grinste dazu.
Sie traten hinaus ins Freie. Die Dämmerung setzte gerade ein und der Wind frischte noch mal auf. Fröstelnd knöpfte

Kim ihre Jacke zu. »Wir suchen Marie. Hast du sie gesehen?«
Adrian schüttelte den Kopf. »Nein, heute noch gar nicht, warum?«
Kim und Franzi erzählten ihm, dass Marie plötzlich verschwunden war und sie sich große Sorgen um ihre Freundin machten.
»Das tut mir leid«, sagte Adrian. »Leider hab ich keine Zeit, um euch beim Suchen zu helfen. Aber ich hab was für euch.«
Er öffnete seinen Frack und holte einen kleinen Umschlag heraus. »Der lag heute Morgen auf dem Tisch in meiner Garderobe.«
Franzi hatte sofort eine Vermutung. »Sind wieder Geldscheine drin?«
Adrian nickte. »Ein Zettel lag auch dabei. Darauf steht, dass dies das letzte Angebot ist, mich an einem lukrativen Deal zu beteiligen. Ich fürchte, Sandra dreht langsam völlig durch.«
»Oder jemand anders«, entfuhr es Kim.
Adrian sah sie verständnislos an. »Was meinst du damit?«
»Das erklären wir dir später.« Franzi steckte schnell den Umschlag ein. »Jetzt müssen wir los.« Bevor Kim noch mehr Details ausplauderte, hakte Franzi sich bei ihr unter und zog sie weg von Adrian.
»So was Blödes!«, ärgerte sich Kim. »Das ist mir einfach rausgerutscht.«
Franzi winkte großzügig ab. »Mach dir keinen Kopf deswegen. Wir haben Wichtigeres zu tun. Wir müssen endlich rausfinden, wo Tristan Marie hingebracht hat. Ich hab das unbestimmte Gefühl, dass sie immer noch in der Filmstadt ist.«

»Das glaube ich auch – he, hallo, Flo! Bleib stehen!«, rief Kim.
Michaels Praktikant wollte sich an der Tür zu Halle 4 an ihnen vorbeidrücken. Er machte ein schuldbewusstes Gesicht, als ob er schon wieder etwas angestellt hätte.
Franzi versperrte ihm den Weg. »Wir müssen dich was fragen. Du hast doch Michael diesen Umschlag gebracht von einem Boten. Kannst du dich erinnern? Wie sah der Bote aus?«
Flo starrte die Detektivinnen misstrauisch an. »Warum wollt ihr das wissen?«
»Das spielt keine Rolle«, sagte Kim. »Also – wer war der Bote?«
Flo kratzte sich gelangweilt am Kopf. »Das war Tristan. Und? Seid ihr jetzt zufrieden?«
»Ja.« Franzi machte den Weg wieder frei.
Flo wollte aber auf einmal nicht mehr in die Halle. »Könnt ihr mir auch helfen? Ich suche Cinderella. Sie ist plötzlich von meiner Schulter gesprungen. Ich bin mir nicht ganz sicher, aber ich glaube, irgendein Idiot hat ihr mit einem Knackfrosch ein Signal gegeben. Wart ihr das etwa?«
Kim und Franzi sahen sich alarmiert an. »Nein«, antwortete Kim wahrheitsgemäß. »Aber wenn du magst, suchen wir mit dir nach Cinderella.«
Flo wusste nicht recht, wie er reagieren sollte. »Das braucht ihr nicht …«
»Machen wir aber gern«, meinte Franzi. »Wo hast du sie denn zum letzten Mal gesehen?«
Flo überlegte. »Das war vor der Teeküche in Halle 4.«

»Gut«, sagte Kim. »Dann gehen wir da jetzt hin.«
Widerstrebend folgte Flo ihnen. Als sie bei der Teeküche ankamen, schlug Franzi vor, dass Flo Cinderella mit seinem Knackfrosch anlocken sollte. Das tat er, und sie warteten gespannt. Nach einer Weile tauchte tatsächlich die Ratte auf. Sie flitzte auf ihr Herrchen zu und ließ sich von ihm auf die Schulter nehmen.
»Hallo, meine Kleine!« Flo streichelte Cinderella liebevoll. »Wo warst du denn? Du zitterst ja. Was ist passiert?«
Franzi stutzte. »Warte mal! Ihr Fell sieht irgendwie komisch aus. Da sind orange Flecken drauf.«
Flo nahm die Ratte in beide Hände und hielt sie vor seine Brust. »Du hast recht. Welcher Spinner hat sie angemalt? Und was soll das überhaupt sein?«
Kim erstarrte. »Das sind drei Ausrufezeichen!« Außer Franzi und Kim gab es nur einen Menschen, der diesen Code benutzte: Marie. Marie hatte ein Notsignal gesendet!
Plötzlich fing Cinderella wie verrückt an zu strampeln. Sie wollte unbedingt runter.
»Was hast du denn?« Flo konnte sie nicht mehr halten. Die Ratte befreite sich aus seinen Händen, kletterte an seinen Beinen hinab und raste davon.
»Los, hinterher!«, rief Franzi und spurtete los.
Zu dritt hetzten sie durch die Gänge. Cinderella schien genau zu wissen, wo sie hinwollte. Hatte sie etwa ein Geräusch gehört, das für menschliche Ohren noch zu leise war? Oder hatte sie irgendwo Futter gerochen?
Auf einmal blieb Franzi abrupt stehen. Aus weiter Ferne hörte sie einen schwachen Ruf: »Hilfe!«

Schmugglerware

»Hiiiilfe!« Der Ruf wurde lauter.

»Das ist Marie!« Franzi legte einen letzten Spurt hin. Gleichzeitig mit Cinderella erreichte sie das Ziel, eine unscheinbare Abstellkammer in einem Seitengang in der Nähe des Kostümraums.

Die Ratte kletterte zur Luke hoch und kratzte mit ihren kleinen Pfoten an der Klappe.

»Da bist du ja wieder.« Maries Stimme hinter der Tür klang sehr lebendig und froh. »Du hast Kim und Franzi gefunden und meinen Knackfrosch auch beim zweiten Mal gehört. Brave Cinderella! Ich hab nur leider keine Belohnung mehr für dich.«

Die Ratte fiepte enttäuscht und kratzte weiter an der Luke.

Da kam Kim mit hochrotem Kopf angerannt. Sie schnappte nach Luft. »Geht … es … dir gut, Marie?«

Kim und Franzi waren unendlich erleichtert, als Marie antwortete. »Ja, ich lebe noch.«

»Was geht hier eigentlich ab?«, wollte Flo wissen, der kurz hinter Kim eintraf. Er nahm Cinderella und setzte sie auf seine linke Schulter. »Das ist *meine* Ratte! Die könnt ihr euch nicht einfach für eure Kinderspielchen ausleihen.«

»Das sind keine Spielchen«, verteidigte sich Franzi. »Unsere Freundin Marie wurde eingesperrt.«

Flo tippte sich an die Stirn. »Hahaha! Sehr lustig.«

»Es stimmt wirklich.« Marie trommelte gegen die Tür.

Flo ließ sich davon nicht beeindrucken. Er dachte immer

noch, dass die Mädchen sich einen Spaß mit ihm erlauben wollten. »Ihr könnt mich mal. Ich lass euch jetzt alleine Verstecken spielen. Komm, Cinderella.« Er drehte sich um und machte sich aus dem Staub.

Franzi rief ihm verärgert nach: »Danke für deine tolle Hilfe!« Zum Abschied zeigte ihr Flo noch einen Vogel.

»Lass ihn!«, sagte Kim. »Immerhin hat seine Ratte uns zu Marie geführt. Wie hast du es bloß geschafft, Cinderella die Ausrufezeichen auf den Rücken zu malen?«

Marie kicherte. »Das erkläre ich euch, wenn ihr mich hier rausholt. Ihr solltet euch aber beeilen, bevor Tristan zurückkommt.«

»Ich wusste, dass er es war«, regte Franzi sich auf, »dieser verdammte Mistkerl!«

Kim blieb cool. »Fluchen bringt uns nicht weiter. Wir müssen einen klaren Kopf kriegen und nachdenken.«

»Stimmt«, räumte Franzi ein. Dann ließ sie sich von Marie die Lage schildern. »Nicht gut«, murmelte sie und begutachtete die Tür von außen. »Das ist ein Sicherheitsschloss. Das kann man nicht so einfach knacken, selbst wenn wir einen Dietrich oder eine Scheckkarte dabeihätten. Und meine Kletterkünste helfen mir hier leider auch nicht weiter.«

Kim versuchte, nicht die Nerven zu verlieren. »Es muss eine Lösung geben … Wartet! Ich hab eine Idee. Gebt mir fünf Minuten, dann bin ich wieder hier.«

»Was hast du denn vor? Du kannst das doch nicht im Alleingang durchziehen!«, protestierte Franzi.

»Ich muss!« Schon war Kim um die Ecke verschwunden.

Franzi setzte sich im Schneidersitz auf den Boden. »Super

Teamarbeit! Du bist drin, ich draußen und Kim lässt uns beide im Stich.«
»Sie wird schon wissen, was sie tut«, wandte Marie ein. »Wir müssen ihr vertrauen.«
Etwas anderes blieb ihnen tatsächlich nicht übrig. Das Warten war furchtbar. Dauernd lauschte Franzi auf Schritte und hatte gleichzeitig Angst, dass es nicht Kim, sondern Tristan sein könnte.
Nach einer gefühlten Ewigkeit kam Kim zurück, in einem blauen Kittel, mit Kopftuch und einem Schlüssel in der Hand. »Ich hab dem Pförtner erzählt, dass ich die neue Putzfrau bin und einen Schlüssel zur Abstellkammer brauche. Er hat es mir geglaubt und anstandslos den Schlüssel rausgerückt.«
Franzi war platt. »Du bist genial! Wo hast du denn den Kittel und das Kopftuch her?«
»Aus dem Kostümraum geklaut.« Kim zeigte kein bisschen Reue. »Außerordentliche Situationen erfordern außerordentliche Maßnahmen.«
Marie räusperte sich. »Ich will euch ja ungern bei eurem Plauderstündchen stören, aber ich würde schon langsam gerne hier raus.«
»Entschuldige bitte!«, sagte Kim sofort. Sie steckte den Schlüssel ins Schloss, drehte ihn zweimal herum und die Tür schwang auf.
Marie stürzte auf ihre Freundinnen zu. »Es war so schrecklich da drin! Ich bin so froh, euch zu sehen.«
»Wir sind auch total froh!«, lachte Franzi.
Kim wuschelte Marie durch die Haare. Dann trat sie einen

Schritt zurück und erschrak. »Deine Jeans ist zerrissen! Deine Knie sind aufgeschürft und deine rechte Hand auch.«
»Ich weiß«, winkte Marie ab. »Tristan hatte mir die Augen verbunden. Ich bin einmal gestolpert und am Schluss hingefallen, aber das sind nur ein paar kleine Kratzer, nicht der Rede wert. Ihr könnt mich später ausgiebig bemitleiden. Wir müssen dringend einen Schmuggler überführen.«
»Sag bloß, das Falschgeld stammt von der Insel Mykonos und Tristan hat es nach Deutschland geschmuggelt?«, fragte Kim aufgeregt.
Jetzt war Marie platt. »Ihr wisst schon, dass es sich um Falschgeld handelt?«
»Klar.« Franzi zwinkerte Marie zu. »Wir sind auch nicht auf den Kopf gefallen. Während du hier eingesperrt warst, haben wir knallhart ermittelt.«
Sie brachten sich rasch gegenseitig auf den neuesten Stand. Danach entwarfen sie spontan einen Plan, wie sie Tristan am besten überführen konnten.
»Genauso machen wir's«, sagte Kim. »Dann nichts wie los!«
Die drei !!! liefen hinüber zum Filmteam. Die Hochzeitsszene war abgedreht, die Schauspieler zogen sich gerade in ihren Garderoben um und die Techniker räumten auf. Luc und Sam waren zum Glück noch da.
Marie wandte sich mit schmerzverzerrtem Gesicht an die beiden. »Hallo! Ich bin gerade über eine Kabelrolle gestürzt. Ist nicht so schlimm, aber …«
»Oje, du Arme! Brauchst du Pflaster?«, fragte Luc. »In der Teeküche müssten welche sein, im Hängeschrank bei den Teetassen.«

Marie dachte an ihren wunderschönen Winterstiefel mit dem abgesägten Absatz und presste zwei Tränen heraus. »Danke, aber ich würde lieber zu Tristan gehen. Er hat mir erzählt, dass er in seiner Tasche immer eine Notfallapotheke dabeihat, für alle Fälle.«
»Wissen Sie zufällig, wo Tristan gerade ist?«, fragte Franzi so beiläufig wie möglich.
Sam überlegte. »Hm … leider nicht … doch! Ich hab ihn vorhin draußen getroffen. Es sah aus, als ob er zu dem alten Bauernhaus wollte, das vor ein paar Jahren für eine Fernsehserie aufgebaut wurde.«
»Alles klar, dann suchen wir ihn dort.« Marie humpelte extra dramatisch los.
Kim und Franzi nahmen sie in die Mitte und stützten ihre Freundin behutsam. Sobald Luc und Sam sie nicht mehr sehen konnten, verdoppelten die Detektivinnen das Tempo.
Das Bauernhaus lag abseits der Hallen neben ausrangierten Kulissenteilen und alten Fahrzeugen, die nicht mehr benutzt wurden. Dieser Teil der Filmstadt war nur schwach beleuchtet und wirkte wie eine verlassene Geisterstadt.
Marie bekam eine Gänsehaut. »Ziemlich unheimlich hier«, flüsterte sie.
Kim fühlte sich auch nicht gerade wohl. »Am liebsten würde ich meine Taschenlampe anmachen, aber das Licht könnte uns verraten.«
»Pssst!«, machte Marie. »Wir müssen vorsichtig sein.«
Die drei !!! duckten sich und schlichen lautlos wie die Indianer zum Bauernhaus. Wenige Meter davor versteckten sie sich hinter einer Tanne. Das Gebäude hatte kleine Sprossen-

fenster und ein tief gezogenes Dach, das mit Steinen beschwert war. Das Mauerwerk bröckelte bereits an mehreren Stellen und war von dunklem Efeu überwuchert.
Marie ließ ihren Blick über die Fenster im Erdgeschoss wandern. Plötzlich hielt sie inne. »Ich habe einen Schatten gesehen, rechts neben dem Eingang.«
»Tristan ist also wirklich da drin«, raunte Franzi. »Der wird gleich eine böse Überraschung erleben.«
Die Detektivinnen verließen ihr Versteck und wagten sich noch näher ans Haus heran. Kim lief schnell ums Eck und stellte fest, dass es neben der vorderen Eingangstür auch noch eine Hintertür gab. »Den Fluchtweg schneiden wir ihm ab«, flüsterte sie. »Sollen wir uns aufteilen?«
Franzi hatte eine bessere Idee. Sie holte zwei Bretter, die im Vorgarten auf dem Rasen lagen, verbarrikadierte damit die Hintertür und grinste zufrieden. »Das hätten wir!«
»Okay.« Kim setzte die vorbereitete SMS ab.
Jetzt kam der schwierigste Teil des Plans. Zu dritt schlichen sie wieder nach vorne. Marie zischte: »Auf mein Zeichen. Drei, zwei, eins … LOS!«
Mit Gebrüll stürmten sie das Bauernhaus und rannten in den ersten Raum auf der rechten Seite. Es war die Küche. Beim schwachen Schein einer Kerze saß Tristan mit einem anderen Mann auf der Eckbank. Auf dem Eichentisch türmte sich ein Berg Geldscheine.
»Das Spiel ist aus«, sagte Marie. »Die Polizei wird gleich hier sein und das Falschgeld beschlagnahmen.«
»Die Polizei?« Tristans Komplize sprang entrüstet auf. »Ihr macht Witze! Was wollt ihr überhaupt hier?«

Franzis Antwort kam wie aus der Pistole geschossen. »Wir wollen für Recht und Ordnung sorgen. Oder ist das etwa kein Falschgeld da auf dem Tisch?«

»Äh ... doch«, gab Tristan zu. Ungläubig starrte er Marie an. »Wie bist du aus der Abstellkammer rausgekommen?«

Marie setzte ihr Pokerface auf. »Kein Kommentar. Ziemlich viele Straftaten haben Sie auf dem Gewissen: Schmuggel und Verbreitung von Falschgeld, Betrug, Freiheitsberaubung, Körperverletzung.« Sie hob das rechte Knie hoch, das am meisten abbekommen hatte.

»Jetzt reicht's! Diesen Schwachsinn höre ich mir nicht länger an.« Tristans Komplize quetschte sich an den drei !!! vorbei und floh zum Hinterausgang.

»Lass das, Jakob!«, rief Tristan ihm nach.

Sie hörten, wie Jakob verzweifelt an der Tür rüttelte. »Verdammt, warum geht die nicht auf?«

»Scheint zu klemmen«, bemerkte Franzi schadenfroh.

Nach zwei weiteren vergeblichen Versuchen kehrte Jakob wütend zurück. »Damit das schon mal klar ist: Ich hab mit der ganzen Sache überhaupt nichts zu tun!«

»Das können Sie gerne der Polizei erzählen.« Kim lächelte höflich. »Ob die Ihnen allerdings glauben wird, bezweifle ich.«

Aus weiter Ferne hörte man einen Polizeiwagen mit Martinshorn. Jakobs Augen flackerten panisch. Er machte einen unbeholfenen Schritt in Richtung Flur, aber Kim und Franzi stellten sich demonstrativ in den Türrahmen.

Marie lehnte sich gegen die Küchenzeile. »Das wäre jetzt übrigens der passende Zeitpunkt für ein Geständnis. Gibt es etwas, das Sie uns sagen möchten, Tristan?«

Der Freund des Produzenten sackte in sich zusammen. »Ihr könnt euch doch überhaupt nicht vorstellen, wie schweineteuer das Leben auf Mykonos ist! Ich bin vor zehn Jahren ausgewandert und verdiene als Berater wirklich nicht schlecht. Aber wenn man beim Jetset dabei sein will, flutscht einem das Geld zwischen den Fingern durch.«
»Ich zerfließe gleich vor Mitleid«, warf Franzi sarkastisch ein.
Tristan bekam den Einwurf gar nicht mit. Die Sätze sprudelten jetzt nur so aus ihm heraus: »Ich war fast pleite, als ich auf einer Party Sam kennenlernte. Er erzählte mir von der *Flirtwette* und ich dachte: Das ist meine allerletzte Chance. Die Blüten hatte ich schon vorher drucken lassen, mit Geld kenne ich mich aus, ich hab früher in einer Bank gearbeitet. Auf die Idee, das Falschgeld in den Mantel einzunähen, bin ich echt stolz. Sam weiß übrigens nichts davon. Ich wollte ihn nicht unnötig belasten.«
»Wie rührend von Ihnen!« Kim drehte sich zu Jakob um, der sich wieder auf die Eckbank gesetzt hatte. »Und ab wann kamen Sie ins Spiel?«
Jakob warf Tristan einen verächtlichen Blick zu. »Er hat mich hier in Deutschland kontaktiert, weil er zu blöd war, die Blüten unter die Leute zu bringen. Ich bin sein Mittelsmann.«
»Du *warst* mein Mittelsmann«, verbesserte Tristan. Er griff in den Geldscheinberg hinein und ließ die Scheine auf den Boden regnen. »Es hätte alles so schön sein können!«
Das Martinshorn übertönte seine letzten Worte. Vor dem Bauernhaus hielt mit quietschenden Bremsen der Wagen von Kommissar Peters.

Happy End auf Italienisch

Im Restaurant *Isoletta* wurden die gemischten Vorspeisenplatten aufgetragen. Ein köstlicher Duft nach gegrilltem Gemüse, Fisch und Kräutern stieg Marie in die Nase, als sie aus ihrem Mantel schlüpfte.

»*Prego, signorina!*« Ein aufmerksamer Kellner nahm ihr den Mantel ab und hängte ihn an den letzten Garderobenhaken, der noch frei war.

Marie überprüfte rasch ihr Outfit im Spiegel. Zur Feier des Tages hatte sie ein Marinekleid angezogen. Dazu trug sie Modeschmuck mit bunten großen Steinen. Ihre Haare hatte sie zurückgekämmt und im Nacken zu einem lockeren Knoten aufgesteckt.

»Wenn Sie mir bitte folgen wollen«, sagte der Kellner. »Die geschlossene Gesellschaft ist im Nebenraum.«

Marie lächelte. »Sehr gerne.«

Natürlich hätte sie den Weg auch alleine gefunden. Das Stimmengewirr und Lachen aus dem Nebenraum war unüberhörbar. An einer langen, festlich gedeckten Tafel war die Filmcrew der *Flirtwette* versammelt. Mit lautem »Ah!« und »Oh!« freuten sie sich über die Vorspeisen.

Marie stellte sich auf die Zehenspitzen, um zu sehen, wer alles da war. Luc hatte den Ehrenplatz am oberen Ende der Tafel. Rechts neben ihm saßen Adrian und Sam, zwei Plätze weiter Kim, Michi, Franzi und Holger.

»Du bist schon wieder zu spät!« Franzi begrüßte sie mit scherzhaft erhobenem Zeigefinger.

Alle drehten sich um und lachten. Dann wurde Marie mit großem Hallo begrüßt.

Sam stand sogar extra auf, kam um den Tisch herum und schüttelte ihr die Hand. »Jetzt sind die berühmten Detektivinnen komplett. Ich danke euch, dass ihr mir die Augen geöffnet habt, auch wenn das sehr schmerzhaft für mich war. Ihr habt tolle Arbeit geleistet. Dafür bekommt ihr je zwei Freikarten für die Filmpremiere.«

»Bravo!«, rief Adrian laut und fing an zu klatschen.

Die anderen Gäste schlossen sich seinem Beifall an. Franzi und Marie verbeugten sich grinsend, während Kim rot wurde und nicht wusste, wo sie hinsehen sollte.

Als der Applaus verebbte, verstaute Marie überglücklich die Freikarten in ihrer Handtasche und setzte sich zu Holger. »Und? Hab ich was verpasst?«, fragte sie ihre Freunde, nahm sich eine Scheibe Weißbrot aus dem Korb und biss herzhaft hinein.

»Mindestens drei Küsse!« Holger beugte sich zu ihr rüber und gab ihr einen zärtlichen Kuss auf die Wange.

Marie legte ihm den Arm um die Schulter. »Ich glaube, die können wir im Laufe des Abends nachholen.«

Kim belud ihren Teller mit einer appetitlichen Komposition aus gegrillten Auberginen, Lachs und einer Scheibe Melone mit Parmaschinken. »Wir warten immer noch gespannt auf deine Entschuldigung. Warum konntest du diesmal nicht rechtzeitig da sein?«

»Ein junger Mann hat mich aufgehalten«, sagte Marie, faltete die Stoffserviette auf und drapierte sie auf ihrem Schoß.

Holger runzelte die Stirn. »Wie bitte?«

»Der junge Mann heißt Finn und hatte die Hosen voll«, Marie kicherte, »genauer gesagt die Windel. Ich habe Tessa beim Wickeln geholfen.«

»Ach so.« Holger, der einen Rivalen vermutet hatte, entspannte sich.

»Hast du ein neues Foto dabei?«, fragte Kim aufgeregt.

»Ich will es auch sehen!« Franzi rückte neugierig näher.

Stolz präsentierte Marie ihr Smartphone, auf dem sie ein großes Finn-Album angelegt hatte. Das letzte Bild hatte sie vor einer halben Stunde gemacht. Ihr kleiner Bruder lag auf dem Wickeltisch. Ein Fuß steckte noch im Strampler, der andere war nach oben ausgestreckt.

»Ist das süß!«, rief Kim. »Seht nur, wie winzig seine Zehen sind!«

Franzi staunte: »Alles an ihm ist winzig. Er wirkt so zerbrechlich. Hast du nicht Angst, dass du ihn aus Versehen kaputt machen könntest?«

»Am Anfang schon«, gestand Marie. »Bis Tessa mir gezeigt hat, wie ich ihn am besten hochnehme. Das Wichtigste ist, sein Köpfchen gut zu halten. Das ist noch ganz weich und würde sonst nach hinten kippen. Ansonsten kann man eigentlich nichts falsch machen.«

Kim seufzte gerührt. »Singst du ihm auch was vor?«

»Natürlich. Am liebsten mag er gefühlvolle Popsongs. Bei *Emotion* von den *Boyzzzz* hört er sofort auf zu schreien und wird ganz ruhig.«

Michi grinste. »Der Junge gefällt mir. Ist erst ein paar Tage alt, hat aber schon einen ausgeprägten Musikgeschmack.«

»Können wir morgen wieder zu dir kommen und Finn mit

dem Kinderwagen ausfahren?« Seit Kim Maries Bruder zum ersten Mal gesehen hatte, war sie total vernarrt in den Kleinen.

Marie legte ihr Smartphone weg. »Kommen dürft ihr schon, aber wer den Kinderwagen schieben wird, müssen wir noch klären. Es kann sein, dass du dich mit Lina und meinem Vater darum prügeln musst.«

»Und mit mir«, mischte Franzi sich ein.

Holger verständigte sich mit Michi. »Cool! Ein Boxkampf bei Familie Grevenbroich. Den sollten wir uns auf keinen Fall entgehen lassen.«

»Sehe ich auch so.« Michi klaute sich eine gegrillte Aubergine von Kims Teller. Seine Freundin merkte es nicht mal, weil sie die Vorspeisen ganz vergessen hatte.

Da schlug der Regisseur mit der Gabel an sein Sektglas. Die Gäste unterbrachen ihre Gespräche. »Lasst uns auf *Die Flirtwette* anstoßen«, sagte Luc. »Die Dreharbeiten sind super gelaufen und haben mir riesigen Spaß gemacht. Ich danke euch allen. Ihr seid mir in den letzten Wochen richtig ans Herz gewachsen. Ich werde euch vermissen.«

»Wir dich auch!«, kam es von allen Seiten zurück.

Der Regisseur hob sein Sektglas. »Auf uns und auf einen erfolgreichen Start unseres Films!«

Zwei Dutzend Gläser stießen klirrend aneinander. Die drei !!! prosteten den anderen mit Orangensaft zu. Dann genossen alle das leckere Essen. Nach den Vorspeisen gab es Tortellini mit Garnelen und zum Abschluss Tiramisu.

»Ich liebe italienisches Essen«, schwärmte Marie. Sie war schon einige Male mit ihrem Vater im *Isoletta* gewesen.

Kim kratzte den letzten Rest Tiramisu aus ihrem Glas. »Ein Traum!«
»Was kommt denn jetzt?« Franzi wunderte sich, dass die Angestellten des Restaurants ein großes Ölgemälde von Venedig abhängten. Dahinter kam eine kahle weiße Wand zum Vorschein. Als Lucs Regieassistentin den oberen Rand des Tisches freiräumte und einen Beamer aufstellte, war klar, was gleich passieren würde.
Sam kündigte den Höhepunkt des Abends an: »Luc und ich freuen uns, dass wir euch heute die ersten ungeschnittenen Szenen des Films zeigen können. Keine Angst: Die Pannen werden wir natürlich wieder rausnehmen. Viel Spaß bei der *Flirtwette*!«
Die Lichter gingen aus, Stühle wurden gerückt, und schon flimmerte ein improvisierter kleiner Vorspann über die Leinwand. Bilder der Insel Mykonos wurden untermalt von mitreißender griechischer Musik. Raffael und Kirsten liefen Hand in Hand ins offene Meer hinein.
Es folgte eine Abfolge kurzer Szenen. Zuerst sah man Raffael, wie er lässig auf Wasserskiern die Wellen durchpflügte und den schönen Frauen am Strand zuwinkte. Platsch! Da verlor er das Gleichgewicht und stürzte in die Fluten.
Das war der erste Lacherfolg. Adrian amüsierte sich dabei am meisten. Ein Gag jagte nun den nächsten: Im Jakobipark schwenkte die Kamera von den dekorierten roten Rosen auf den Sträuchern zum Ententeich, wo Kim und Franzi bibbernd in der Kälte standen. Kirsten durfte noch einmal die Ratte entdecken und schreien, was Sandra gar nicht lustig fand. Das Hängebauchschwein hatte seinen grandiosen Auf-

tritt und bei der Hochzeitsszene war wieder Romantik pur angesagt. Wer es nicht besser wusste, hätte felsenfest geglaubt, dass Adrian auch im realen Leben Sandra über alles liebte. Marie war begeistert von seiner schauspielerischen Leistung.

Am Ende strahlten Raffael und Kirsten braun gebrannt in die Kamera. Das Licht ging wieder an und alle jubelten ausgelassen.

»Bravo, Adrian!«, rief Marie. »Bravo!«

Er und Sandra bekamen jede Menge Lob und Komplimente. Auch sie hatte gut gespielt, das musste Marie neidlos zugeben. Trotzdem konnte sie mit Adrian nicht mithalten. Marie war überzeugt davon, dass Adrian eine große Karriere machen würde.

Die Kellner brachten den Espresso, und Marie wollte sich wieder mit ihren Freunden unterhalten. Da stand plötzlich Sandra vor ihr.

»Hi«, sagte Marie nicht gerade erfreut. »Was gibt's?«

Sandra knetete ihre Finger. »Ich wollte dir nur sagen, dass ich einen Riesenfehler gemacht habe. Die Sache mit Adrian – da hab ich wohl wirklich was verwechselt und mich in eine fixe Idee verrannt, die in der Realität keinen Platz hat. Das weiß ich jetzt.«

»Oh!« Marie war so verblüfft, dass ihr nichts Besseres einfiel. Zum ersten Mal hatte sie Respekt vor Sandra. Sich selbst einen Fehler einzugestehen und ihn auch noch offen zuzugeben, dazu gehörte richtig viel Mut.

»Es tut mir sehr leid, dass ich dich so mies behandelt habe«, entschuldigte sich Sandra. »Ich hoffe, du kannst mir das irgendwann verzeihen.« Die Schauspielerin hielt Marie eine kleine Schmuckschachtel hin. »Die Ohrringe darf ich behalten, aber ich möchte sie dir schenken. Du hast sie dir mehr verdient.«

Ungläubig öffnete Marie die Schmuckschachtel. Auf dunkelblauem Samt schimmerten zwei Ohrhänger mit weißen und türkisfarbenen Süßwasserperlen. »Danke, das ist echt nett von dir.«

»Ach, und da ist noch etwas«, sagte Sandra. »Ich möchte die Reparatur deines Stiefels bezahlen. Bitte bring ihn zum Schuhmacher und schick mir die Rechnung. Hier ist meine Adresse.« Sie gab Marie ihre Visitenkarte.

Jetzt war Marie endgültig platt. »Vielen Dank. Toll, dass du daran gedacht hast.«

»Ist doch klar.« Sandra wollte Marie zum Abschied die Hand geben, wich aber auf einmal zurück.

Marie runzelte die Stirn. »Was ist denn?« Erst dann merkte sie, dass Flo zu ihr rübergekommen war und sich neben ihren Stuhl gestellt hatte.

Sandra starrte angestrengt auf seine Schultern. »Hast du wieder deine Ratte dabei?«, fragte sie mit zittriger Stimme.

Der Praktikant grummelte: »Da muss ich dich leider enttäuschen. Cinderella hat hier Hausverbot.«

Sandra atmete auf, zog es aber dennoch vor, sich schneller als geplant von Marie zu verabschieden.

Flo trat verlegen von einem Fuß auf den anderen. »Hab gehört, dass du wirklich in der Abstellkammer eingesperrt warst. Mann, Mann! Ich hätte dir natürlich helfen können. Ist echt blöd gelaufen.«

»Schon gut.« Marie war nicht nachtragend. »Cinderella hat mich gerettet. Grüß sie schön von mir.«
»Mach ich.« Flo verdrückte sich schnell wieder.
Marie sah erwartungsvoll in die Runde. »Sonst noch wer, der sich bei mir für irgendetwas entschuldigen möchte? Ich bin gerade so schön in Schwung mit Verzeihen!«
Holger schüttelte lachend den Kopf. »Nein, aber ich hab eine Frage an euch alle: Warum habt ihr mich eigentlich bei der Halloweenparty so schnell erkannt?«
Franzi, Adrian und Marie grinsten sich gegenseitig an.
»Ganz einfach«, klärte Franzi Holger auf. »Du hattest dein Werwolfkostüm verkehrt herum an. Man hat zwischen den braunen Zotteln deine schwarzen Haare und deine Augen gesehen.«
Holger schlug sich mit der flachen Hand gegen die Stirn. »Und ich hab mich schon gewundert, warum das Kostüm so widerspenstig war!«
»Ich liebe dich!« Marie verwuschelte Holgers Frisur. Dann lehnte sie sich zurück und lächelte ihren Freundinnen zu. »So lässt es sich leben! Gutes Essen, Glück in der Liebe und schon wieder ein gelöster Fall.«
»Finde ich auch«, schloss sich Kim an. »Kommissar Peters ist begeistert von uns. Er hat mir am Telefon erzählt, dass Tristan in Untersuchungshaft sitzt. Er hat schon mehrere Vorstrafen und wird wohl für längere Zeit ins Gefängnis müssen. Sein Komplize Jakob dürfte mit einer Bewährungsstrafe davonkommen.«
»Und? Hat er wieder betont, dass die Ermittlungen viel zu gefährlich für uns waren?«, wollte Franzi wissen.

Kim verdrehte die Augen. »Klar doch. Das kann er nun mal nicht lassen.«

»Felipe und Leonhard gratulieren uns übrigens auch ganz herzlich«, berichtete Franzi. »Sie haben mir gesimst. Und bevor ihr mich wieder mit Leonhard aufzieht: Seine SMS hab ich nur kurz überflogen. Die Nachricht von Felipe hab ich dafür dreimal gelesen.«

»Darauf müssen wir anstoßen.« Marie winkte dem Kellner. »Bringen Sie uns bitte fünf Cola?«

Die Getränke wurden serviert. Marie hatte das Glas bereits in der Hand, als plötzlich ihr Handy klingelte. Unter den lautstarken Protesten von Kim und Franzi nahm sie das Gespräch an. Tessa und Finn erschienen auf dem Display.

»Wir sind sehr stolz auf euch Detektivinnen!«, sagte Tessa. »Nicht wahr, Finn?«

Maries kleiner Bruder strampelte mit den Beinchen und gluckste begeistert.